KB166945

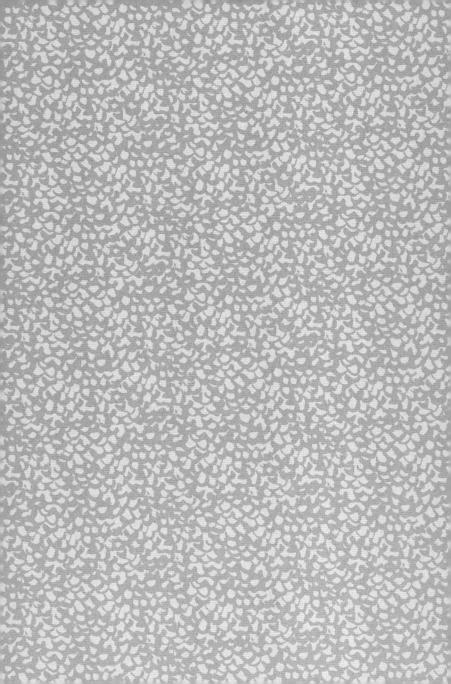

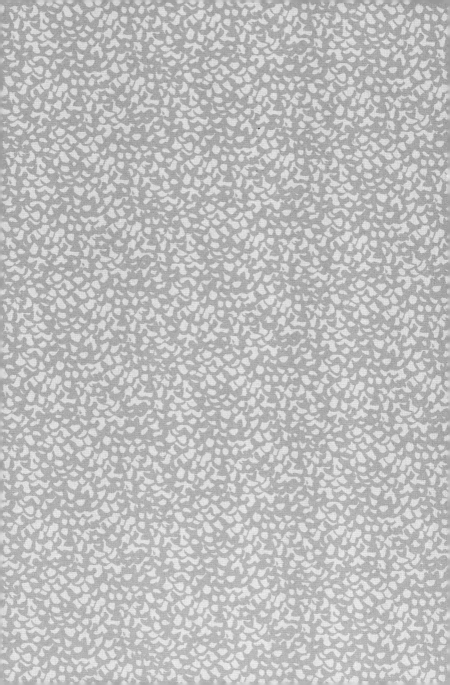

세상의 모든 딸들

1

REINDEER MOON by Elizabeth Marshall Thomas
Copyright©1987 by Elizabeth Marshall Thomas
All rights reserved.

This Korean edition was published by Hongik Publishing Co., Ltd.
2019 by arrangement with Elizabeth Marshall Thomas c/o Jennifer Lyons Literary
Agency, LLC through KCC(Korea Copyright Center Inc.), Seoul.

이 책은 (주)한국저작권센터(KCC)를 통한
저작권자와의 독점계약으로 홍익출판사 에서 출간되었습니다.
저작권법에 의해 한국 내에서 보호를 받는 저작물이므로 무단전재와 복제를 금합니다.

세상의 모든 딸들

1

엘리자베스 M. 토마스 지음
이나경 옮김

흥익출판사

가족도

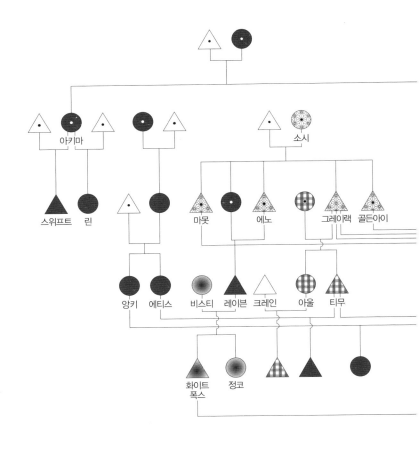

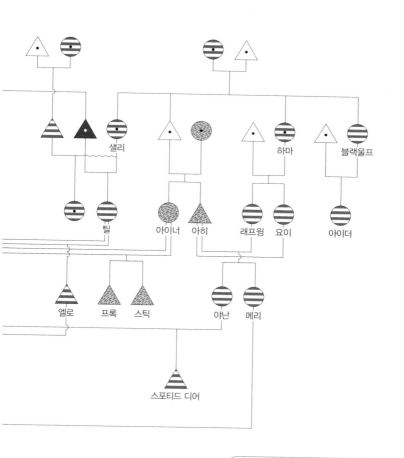

구석기시대 사람들은 달이 차고 기울어지는 것을 보고 시간의 변화를 알았고, 그것에 따라 살아갔다. 특히 오늘날의 시베리아 지방을 근거지로 하여 2만 년 전에 후기 구석기시대 한복판을 살았던 사람들은 1년을 13개월로 나누었는데, 이 책의 원제인 《Reindeer Moon》은 '순록의 달'이라는 뜻으로 지금의 10월 정도에 해당된다.

봄의 3월을 시작으로 순서대로 나열하면 얼음을 녹이는 달, 월귤의 달, 망아지들의 달, 여행의 달, 파리 떼의 달, 매머드의 달, 노란 잎의 달, 순록의 달, 눈보라의 달, 오두막의 달, 굶주림의 달, 포효의 달, 버려진 순록 뿔의 달이 된다.

순록(馴鹿)은 사슴과에 속하는 초식동물로 사슴보다는 크지만 대단히 양순한 동물로 알려져 있고, 예로부터 가을의 풍요를 상징하는 동물로 인간과 친밀한 관계를 맺어왔다.

지금부터 내가 하는 말은 몇몇 매머드 사냥꾼들이 들려주는 이야기처럼 아주 대단한 내용은 아니다. 이야기의 끝에 가서 큼지막한 고깃덩어리를 얻는 내용은 더욱 아니다. 내가 하려는 이야기에 결혼 예물은 나오지만 여자들을 훔쳐가는 이야기는 아니고, 그 예물을 놓고 벌이는 말다툼은 나오지만 전쟁 이야기는 아니다.

내 이야기는 그다지 길지도 않고 지혜를 전달하지도 않을 것이다. 첫 부분은 다른 사람들이 내게 해준 이야기이고, 결말 부분은 내가 원하는 것보다 훨씬 빨리 맺어졌기 때문에 오히려 시시할지도 모르겠다.

내가 살아 있는 자들의 세계를 떠나 죽어서 영혼이 되었을 때, 나는 아직 젊은 나이였다. 그런 까닭에 삶에 대해 배우지 못한 것이 아주 많았다.

하지만 나는 나무의 열매가 어디서 자라는지, 햄스터가 굴 속에 모아놓는 씨앗을 어떻게 찾을지를 알고 있었다. 어떤 동물이 무슨 풀을 먹고, 어떤 동물이 어떻게 사냥을 나가는지도 남자들보다 더 잘 알고 있기도 했다.

살아남은 아이들과 그렇지 못한 아이들, 그 아이들을 용감하게, 혹은 두려움에 떨며 낳은 여자들, 그리고 내가 좋아했던 남자들과 무서워했던 남자들을 나는 지금도 모두 기억하고 있다.

맨 처음 매머드 사냥꾼들을 보았을 때, 나는 그들 가운데 몇 명을 무척 무서워했다. 옅은 색 눈동자와 풀색 머리의 그 사내들은 어느 모로 보나 사자 같아서 나는 매우 큰 충격을 받았다.

그럼에도 불구하고 나의 이모 요이는 만나 보기도 전에 그런 사내들 가운데 한 사람과 결혼에 합의했다. 나를 바라보던 그 옅은 색의 눈동자를 떠올리니, 결국 내 이야기에도 등장하는 커다란 고깃덩어리가 떠오른다. 그리고 엄청나게 몰려드는 파리 떼도…….

하지만 그것을 얻었을 때, 우리한테는 다른 식량이 충분했기 때문에 그 고기 더미가 그리 자주 생각나지는 않는다. 마치 우리가 몹시 굶주리고 있을 때 호랑이가 내버려 둔 사냥감에서 찾아낸 골수 한 조각만큼 자주 생각나지는 않는다.

세상의 모든 매들이 사라지게 될지라도,
그들의 형상은
새끼 매의 영혼 속에 여전히 잠들어 있을 것이다.

– 조셉 캠벨, 《동물의 힘이 작용하는 법》 중에서

제 **1** 부

길

1

내 이름은 야난이다. 내 이야기가 시작되는 곳은 내 이야기가 끝나는 곳, 차르 강의 북쪽 기슭에서 가장 높은 둔덕에 자리한 그레이랙의 오두막집이다.

그 집은 다른 오두막과는 달리 굴뚝이 두 개나 될 만큼 크고 널찍했고, 굉장히 튼튼하게 지어졌으며, 내가 여태 본 것 중에 가장 멋진 오두막집이었다. 그 집을 지은 이들은 그레이랙과 그의 형제들로, 그들이 한창 젊었을 때 지었다고 한다.

구덩이를 깊게 파서 만든 바닥 위에 매머드의 뼈로 기둥을 세우고, 그 사이에 큰 돌과 흙을 켜켜이 쌓아 벽을 만들었다. 그 다음에 가문비나무 가지로 외부를 겹겹이 싸고, 그 위를 다시 순록 가죽 끈으로 단단히 묶었다. 가죽은 젖으면 곧바로 수축하기 때문에 벽은 바람이 불어도 끄떡하지 않았고, 비나 눈이 와도 새지 않았다.

아치형 지붕은 순록 뿔로 만들었는데, 수컷 순록들이 싸울 때 모습처럼 뿔을 얽어 놓았다. 지붕이 매우 높아서 일어설 때 고개를 숙여야 하는 남자는 불과 몇 명뿐이었다. 가문 비나무 가지와 순록 뿔 위에 가죽을 덮고 가죽 위에는 뗏장을 얹었는데, 이렇게 세운 오두막은 굉장히 튼튼해서 사람들이 올라서거나 눈이 많이 쌓여도 부서지지 않았다. 벽이 하도 두꺼워서 안에 있으면 굴뚝을 통해서만 바깥 날씨를 느낄 수 있을 정도였다.

그레이랙 형제들은 오두막 꼭대기에 정말 대단한 것을 올려놓았다. 차르 강 주위에서는 직접 본 사람이 거의 없는, 거대한 점박이 순록의 긴 뿔들이었다.

오두막 위에 일렬로 세워둔 그 뿔들은 마치 야트막한 산의 자작나무 숲을 연상케 하거나, 또는 숲 가까이에 엎드려 있는 점박이 순록의 무리처럼 보였다. 그 뿔들은 하늘을 배경으로 매우 눈에 잘 띄었기 때문에 차르 강을 따라 멀리까지 올라가거나 내려가도 볼 수 있어서 그것이 가까이 보이면 집에 거의 다 왔음을 알 수 있었다.

오두막 뒤에는 낮은 절벽이 있어서 북쪽에서 불어오는 폭풍우를 막아 주었고, 남쪽으로는 툭 터져 있어서 오두막에는 하루 종일 볕이 들었다. 더구나 오두막 앞에서 내려다보면 붉은 사슴이나 말들이 자기들이 밟아 만든 길을 따라 물을 마시러 강둑을 내려가는 걸 볼 수 있었다.

오두막 아래로 이어진 야트막한 언덕을 내려가면 차르 강에 접한 평지가 나오는데, 거기서는 이따금 노루나 말들이 버드나무 이파리를 따먹곤 했다. 강바닥은 얕지만 물살이 굉장히 센 차르 강은 가장 추운 때를 빼고는 한겨울에도 얼음에 구멍을 뚫고 보면 거세게 흐르고 있는 강물이 훤히 보였다.

강의 남쪽에는 가문비나무가 넓은 숲을 이루며 자라고 있었는데, 겨울이면 우리는 그 숲에서 '여신 오헌'이 봄을 맞아 순록들을 넓은 평야로 돌려보낼 때까지, 겨울을 나는 순록들을 사냥했다. 겨울이 되면 그레이랙이 오두막에 사는 젊은이들에게 날마다 땔감을 모아 오라고 시켰기 때문에 숲에는 순록과 우리가 밟아 만든 길이 이리저리 생겼다.

강이 시작되는 동쪽엔 산맥이 길게 늘어서 있고, 그 남쪽 등성이에는 낙엽이 지는 나무들과 소나무들이 서 있었다. 그 산은 너무 멀어서 오두막에서 반나절 가까이 걸어가야 했는데 순록을 잡을 수 없는 계절이 되면 그 산으로 가서 잣을 따기도 하고 겨울잠을 자는 곰의 굴을 찾기도 했다. 다행히 곰을 찾아내면 우리는 그 고기로 오랫동안, 적어도 달이 한 차례 바뀌는 동안은 충분히 지낼 수 있었다.

서쪽에서는 차르 강이 검은 강과 만나서 북쪽으로 흘러갔다. 해마다 봄이 되면 순록들은 떠나고, 강 건너 숲의 소나무에는 노래하는 새들이 가득했다. 오두막에는 등에와 모기가 득실거리고, 강둑에는 눈과 함께 얼어 있던 우리의 똥과 온갖 오물들이 녹으면서 풍기는 냄새가 진동했다. 우리는 강을 따라 초원으로 옮겨가서 다시 순록을 찾았다.

초원에서는 먼 곳의 오두막에서 온 다른 많은 부족들과 함께 지냈다. 그들은 검은 강의 상류나 하류에 사는 그레이랙의 친척들이었다. 그레이랙은 차르 강을 따라 어느 방향으로든 여러 날을 걸어야 갈 수 있을 만큼 드넓은 겨울 사냥터를 소유하고 있었다. 또한 친척들과 함께 이 일대 초원의 모든 여름 사냥터를 소유한 사람이기도 했다. 따라서 우리는 이 일대 모든 고기의 주인인 그레이랙이 가는 곳이면 어디든 따라가야 했다.

우리는 부족의 대장을 가리킬 때 오른손의 엄지를 치켜들었다. 나는 평생 그 신호를 보면 그레이랙이 금세 떠올랐는데, 그의 생김새도 엄지손가락처럼 땅딸막하고 강인해서 더욱 그랬다. 그의 첫째 아내도 키가 작았다고 들었는데, 내가 태어나기도 전에 죽었기 때문에 그녀를 본 적은 없다. 그 다음에 얻은 두 아내는 그레이랙 형제들의 미망인으로, 둘 다 그레이랙과 키가 엇비슷했다.

다른 남자들은 비록 그보다 키는 더 컸지만, 오른쪽 엄지가 힘도 가장 세고 가장 중요한 손가락이듯이 그레이랙이 우리 중에서 가장 힘이 세고 가장 중요한 존재였기에 그에게 복종했다.

턱수염과 구레나룻이 희끗희끗한 그는 우리 가운데 가장 연로한 사람이기도 했다. 그는 바람과 마주 설 때처럼 턱을 치켜들고 꼿꼿하게 서 있을 때가 많았는데, 그럴 때 보면 실제보다 키가 훨씬 더 커 보였다.

양손을 꽉 쥐는 신호는 오두막, 결혼, 힘을 뜻한다. 이때 손가락은 지붕에 얽혀 있는 뿔이나 또는 그 안에 모여 사는 사람을 의미한다. 그러니 이제부터 손으로 우리 오두막의 다른 사람들에 대해, 그리고 우리가 어떻게 살았는지에 대해 말해 보겠다.

손가락을 벌리고 손바닥을 아래로 향하게 하면 남자들을 가리키는 신호다. 오두막의 어른 남자들을 손가락으로 세면 여덟이다. 오른손 손가락에 전부 한 남자씩 꼽을 수 있다. 그레이랙, 그의 두 아들 티무와 엘로, 조카 레이븐, 그리고 사위 크레인이다. 왼손에는 우리 아버지와 아버지의 조카들인 스틱과 프록이 꼽힌다.

엄지와 나머지 손가락들을 꼭 붙여 손바닥을 위로 향하게 하면 여자, 물, 열매를 가리킨다. 손가락으로 어른 여자를 꼽아 보면 여섯이다. 오른손 엄지와 검지에는 그레이랙의 두 아내이자 우리 아버지의 누이인 아이너와 샤먼인 틸이 있다. 셋째 손가락은 그레이랙의 딸인 아울, 넷째 손가락에는 그의 조카며느리인 비스티가 있다. 왼손에는 우리 아버지의 두 아내인 내 어머니 래프윙과 어머니의 동생이자 내 이모인 요이가 있다.

손톱은 아이들을 가리키는 신호인데, 이유는 손톱이 파카 모자를 쓴 아이들 얼굴처럼 보이기 때문이다. 내 손톱에, 아이들은 다섯이다. 왼손의 둘은 나와 버르장머리없는 내 동생 메리, 오른손에는 정코, 그리고 정코의 오빠이며 이제 거의 어른이 된 화이트 폭스, 여기다 그레이랙의 어린 손자인 아울의 아기가 있다.

이들이 우리 오두막에 사는 사람들이다. 이제 주먹을 쥐면 불을 가리키는 신호가 된다. 내 주먹이 둘이듯이 우리 오두막에는 불이 두 개 있다. 하나는 뒤쪽 따뜻한 구석에 있고, 하나는 앞쪽 문 옆의 추운 자리에 있다.

내가 오른손으로 꼽은 사람들은 안쪽 그레이랙의 불가에서 잠을 잤다. 그들은 그레이랙의 가족이고, 이 오두막의 주인이 그레이랙이기 때문이었다. 반면에 내가 왼손으로 꼽은 사람들은 문간에 있는 아버지의 불가에서 잤다. 우리 아버지는 그레이랙의 처남일 뿐이기 때문이다.

남자들이 고기의 주인이기 때문에 고기를 찾는 장소, 그러니까 사냥터, 오두막, 오두막 안의 모닥불도 전부 남자들 것이었다. 반면에 여자들은 가족, 혈통의 주인이었다. 한 혈통의 사람들이 전부 한 곳에 모여 사는 것은 아니고, 버들옷의 씨앗처럼 살아 있는 사람들의 세상에 널리 퍼져 나가거나 죽은 자들의 장소에 모여 살고 있다.

따라서 주먹을 펴는 것은 혈통의 신호이기도 하고, 버들옷의 신호이기도 했다. 내 주먹을 펴면 오두막에서 가장 큰 내 혈통이 보인다. 우리 중에서 어머니와 이모, 그리고 나와 내 동생은 왼손에 꼽힌다. 다른 사람들, 그러니까 그레이랙의 젊은 아내인 틸과 그들의 아들 엘로는 오른손에 꼽힌다.

어머니와 틸은 한 자매에게서 태어났으므로 사촌 사이다. 그들의 전 세대, 그들 어머니들의 어머니에게는 자식을 낳은 자매들이 여럿 있었고 이들 역시 우리 혈통에 속하지만, 차르 강가에 살지는 않았다. 나는 그들을 한 번도 만난 적이 없어서 누구인지도 모른다.

다시 주먹을 편다. 이제 아버지의 혈통이 보인다. 아버지와 아버지의 누이이자 그레이랙의 나이 많은 아내인 아이너가 있고, 그녀의 성년이 된 두 아들 스틱과 프록이 있다.

다시 주먹을 펴고, 또 펴고, 또 편다. 주먹은 마치 씨가 몇 개 달랑거리는 버들옷의 깍지 같다. 그레이랙의 오두막에서 나는 7대의 혈통을 발견할 수 있다. 여섯째 혈통에서 그레이랙의 자식 가운데 아울과 티무를, 그리고 그레이랙의 유일한 손자인 아울의 아기를 발견한다.

하지만 그 마지막의 마지막 혈통에서 만나는 것은 마치 털 뭉치에 잡힌 단 하나의 씨앗처럼, 그레이랙 혼자다. 형제들이 죽은 뒤로, 그는 항상 혼자였다.

다시 양손을 주먹 쥐고 오두막 신호를 만든다. 그러면 내 손엔 힘과 결혼, 우리 혈통이 하나로 모여 단단히 결속된 집단의 의미가 생긴다. 그래서 우리는 탄탄하다. 우리 오두막의 지붕 위에 얽혀 있는 뿔이 저 위에서 우리 모두를 탄탄하게 보호해 준다. 그리하여 내가 오른손으로 꼽은 그레이랙의 일족과 왼손으로 꼽은 아버지의 일족은 한때 함께 살았던 것이다.

어렸을 때 나는 우리 오두막을 무척 좋아했고, 거기 사는 모든 사람들에게 만족했다. 하지만 어른들은 만족하지 못했다. 남자들 중에는 아내가 하나뿐이거나 하나도 없는 사람이 있었고, 아내를 잃은 사람도 있었기 때문이다. 특히 나의 사촌인 스틱과 프록은 아내와 아이들이 있었지만 그들이 차르 강에 빠져 죽는 바람에 독신이 되었다.

어느 겨울 날, 내가 아직도 생생하게 기억하는 그날 밤에 나는 어른들의 이야기를 듣고서 알게 되었다. 우리 오두막 남자들이 여름이면 순록의 뒤를 따라 찾아가 초원에서 만나는, 그곳에 오는 다른 부족의 여자들 중에서는 아내를 구할 수 없다는 사실을……

거기서 만나는 여자들은 대부분 이미 결혼을 했거나 우리 오두막 남자들과는 어머니, 혹은 어머니의 어머니, 혹은 할머니의 어머니가 자매 사이여서, 같은 혈통에 속하기 때문이었다.

아버지의 모닥불 주변에 앉아 있던 어른들이 그렇게 말하는 걸 듣고 나는 깜짝 놀랐다. 그곳에서 지내는 여름이면, 그레이랙의 두 아들인 티무와 엘로가 몰래 잠자리를 같이하러 여자들을 자주 찾아가던 것을 알기 때문이었다. 이런 사실을 다른 사람들도 다 알고 있으리라 여기고, 나는 어른들에게 물었다.

"툰과 릴란도 안 돼요?"

툰과 릴란은 티무와 엘로가 만나던 여자들이다. 그런데 내 말이 채 끝나기도 전에 어른들이 입을 다물어버렸다. 모두가 올빼미처럼 휘둥그레진 눈으로 뻣뻣하게 나를 쳐다보고 있을 때에야 나는 쓸데없는 말을 했다는 사실을 깨달았다.

아버지가 나를 차갑게 노려보았다. 어머니는 내게 손바닥을 내보이며 더 이상 입을 놀리면 때려 주겠다고 했다. 그것만이 아니었다. 요이 이모가 아무도 몰래 살그머니 손을 뻗어 내 허벅지를 꼬집었다. 어찌나 세게 꼬집었던지 눈물이 찔끔 났는데, 그 후로 며칠씩이나 시퍼런 멍이 들어 있었다.

그레이랙이 자기 아들들을 흘겨보며 이렇게 말했다.

"내 친척 남자들이 자기 아내들에 대해 야난만큼 자세히 알지 못했으면 좋겠군."

그 말을 받아 아버지가 그레이랙의 눈치를 살피며 말했다.

"모르는 편이 나은 것들도 있지요."

아버지 말이 끝나기가 무섭게 지금까지 굳게 입을 다물고 있던 엘로와 티무가 버럭 소리쳤다.

"야난은 철이 들 때까지 말을 못하게 해야 돼요! 우리가 짐승입니까? 어린애가 제멋대로 아무 소리나 하게 놔두게."

나는 그들의 말을 하찮게 여긴다는 걸 보여 주기 위해서 고개를 빳빳이 젖히고 말했다.

"너야말로 짐승이 분명해! 짐승처럼 생겼으니까!"

내 말에 어머니가 뺨을 치듯이 양손을 세게 맞부딪치는 바람에 나는 입을 다물겠다는 뜻으로 눈을 내리깔았다. 하지만 어른들이 다시 이야기를 시작하자, 나는 모닥불 주위를 훔쳐보며 다른 아이들이 내가 뱉은 말에 우스워했을 것이라고 생각했다. 내 생각대로 정코와 화이트 폭스가 티무를 보며 키득거리고 있었다.

웃지 않는 것은 내 동생 메리뿐이었다. 그 애는 언제라도 젖을 먹을 자세로 어머니 무릎 사이에 앉아서 풀어 젖힌 윗옷 안에 드러나 있는 두 개의 젖가슴을 탐욕스럽게 쳐다보고 있었다. 아직 너무 어린 탓에 내 대담한 말투가 무엇을 뜻하는지 모르는 메리는 어머니가 정말로 내 뺨을 때리기라도 한 것처럼 나를 향해 의기양양한 표정을 짓고 있었다.

늘 그렇듯이 어른들은 내가 한 말을 그냥 못 들은 체하기로, 아무 일도 없었던 듯이 행동하기로 결심한 게 분명했다. 이내 어른들은 다시 여름 사냥터 이야기로 돌아갔는데, 그 직후에 나는 아주 못마땅한 이야기를 들었다. 우리 부족이 이번에는 여름 순록을 따라 풀의 강으로 가지 않고, 불의 강 너머 말라버린 여자 호수로 갈지도 모른다는 것이었다.

거기 가면 결혼하지 않은 여자들을 만날 수 있을지 모른다고, 그레이랙을 비롯한 어른들이 이구동성으로 말했다. 나는 불안한 마음으로 어른들의 말을 들었다. 그곳에 우리 혈통 몇몇이 살고 있고 아주 먼 곳이라는 것 외에 내가 아는 것은 아무것도 없었지만, 나는 제발 그곳으로 가지 않기를 바랐다.

낯선 사람들을 좋아하는 이가 어디 있으랴. 내게 그곳 사람들은 친척이든 아니든 모두 낯선 사람들일 뿐이었다. 하지만 어른들은 벌써 우리가 그곳으로 가는 동안 달이 몇 번이나 차고 기울지를 세고 있었다. 결정은 내려졌다. 우리 모두 그곳으로 가게 되었다.

그 먼 곳을 어떻게 간단 말이에요? 나는 그렇게 묻고 싶었다. 풀의 강가의 여름 사냥터까지 가는 것도 거의 한 달은 걸렸다. 그렇다면 불의 강에 닿으려면 훨씬 더 오래 걸릴 것이다. 그렇게 멀리까지 걸어가야 하다니, 생각하기도 싫었다.

굶주림과 추위, 더구나 비에 푹 젖은 채로 모기에 뜯기고 히스 풀에 팔다리를 긁히면서 보낼 날들을 생각하니 정말 싫었다. 고작 젊은 사내들한테 아내를 구해 주기 위해 그런 고생을 겪는단 말인가? 어째서 결혼하지 않은 남자들끼리만 가면 안 된단 말인가?

침울해진 나는 어머니에게 우리가 정말 그렇게까지 멀리 걸어가야 하느냐고 묻고 싶었다. 하지만 어머니가 지금 내게 화가 나 있기 때문에 입을 다무는 게 낫다는 걸 알고 있었다. 대신 나는 귀를 기울이고 다음 이야기를 들었다.

젊은 남자들한테 아내를 구해 주는 일뿐만 아니라 우리는 그곳에 사는 사람들과 돈독한 관계를 맺게 될 것이며, 그러는 것이 더 없이 좋은 일이라고 그레이랙이 말했다. 그가 말했다.

"앞으로 언제, 무슨 일로 새로운 사냥터가 필요하게 될지 누가 알겠어?"

그곳으로 가면 우리 일족은 결혼 예물로 받는 선물을 많이 모을 수 있을 것이다. 우리 오두막 사람들은 이미 그곳 사람들한테 그레이랙의 딸인 아울의 결혼 예물을 약속받았는데, 그레이랙은 흑요석 칼을 받기로 되어 있었고 아울의 오빠인 티무는 상아를 깎아 구멍을 내고 줄을 꿰어 만든 목걸이를 받게 되어 있었다. 여기다 아울은 호박 목걸이와 여자 호수 갈대밭에 둥지를 짓고 사는 쇠오리의 목덜미에서 뽑은 무지개 빛깔의 깃털을 받기로 되어 있었다.

하지만 몇 해가 지났지만 아무도 그 선물을 구경하지 못했다. 올해 우리는 젊은 남자들의 신붓감 말고도 그것을 받으러 가려는 것이다. 어머니가 긴 한숨을 토하며 말했다.

"불의 강에 사는 친척들을 만난 지 하도 오래되어서 누가 죽고 누가 살아 있는지도 모르겠어. 어쩌면 우리 친척들이 옛날에 쓰던 여름 사냥터를 지금은 사용하지 않을지도 모르지. 만일 그렇다면 그들을 어떻게 찾을 수 있을지……."

그러자 아버지가 머리를 흔들며 대답했다.

"그들이 흔적을 남기지 않았겠어? 불을 피우면 모닥불에서 연기가 날 테고 말이야. 그레이랙의 형제들이 불의 강에 가서 여자들을 찾아냈던 것과 똑같이 그들을 찾아낼 수 있을 거야. 내가 당신을 찾아냈을 때와 똑같이 말이야."

"그렇다 하더라도 불의 강에서 결혼하지 않은 여자를 셋이나 찾을 수 있을까요? 내 생각에 셋이나 되는 젊은 여자를 만나기는 어려울 것 같은데."

이렇게 말한 사람은 틸이었다. 셋이라고? 그 말에 나는 또 놀랐다. 내 생각으로는 우리 오두막에는 최소한 네 명, 그러니까 티무, 엘로, 스틱, 프록에게 아내가 없었다. 화이트 폭스는 너무 어리니까 아직 결혼할 나이가 아니라고 하더라도, 이 오두막집에 젊은 사내는 분명히 넷이었다.

그런데 왜 셋이지? 몹시 궁금했지만 질문을 해서는 안 된다는 걸 알기 때문에, 나는 틸이 남자들의 이름을 말해 주길 바라며 그냥 듣고만 있었다. 하지만 틸은 끝내 이름을 말하지 않았다.

"어쩌면 내 아들은 거기서 아내를 찾지 못할지도 몰라. 불의 강가의 사람들 중에는 우리 혈통이 무척 많거든."

그녀가 지칭하는 '내 아들'은 엘로를 두고 하는 말이었다. 그러자 모두들 입을 열고 불의 강에 사는 여자들 가운데 자신이 기억하는 이들의 이름을 불러가며 혈통을 따지기 시작했다. 거명된 여자들 대부분이 죽은 사람인 것 같아서 나는 금세 지루해졌다.

내가 아는 사람들은 고작해야 내 혈통뿐이고, 그나마도 우리 오두막에서 나와 함께 사는 사람들뿐이었다. 게다가 우리 일족 가운데 직접 이름이 나온 사람은 엘로뿐이었다.

설사 엘로가 아내를 구할 수 없다 해도 나하고는 상관없는 일이었다. 나는 이야기가 이제 그만 티무에게로 넘어가기를 기다리며, 그도 아내를 찾을 수 없을 거라는 말이 나오기를 바랐다. 하지만 혈통 이야기는 티무를 훌쩍 건너뛰고 아버지의 조카들인 스틱과 프록에게로 넘어갔다. 그렇게 온갖 이름들이 줄지어 나올 때, 그레이랙이 말을 끊었다.

"결혼하지 않은 여자들을 찾으려면 분명히 큰 어려움을 겪게 될 거야. 모두들 그걸 예상하고 있어야 돼."

그가 틸에게 눈길을 주며 말을 했다.

"사실 남편과 아내를 찾는 게 그리 쉽다면 결혼 상대의 가족들에게 그렇게 많은 선물을 줄 필요가 있겠어?"

그러자 잠자코 앉아 있던 티무가 정말로 이해할 수 없다는 듯이 미간을 찌푸렸다. 정말로 화가 난 것 같았다.

"어쨌든 선물이 너무 많아요. 그런 게 다 무엇을 위해서죠? 선물을 주지 않고도 결혼하는 남자들이 있다고 들었어요. 아내를 그냥 잡아가는 거나 다름없다지만!"

틸이 티무의 말을 가로막으며 소리쳤다.

"평원에 사는 말들은 그렇게 하지만, 사람은 그래서는 안 되지!"

그레이랙도 티무를 무섭게 노려보며 쏘아붙였다.

"잡아가다니? 저 아이 말하는 것 좀 보라지! 조심해야 한다, 아들아! 풀의 강가에 사는 덩치 크고 굶주린 여자들 가운데 하나가 너를 잡아갈지도 모르니까!"

그레이랙의 농담에 모두들 티무를 보며 웃었다. 내가 가장 크게 웃었다. 내 동생 메리도 영문도 모르면서 조그만 이를 드러내고 웃었다. 하지만 티무는 억울하고 분한 표정을 짓고 있었다. 티무는 결코 농담을 하려는 게 아니었기 때문이다. 그레이랙이 티무의 어깨에 팔을 두르고 부드러운 목소리로 말했다.

"남자라면 누구든 아내가 나타날 때까지 기다릴 줄 알아야 한다. 네 아내는 날마다 잘 자라고 있어. 너는 곧 그 아이의 순록 가죽 안에서 잠들게 될 거야. 그런 날이 오면 풀의 강가에 사는 나의 친척들이 모두 기뻐할 것이다."

사람들이 다시 웃음을 터뜨렸지만, 나는 깜짝 놀랐다. 티무에게 아내가 있었나? 그래서 혈통 이야기를 할 때 티무의 이름이 거론되지 않은 것인가? 궁금해진 내가 어머니의 소매를 잡아당기며 조용히 물었다.

"티무의 아내가 누구예요?"

어머니가 조금 놀란 표정으로 눈을 깜빡거리다가 나와 마찬가지로 나지막한 목소리로 대답했다.

"어머나, 야난. 무슨 말을 하는 거니? 바로 너잖아!"

그 말에 내가 얼마나 놀랐는지는 분명히 얼굴에 드러났을 것이다. 어머니가 의아한 표정으로 계속 나를 쳐다보고 있었기 때문에 내 얼굴은 더욱 뜨거워졌다. 나는 불가에서 성큼 뒤로 물러나 앉았다. 머리가 빙빙 돌았다.

나는 절대 결혼하고 싶지 않은데, 그때까지도 그 사실을 전혀 알지 못하고 있었다. 왜 아무도 나에게 그 말을 해주지 않은 걸까? 나는 모닥불 너머에 앉아 있는 티무를 쳐다보았다.

너였어? 허벅지 안쪽에 소름이 돋았다. 티무가 나에게 몸을 요구하게 된다고? 티무의 팔이 내 팔꿈치를 누르고, 그의 숨결에 내 숨이 막힐 것이다. 내 몸속에 아기가 자라고, 결국 나는 다른 여자들처럼 출산의 고통을 겪게 될 것이다. 나는 피를 흘릴 것이다. 나는 죽을지도 모른다······.

나는 지붕 위에 놓인 뿔을 올려다보았다. 모닥불에 비친 뾰족한 뿔 끝이 하얗게 보였다. 보통 그 뿔을 보고 있노라면 생명과 힘이 느껴졌지만, 그날 밤엔 엎치락뒤치락 싸우는 것처럼 보였다.

뿔에 걸려 있는 갖가지 물건들을 바라보았다. 자루가 달린 아버지의 도끼, 어머니의 부싯돌 칼, 내가 한 번 걸어보지도 만져보지도 못하게 하는 요이 이모의 상아 목걸이, 그것은 티무의 여동생인 아울이 결혼 선물로 준 것이었다.

어쩌면 그건 나의 결혼 예물이었는지도 모른다. 눈물이 나올 것만 같았다. 그렇구나, 분명히 그 목걸이와 교환된 존재는 나였을 것이다. 나 말고 누가 또 있단 말인가? 그런데도 요이 이모는 만지지도 못하게 하다니…… 내가 무엇을 원하는지, 무슨 생각을 하는지 아무도 관심이 없다니…… 나는 사람들이 요이 이모의 목걸이가 멋지다고 칭찬하는 동안 애를 낳다가 죽을지도 모른다.

목걸이에서 눈을 돌려 지붕 한쪽에 난 굴뚝을 바라보았다. 캄캄한 하늘을 배경으로 잿빛 연기가 구름처럼 뭉게뭉게 피어오르고 있었다. 그러다 갑자기 빨간 불똥이 굴뚝 위로 불쑥 튀어 올랐는데, 모두 제 갈 길을 아는 듯이 어디론가 힘차게 날아갔다.

뭔가 무서운 일이라도 있었던 것일까? 아니면 바람이 불어 날아오른 것일까? 아니면 불똥이 자기 뜻에 따라 하늘에 있는 제 자리를 찾아간 것일까? 나중에 그 불똥들을 본 적이 없으니, 아마 얼마 못 가 죽었을지도 모른다. 하늘의 별은 모두 흰색이니 별이 되지도 못했을 것이다.

내가 이해하지 못하고 남들이 설명해 주지도 않는 일들에 대해 내 나름대로 생각을 계속했다. 내가 기억하는 한 요이 이모는 그 목걸이를 항상 걸고 다녔지만, 목걸이에 얽힌 이야기를 설명해 주는 사람은 아무도 없었다.

나는 모닥불 너머에 앉아 있는 티무를 바라보았다. 모두가 남자에 굶주린 여자들에 대해 농담을 해대는 사이에 티무는 창피한 것도 모르는지 한심하게도 함께 웃고 떠들어대고 있었다. 엘로가 티무에게 말했다.

"그 여자들이 너를 깔고 앉을 거야. 그럼 너는 도저히 달아나지 못할걸."

그 순간, 여전히 웃음을 머금은 채로 티무가 나를 똑바로 응시하는 걸 보았다. 나는 얼굴이 화끈거렸다. 어머니한테 눈두덩을 찰싹 얻어맞을 때처럼 재빨리 눈을 내리깔고 어쩔 줄 몰라 하면서 발끝만 내려다보았다. 나는 윗옷으로 무릎을 감싸고 다리를 꼭 잡아당겼다.

내가 이미 정혼한 여자라는 걸 알기 전까지는, 나는 티무나 그의 배다른 형제인 엘로 따위는 어린아이들이라고 생각했다. 정코와 내가 땔감을 모으는 일을 했던 것처럼 그들도 그 일을 함께 했다.

티무와 엘로가 우리를 도와주지는 않아도 나는 그들이 어디 있는지, 또는 무슨 일을 하고 있는지 전혀 궁금하지 않았다. 그저 그들이 우리에게 막무가내로 미뤄놓은 일들을 어머니나 아버지에게 어떻게 일러바칠지 궁리했을 뿐이다.

하지만 티무가 장차 내 남편이 될 거라는 사실을 알고 난 뒤부터는 모든 게 바뀌었다. 나는 티무에 대해 아무 관심 없는 척하면서도 실은 전보다 훨씬 더 많은 것을 관찰했다. 땔감을 모을 때면 그의 목소리나 나뭇가지 부러뜨리는 소리에 귀를 기울이며 그가 어디 있는지 궁금해했고, 눈밭에 나 있는 그의 발자국을 들여다보며 어디로 향했을지 알아내곤 했다. 마치 공기 속에서 그의 존재를 느끼듯 나는 언제나 그가 어디 있는지 알려고 했다.

티무도 내가 달라진 것을 느끼고 있었다. 하지만 티무는 우리가 정혼한 것을 전부터 알고 있었으니 내 생각이 달라진 것과는 달리 그의 생각은 조금도 달라지지 않았을 것이다. 때로는 그가 나에게 이렇게 묻곤 했다.

"너 왜 그래? 나 처음 봐? 그렇게 빤히 쳐다보지 마."

내가 이미 정혼한 여자라는 것을 알기 전에는, 나는 다른 사람들의 결혼에 대해 한 번도 생각해 본 적이 없었다. 나는 결혼한 사람들이 어둠을 틈타서, 이를테면 남들이 깊이 잠든 밤이 되면 순록 가죽 담요 밑에서 몸을 섞는다는 것은 알고 있었다. 그러나 누가 그리 하는 것을 본 적도 없고, 왜 그렇게 하는지, 어떻게 하는지는 생각하지 않으려고 했다.

그레이랙의 오두막집 맨 구석에서, 이따금 티무의 누이인 아울과 그녀의 남편인 크레인의 숨소리가 갑자기 바뀌거나 신음 소리를 내는 것으로 보아 지금 한참 몸을 섞고 있다는 사실을 알 수 있기는 했다. 그럴 때 오두막 안의 모든 사람들은 그 소리를 모르는 척하기로 되어 있기 때문에 나 역시 그렇게 했다.

나는 지금까지 연로한 어른들에 대해서는 생각해 본 적이 별로 없다. 우리 부모님이 몸을 섞는 것을 상상해 본 적이 없기 때문에, 아버지가 요이 이모보다 어머니를 더 좋아해서 늘 어머니와 함께 잠을 자고, 메리와 나를 요이 이모에게 떼어두는 것을 이상하게 생각한 적이 한 번도 없었다.

아버지가 어머니를 더 좋아하는 것은 당연한 일이었다. 메리와 나도 어머니를 더 좋아하니까. 어머니는 요이 이모보다 상냥했다. 요이 이모는 우리들에게 늘 날카롭게 말하고, 마음에 들지 않으면 꼬집고, 잘 때면 순록 가죽을 확 잡아당겨서 혼자만 덮는 바람에 우리는 추위에 덜덜 떨어야 하니까.

그렇다. 아버지가 아니라 우리에게 선택권이 있더라도 우리는 어머니의 따뜻한 품 안에서 편하게 자고, 아버지에게 요이 이모와 순록 가죽을 놓고 싸우게 했을 것이다. 하지만 내가 이미 정혼한 여자라는 걸 알게 된 뒤부터 나는 부모님에 대해 궁금한 게 많아졌다. 우리 부모님도 분명히 그것을 할 것이다. 그렇지 않으리라고 생각하다니, 나는 바보였다.

어쩌면 아버지는 요이 이모보다 어머니와 더 많이 그것을 하고 싶어하는지도 모른다. 요이 이모에게 아이가 없는 것은 그 때문이고, 어쩌면 요이 이모와 여러 번 몸을 섞었어도 아이를 갖지 못하자 아버지가 어머니를 더 좋아하게 된 것인지도 모른다는 생각이 들기도 했다.

반면에 그레이랙은 두 아내와 함께 잤다. 틸과 아이너는 순록 가죽 세 장을 하나로 합친 큼지막한 담요에서 그레이랙을 사이에 두고 양쪽에서 잠을 잤다. 하지만 그레이랙의 살아 있는 아내 중에 틸만이 그와의 사이에서 아이를 두었고, 그 아이 엘로는 이제 아이가 아닌 어른이 다 되었다. 그렇다면 그레이랙은 더 이상 아내들과 몸을 섞지 않는다는 뜻일까?

알고 싶은 것은 많았지만 나로서는 알아낼 방법이 없었다. 지금 내가 알 수 있는 사실은 성년식 전에 몸을 섞는 것은 여자아이에게 해가 된다고 했으므로 한동안 티무와 함께 자지 않아도 된다는 것이었다. 월경을 해야 성년식을 하는데, 나는 아직 월경을 하지 않기 때문이다.

하지만 그레이랙이 티무에게 아내가 자라기를 기다리는 남자들 이야기를 했을 때 나의 월경을 염두에 둔 게 틀림없었다. 그리고 티무는 티무대로 내가 월경을 시작하기를 기다리며, 내가 전혀 느끼지 못했던 달갑지 않은 눈으로 나를 보아왔다는 사실을 알게 되었다.

그런 티무를 생각하면 너무도 마음이 불편했고, 할 일 없이 앉아 있노라면 항상 그 생각 때문에 머리가 어지러웠다.

사람들이 내게 뭔가 말을 해도 한 귀로 흘리는 경우가 많아 때때로 어머니는 내 머리를 콩콩 두드리며 한낮에 꿈을 꾸고 있다고 꾸중하곤 했다.

하지만 티무가 내 생각을 하고 있었다면, 언젠가부터 나도 티무 생각을 하고 있었음을 부인하지 못한다. 바람이 많이 불던 어느 날 숲속에서 엘로와 화이트 폭스, 정코와 나는 티무가 자르는 가문비나무 주위에 서 있었다.

티무의 조그만 도끼가 나무둥치 주위에 크고 작은 자국을 내고, 이따금 노란 나무껍질이 허공으로 툭툭 튀어나왔다. 나무둥치가 점점 더 약해지는 걸 보며 나머지 사람들은 나무를 밀어 쓰러뜨릴 기회만을 엿보고 있었지만, 사실 그 일은 내 안중에도 없었다.

대신 내 눈은 티무를 좇고 있었다. 파카 밑으로 드러나는 넓은 어깨, 짙은 색이지만 별처럼 반짝이는 눈, 도끼를 강하게 쥐고 있는 큰 손을 보고 있었다. 잠시 후, 티무가 가문비나무에 너무 가까이 다가서 있는 나를 보며 소리쳤다.

"물러서. 잘못해서 도끼로 너를 다치게 하고 싶지 않으니까!"

예전 같으면 잘난 척한다고 쏘아붙이거나, 여자처럼 도끼질을 한다고 비웃어 주거나, 네 도끼질에 나무가 끄떡없으니 차라리 내가 하는 게 낫겠다고 받아쳤을 것이다. 하지만 그런 말이 한 마디도 나오지 않았다. 그저 그가 시키는 대로 몇 걸음 물러서기만 했을 뿐이다.

그는 도끼를 내려놓고 파카를 보기 좋게 어깨에 두른 채로, 붙잡은 나무둥치를 우지끈하고 밀었다. 그가 시작하는 순간, 우리도 온몸으로 나무를 밀었지만 티무가 한발 앞섰다. 우리가 제대로 힘을 싣기도 전에 그가 나무를 쓰러뜨렸다. 우리는 모두 알 수 있었다. 그의 힘이 아주 세다는 것을.

그해 겨울, 푸른 땅거미가 오래오래 깔리고 그 사이로 '포효의 달'이 떠오를 무렵, 차르 강에 새로운 사냥꾼이 찾아왔다. 어느 날 오두막에서 어른들이 모두 불의 강가에서 여자들을 찾는 문제에 대해 큰 소리로 말하고 있을 때, 갑자기 그레이랙이 손을 뻗어 아버지의 팔을 잡았다. 그레이랙이 밖의 기척을 듣기 위해 귀를 쫑긋하고 있는 것을 보고 다른 어른들도 말을 멈추고 함께 귀를 기울였다. 멀리서 어떤 소리가 분명히 들렸다.

"우우우……. 우우……. 웅."

무슨 소리지? 우리 모두 귀를 기울여보았지만 더 이상은 아무 소리도 들리지 않았다. 착각이었을까? 우리는 옷을 더 껴입을 생각도 않고 문 밖으로 기어나가 차가운 밤바람을 맞으며 더 세심하게 귀를 기울여보았다.

머리 위로 별이 가득했다. 가문비나무 숲을 흔드는 바람 소리와 얼음 밑으로 강물 흐르는 소리가 들렸다. 그리고 그때 멀리 동쪽으로 차르 강이 시작되는 언덕에서 보름달이 다가오고 있음을 알리는 희미한 노란 빛이 보이는 곳에서 그 소리가 다시 들렸다.

"우우우……. 우우……. 웅."

암호랑이였다. 암호랑이가 수컷을 부르고 있었던 것이다. 우리는 수컷의 화답을 기다렸지만 아무 소리도 들리지 않았다. 우리는 몰아치는 바람을 피하기 위해 오두막 가까이에 최대한 붙어 서서 귀를 쫑긋 세우고 수컷의 울음소리를 기다렸다. 그러나 그날 밤에는 더 이상 어떤 소리도 들을 수 없었다. 암호랑이 소리도…….

이튿날 해질 무렵에 암호랑이가 또 울었지만, 아주 먼 산에서 들리는 소리였다. 하지만 우리는 밤의 고요를 깨뜨리는 포효를 통해 암호랑이가 화가 나 있다는 것을 알 수 있었다. 우리 모두 공포에 질린 채 두 손을 모아 기원했다. 부디 암호랑이가 산속에 혼자 있어 주기를…….

그러나 이튿날 밤 암호랑이 소리에 수컷이 화답했고, 며칠 뒤에는 차르 강가에서 거대한 호랑이 발자국이 보이기 시작했다. 그때부터 우리는 땔감을 주우러 숲에 갈 때마다 아주 조심했다. 하지만 그 무렵은 오두막에서 쉽게 갈 수 있는 거리 안에 있는 죽은 나무는 거의 다 주워 온 뒤였다.

그래서 나뭇가지를 주우러 다니다 보면 멀리까지 가게 되었다. 우리는 아주 천천히 걸으면서 수풀을 세심하게 살피고 발자국을 하나하나 확인해야 했다. 풀이 나지 않은 언 땅이나 얼어붙은 눈 위에서는 호랑이 발자국이 쉽게 눈에 띄지 않기 때문이었다.

어느 날, 하늘은 아직 부옇지만 공기가 따뜻하고 눈이 내릴 것 같을 때, 나는 차르 강의 남쪽 둔덕을 올라 그 너머에 있는 야트막한 산속으로 들어갔다.

거기서 나는 놀랍게도 길게 뻗어 있는 눈밭 위에서 새로운 발자국을 발견했다. 하지만 그건 호랑이의 발자국이 아니라 요이 이모의 것이었다. 요이 이모는 그곳을 혼자서, 그것도 아주 빠른 걸음으로 지나간 것 같았다. 오늘 여자 어른들은 전부 강을 반나절 거슬러 올라가면 있는 산으로 잣을 따러 갔다는 사실을 알기 때문에 나는 이모가 남긴 발자국에 적잖이 놀랐다.

장작을 모으는 일은 아이들의 몫이므로 요이 이모가 장작을 모으러 가는 일은 거의 없었고, 요이 이모는 아이들의 일을 도와주는 어른도 아니었다. 그렇다면 왜 이곳을 혼자서 바삐 걸어간 것일까? 길을 잃은 것일까? 궁금하기도 하고,

걱정이 되기도 해서 나는 요이 이모의 발자국을 따라가보기로 했다.

하지만 얼마 안 가서 요이 이모의 발자국은 바람이 쓸고 간 단단한 땅 위로 사라졌다. 하지만 나는 작은 수풀 사이에서 서리에 찍혀 있는 또 다른 발자국을 찾아낼 수 있었다. 누군가 다른 사람이 요이 이모를 따라가고 있음을 말해 주는 그 발자국을 찬찬히 살펴보다가, 나는 그게 누구의 것인지 알아차렸다. 티무의 발자국이었다.

일단 마음이 놓였다. 요이 이모가 티무를 도와 땔감을 모으고 있구나. 그렇게 생각하면서, 야트막한 산등성이를 넘어 두 사람의 발자국을 계속 따라갔다. 얼마쯤 갔을까? 나는 눈앞에 나타난 광경에 깜짝 놀랐다. 풀이 자라지 않는 산비탈에서, 두 사람이 함께 뒹굴었던 흔적을 발견한 것이다. 붉은 풀 줄기가 꺾인 지 얼마 되지 않은 것으로 보아 두 사람이 그 짓을 한 지는 그리 오래되지 않았다는 사실을 알 수 있었다.

티무와 요이 이모가 몸을 섞다니, 나는 큰 충격을 받았다. 붉은 풀이 자라는 바로 이 자리에서, 티무는 여름 사냥터에서 다른 여자들과 했던 짓을 요이 이모와도 한 것이었다. 그는 지난 여름에 이미 나와 정혼한 남자다. 하지만 그건 나는 몰랐던 일이다. 이제는 나와 정혼했으므로, 요이 이모와 한 것이었을까? 나는 아무것도 알지 못하지만 한 가지만은 확실히 알고 있었다. 요이 이모는 티무와 그런 짓을 해서는 안 된다. 왜냐하면 우리 아버지의 아내니까!

우울하고 당혹스런 마음에 땔감도 얼마 찾지 못한 나는 서둘러 오두막으로 돌아왔다. 요이 이모는 굴뚝을 통해 들어오는 어슴푸레한 불빛 아래에서 아버지에게 주려고 만드는 가죽신에다 차분하게 부엉이를 수놓고 있었다. 나는 너무도 화가 나고 얼굴이 화끈거려서 다시 오두막 밖으로 나왔다. 오두막을 나설 때 요이 이모가 눈썹을 치켜뜨고서 차갑고 호기심 어린 눈으로 나를 쳐다보았다.

그날 밤, 나는 요이 이모와 티무가 서로에게 은밀한 신호를 보내는 것을 보았다. 눈짓을 주고받거나 살짝 건드리는 것이었지만 다른 사람들은 눈치채지 못했다. 나는 아버지가 요이 이모를 의심하거나 화가 난 기색이 있는지 살폈지만, 아버지는 그레이랙과 호랑이에 대해서 이야기하고 있었다.

그렇다면 어머니는 어떨까? 요이 이모에 대해 사실을 아는 사람이 있다면 어머니일 것이라고 여기고 유심히 살펴보았지만, 한낮부터 메리를 업고 잣을 따느라 힘들었던 어머니는 가만히 앉은 채로 꾸벅꾸벅 졸고 있었다. 슬프기도 하고 분하기도 한, 온갖 나쁜 감정들이 소용돌이치는 가슴을 꼭꼭 누르며 나는 당분간 이 일을 혼자만의 비밀로 간직해야겠다고 생각했다.

며칠 동안 호랑이들이 주로 소나무 숲과 구릉지의 넓은 초원에서 머물며, 낮이면 붉은 사슴을 사냥하고 밤이면 함께 울부짖기를 계속했다. 그러다가 어느 정도 지나자 호랑이 울음소리는 더 이상 들리지 않았다.

그 대신, 차르 계곡의 가문비나무 숲에서 암호랑이 발자국이 보이기 시작했다. 그것으로 보아 암호랑이는 자신의 영역에서 더 이상 붉은 사슴이 잡히지 않자 우리의 몫인 평원의 순록을 먹잇감으로 삼고 있음을 알 수 있었다.

잠시 날씨가 좋을 때, 아버지와 아버지 조카인 프록과 스틱이 암컷 순록 한 마리를 잡았다. 그렇지만 그 고기가 다 떨어질 때까지 그레이랙조차도 호랑이가 무서워 새로운 순록을 잡으러 멀리 나가지 못했다. 더 이상 순록을 잡을 수 없게 되자, 우리는 굶주림이 두려워졌다. 그 무렵은 밤하늘에 '버려진 순록 뿔의 달'이 떠 있었고, 숲속의 눈밭 위에는 몇 개의 순록 뿔이 놓여 있었다. 그것은 순록들이 겨울이 끝나가자 이동을 시작해서 남쪽의 평원으로 떠난다는 뜻이었다.

어느 날 아침, 나는 동이 트기 전에 메리를 데리고 우리가 화장실로 사용하고 있던 가문비나무 숲으로 갔다가 뿔이 하나만 달린 암컷 순록이 누군가의 얼어붙은 오줌에 혀를 문지르고 있는 광경을 보았다. 그 역시 순록들이 계절이 바뀌어 이곳을 떠나기 전에 하는 행동이었다.

순록이 떠나든 떠나지 않든, 그 무렵이 되면 순록들이 너무도 조심스럽게 행동하기 때문에 누구도 사냥하기가 쉽지 않았다. 이제 그레이랙은 일찌감치 이곳을 떠나 불의 강으로 가서 사냥을 하는 게 나을지, 그리고 거기까지 가는 동안에는 얼어 죽은 짐승의 고기를 찾아봐야 하는 게 아닌지 고민하고 있었다.

그렇지 않으면 우리는 산속으로 들어가서 가을부터 내내 아껴놓았던, 겨울잠을 자고 있는 곰의 굴을 파야 할 것이라고 그레이랙은 말했다. 첫눈이 온 뒤에, 자기 굴로 가는 발자국을 남겨놓은 곰은 그놈 한 마리뿐이었다. 첫눈이 온 뒤에야 굴에 들어가다니, 그것은 그놈이 경험이 부족한 애송이라는 증거라고 어른들이 말했다. 눈이 내리기 시작할 때 굴에 들어갔더라면 발자국이 눈에 덮여버렸을 테니 말이다. 어른들은 그 곰을 잡아먹고, 긴 이동은 나중에 하기로 결정했다.

이튿날은 날씨가 쾌청해서, 우리는 일찌감치 사냥을 시작했다. 오두막엔 티무의 동생 아울과 젖먹이 아기를 남겨두었다. 곧 아기를 낳을 예정인 정코의 어머니와 내 동생 메리도 데려가기 힘들기 때문에 오두막에 남았다. 요이 이모도 남기로 했다. 몸이 좋지 않다고, 요이 이모가 어머니에게 말하는 소리가 들렸다.

그레이랙은 근처에 있을 암호랑이를 의식해서 엘로에게 여자들과 함께 있되 호랑이가 오두막에 들어오려고 하지 않는 한, 절대 창을 사용해서는 안 된다고 단단히 일러두었다.

우리는 동쪽 산으로 향해서, 오후가 되어 산비탈의 소나무 숲에 다다랐다. 한동안 주변을 둘러본 아버지가 소나무 뿌리 아래에서 마침내 곰의 굴을 발견했다. 잠을 자고 있는 곰이 숨을 쉴 때 생긴, 눈이 녹아 있는 조그만 구멍을 찾아낸 것이다.

어른들은 정코와 나를 거치적거리지 않게 땔감을 주워오라고 보낸 다음, 곰이 숨어 있는 곳을 순록 뿔로 쿡쿡 파내려가기 시작했다. 이내 함성 소리가 들려와 급히 되돌아가보니, 새끼 곰이 온몸에 창이 꽂힌 채로 코와 입으로 피를 내뿜고 있었다. 옆에서 보니 새끼 곰은 고슴도치 같았다. 하늘에서는 까마귀들이 다른 까마귀를 부르느라 비명을 지르고 있었다.

해가 저물 때까지 우리는 실컷 먹었다. 그리고 몇몇은 잠들었지만 어른들은 대부분 불가에 앉아 있었다. 어둠이 깔린 지 얼마 되지 않아 하이에나 네 마리가 찾아왔다. 하이에나가 겁을 주려는 듯 그르렁 소리를 냈고, 모닥불 빛에 뭉툭

한 검은 코와 커다란 녹색 눈이 보였다. 아버지가 소리쳤다.

"너희는 수가 적고, 우리는 많다! 저리 가거라!"

그러나 하이에나들은 우리를 더 자세히 보려고 고개를 내밀 뿐, 떠나지는 않았다. 아버지가 창을 집어 들고 한 걸음 나서며 외쳤다.

"어서 가거라!"

하이에나들이 어깨 너머로 우리를 돌아보며 천천히 물러났다. 하지만 녀석들은 밤새 세 차례나 다시 찾아와서 자고 있는 우리를 노렸다. 세 번째 찾아왔을 때, 그레이랙이 녀석들에게 불이 붙은 나뭇가지를 집어던졌다.

아침이 되자, 우리는 고기를 꽁꽁 묶어서 들고 오두막으로 향했다. 고기를 옮기는 일은 여자들의 몫이므로, 무거운 짐을 지자 여자들은 남자들보다 걸음이 훨씬 늦어졌다. 남자들은 이내 시야에서 사라졌고, 결국 말소리도 들리지 않을 정도가 되었다. 서둘러도 어차피 남자들보다 훨씬 뒤에 도착하리라는 걸 알기 때문에 여자들은 애써 서두르지 않았다.

그런데 오두막이 가까워지자 갑자기 시끄럽게 떠들어대는 소리가 들렸다. 오두막에서 무슨 일이 벌어졌다는 것을 깨닫고 여자들은 걸음을 재촉했다. 모두들 숨을 몰아쉬며 오두막에 도착했을 때, 나는 사람들이 아버지와 요이 이모 주위에 모여 있는 것을 보았다.

요이 이모는 아버지 앞에 한쪽 무릎을 꿇고 있었고, 아버지는 그것도 모자라 요이 이모의 땋은 머리를 그러잡고 목을 아프게 옥죄고 있었다. 아버지가 그렇게 화를 내는 모습은 처음이었다. 아버지가 소리쳤다.

"이 여자한테 준 선물은 누가 되돌려줄 건가? 나는 지금 내 아내들의 핏줄에게 말하는 것이다. 당신의 아내 틸과 당신의 아들 엘로에게 하는 말이다! 엘로는 어디 있는가? 어디에 숨어 있는가?"

그레이랙이 침착하게 말했다.

"엘로는 나중에 상대해도 되네. 진정하게, 아히. 원한다면 선물은 되돌려주겠네."

"돌려받을 것이다! 이 여자는 이제 쓸모가 없으니까!"

아버지가 요이 이모의 머리를 위로 확 잡아당겼다. 그때였다. 어머니가 짐을 내려놓고, 아버지의 팔을 잡으며 단호하게 말했다.

"그 손 놓아요!"

메리가 울음을 터뜨리며 어머니에게 달려갈 때, 아버지가 거칠게 팔을 뿌리치는 바람에 어머니가 뒤로 벌렁 나자빠졌다. 나는 어머니 곁으로 달려갔다. 나는 언제라도 어머니와 합세해 아버지와 싸울 준비가 되어 있었다. 그런데 아버지와 어머니가 한꺼번에 나를 향해 소리쳤다.

"넌 뭐야? 이 일이 너와 무슨 상관이냐? 화내기 전에 어서 물러나 있어!"

나는 살그머니 물러나 무리의 가장자리에 정코와 나란히 앉았다. 그 자리에서는 우뚝 서 있는 다른 사람들의 다리 사이로 요이 이모가 보였다. 그녀는 이상할 정도로 침착했다. 아버지가 머리를 앞으로 잡아당기고 있기 때문에 턱이 아래로 당겨지고 머리를 움직일 수 없지만, 눈을 크게 뜨고서 어머니를 응시하는 것 외에는 얼굴에 아무런 감정도 드러내지 않고 있었다.

요이 이모는 한쪽 무릎은 눈이 쌓인 땅에 대고 다른 한쪽 무릎은 곧추세운 채로 양손을 땅에 대고 있었는데, 평소에 손이 무척 빨라서 누군가를 꼬집거나 때리거나 할 때의 바람처럼 재빠르던 모습과는 사뭇 달랐다.

아버지와 요이 이모 주변에 모인 사람들 가운데 특히 틸과 우리 어머니는 어떻게 하면 이 상황을 타개할 수 있을지를 궁리하는 표정으로 서 있었다. 그러다가 두 여인이 조용히 아버지에게 다가가서 부드럽게 달래듯이 말을 건네며 아버지의 손가락을 요이 이모의 머리에서 떼어냈다. 요이 이모는 아버지가 어머니의 손에 완전히 이끌려갈 때까지 가만히 웅크리고 있다가 벌떡 일어나더니, 틸에게 등을 떠밀려 오두막 안으로 뛰어 들어갔다.

요이 이모가 자리를 피하자, 어머니는 그제야 아버지에게 무슨 일이 있었는지를 물었다. 아버지는 말하기를, 다른 남자들과 함께 사냥감의 발자국을 따라가다가 숲속에서 요이 이모가 엘로와 함께 우스갯소리를 하면서 웃고 있는 것을 들었다고 했다. 아버지가 걸음을 멈추고 듣자, 엘로가 요이 이모를 '아내'라고 불렀다고 한다. 그런 호칭은 남자와 여자가 몸을 섞을 때나 나누는 사랑의 표시였다.

단단히 화가 난 아버지가 나무 사이로 뛰어들며 고함을 치자, 그들은 대꾸도 하지 않고 반대편 쪽으로 달아났다. 아버지는 그대로 짐을 내려놓고 요이 이모를 따라잡아 집으로 끌고 왔다는 것이다. 하지만 그녀는 엘로와 절대 나쁜 짓을 한 적이 없다고, 엘로가 자신을 '아내'라고 부른 적도 없다고 시치미를 뗐다. 심지어 아버지한테서 도망친 것도 아니라고 부인했다. 너무도 터무니없는 소리라서, 아버지는 웃음이 나왔다고 했다. 아버지가 사람들에게 물었다.

"내가 거짓말을 하고 있다면, 엘로는 대체 어디 있는 거야?"

지붕 위에서 돌멩이나 얼음 조각이 굴러 떨어지는 소리가 들렸다. 나는 고개를 들어서 오두막의 지붕과 이어진 둔덕 위 수풀에서 뭐가 움직이는지 둘러보았다. 순록들이 오두막과 멀찌감치 거리를 두려고 절벽을 돌아 지나가고 있는 게 보였다.

그런데 바로 그때 갑자기 순록들이 뭔가에 놀라 후다닥 달아났다. 여러 개의 자갈들이 아래로 떨어지고, 사람의 기척도 들렸다. 엘로가 절벽 아래 오솔길로 들어서서 오두막 쪽으로 걸어오고 있었던 것이다. 엘로는 이제 막 사냥에서 돌아오는 것 같은 모습이었지만, 물론 그는 사냥하고 있었던 것이 아니었다. 순록들이 지나가는 길에 다가설 때까지도, 엘로는 거기에 순록이 있는 줄도 몰랐을 것이다.

우리 아버지 아히와 엘로의 아버지 그레이랙이 그를 기다리고 있었다. 두 사람이 동시에 엘로의 소맷자락을 잡고 구석으로 데려가서는 화난 목소리로 이야기를 했는데, 소리가 너무 작아서 우리한테는 들리지 않았다. 무슨 말을 들었는지 엘로가 깜짝 놀란 척을 했다. 티무도 눈을 휘둥그레 뜨고서 무슨 영문인지 모르겠다는 듯 순진한 표정으로 사람들을 돌아보고 있었다.

한참 뒤에 요이 이모가 틸에게 밀려 밖으로 나왔다. 틸은 여전히 파카를 입고 무릎까지 올라오는 신을 신고 있었지만, 이번에는 창을 끌고 나왔다. 틸은 어머니와 나, 엘로를 부르더니 요이 이모에게 따라오라고 명령하고 숲으로 향했다. 틸이 허리춤에 불을 피우는 막대기를 꽂고 가는 것으로 보아, 우리는 잠시 나가 있기는 하겠지만 밤을 보낼 예정은 아니라는 사실을 알 수 있었다.

틸은 한 번도 뒤를 돌아보지 않고, 속도도 늦추지 않고, 우리가 모두 따라올 것임을 확신한다는 듯이 당당한 걸음으로 앞서갔다. 그녀 바로 뒤에 엘로가 사뭇 건방진 태도로 걸었다. 엘로 뒤에 가는 요이 이모는 이런 상황에 불만이 많다는 듯이 느릿느릿 걸어 엘로와 간격이 점점 멀어졌다. 그리고 그 뒤로, 어머니는 메리를 안고 있었고 나는 어머니를 바짝 쫓아가면서 숲에 어둠이 내려앉는 광경과 내가 행렬에서 맨 끝이라는 사실을 살피고 있었다.

우리가 간 곳은 빈터였다. 예전에는 그곳에 남자 키의 두 배는 됨직한 솔송나무가 자라고 있었는데 우리가 갔을 때는 맥없이 쓰러진 채 흰 눈을 가득 뒤집어쓰고 있었다. 우리가 그 나무의 가지를 잘라내고 있는 동안에 틸이 불을 피우는 막대기를 꺼내어 모닥불을 피웠다.

석양의 마지막 붉은 기운마저 사라진 숲에서는 금방이라도 눈이 올 것 같은 냄새가 났다. 어디선가 늑대 울음소리가 들렸다. 사냥을 하는 짐승들을 걱정해야 하는 밤이 다가오고 있었다. 우리는 늑대들이 얼마나 멀리 떨어져 있는지 신경을 쓰면서 주위의 숲이 비어 있는지, 아니면 뭔가 우리를 노리고 있는 건 아닌지 귀를 기울였다.

암호랑이 소리가 멀리서 들려와서 우리들 가까이에 없다는 것을 확인할 수 있기를 바랐다. 하지만 늑대 소리가 멈추고 나자 바람 소리만 들려왔다. 마침내 틸이 말했다.

"이 불가에 있는 우리들은 하나야. 그레이랙의 오두막에 사는 샐리의 친척들이지."

샐리라고? 불안해진 나는 메리와 함께 어머니한테 꼭 붙었다. 샐리는 틸의 어머니이고, 살아 있을 때는 딸과 마찬가지로 샤먼이었다. 나에게 샐리는, 이렇게 캄캄하고 바람이 휘몰아치는 숲속에 나와 있는 밤은 고사하고 한낮에도 이름을 듣고 싶지 않은 무서운 존재였다. 틸이 계속 이야기했다.

"샐리 샤먼의 이름으로, 내 아들과 내 친척인 여자가 어째서 서로를 '남편'과 '아내'라고 부르는지 이유를 알고 싶다."

아무도 입을 열지 않았다. 우리가 피운 작은 모닥불에서는 불똥이 튀겼고, 멀리 숲속에서는 늑대 한 마리가 다시 짖기 시작했다. 바람이 일어 솔송나무 가지가 신음 소리를 낼 때, 틸이 재촉했다.

"어서 말해 봐."

마침내 요이 이모가 앞으로 나섰다. 그녀가 울먹이는 목소리로 틸에게 말했다.

"아히는 밤마다 언니만 선택해요. 그 사람은 나에겐 오려고 하지도 않아요. 언니에겐 아이가 둘이나 있지만, 나는 없어요. 이 모든 건 아히의 잘못이 아닌가요?"

"그래서 네 친척이랑 아이를 가지려고 했나?"

"아이를 가지려고 한 건 아니에요. 그냥 장난일 뿐이었어요. 엘로는 젊어요. 나도 젊어요. 그리고 외로워요."

"네 남편에게는 혼자가 된 조카가 둘이나 있지 않나? 스틱과 프록 말이다. 네 말대로 그냥 즐겨야 되겠으면, 네 친족이 아니라 네 남편의 친척과 즐길 수는 없었나?"

"그 남자들은 못생겼어요. 나는 그들을 원하지 않아요. 게다가 그들은 남편의 친족이니 나와 한 짓을 그에게 고자질하지 않겠어요?"

"또 누구랑 몸을 섞었지?"

"없어요!"

요이 이모는 나도 알고 있는 뻔한 사실을 숨기기 위해 목소리를 한껏 높였다. 어머니가 화난 표정으로 요이 이모를 쏘아보며 다그쳤다.

"왜 거짓말을 하니? 우리가 네 거짓말을 들어야 하는 남편의 친족이라도 되니? 티무하고도 그 짓을 했잖아. 우리는 모두 알고 있어. 인정해!"

"그래요, 티무하고도 했어요."

요이 이모의 고백을 듣고 난 틸이 벌떡 일어섰다. 아래에서 비치는 불빛 탓에 틸의 얼굴은 오싹하리만치 차갑고 근엄하게 보였다. 그녀가 창에 기대서서 아들을 내려다보며 말했다.

"엘로? 너는 어떠냐?"

엘로는 어깨를 으쓱할 뿐 입을 굳게 다물고 고개를 젓기만 했다. 틸은 아무 말도 하지 않고 엘로를 노려보다가 모두를 향해 입을 열었다.

"이제 내 말을 잘 들어라. 엘로, 요이, 그리고 야난. 너희들은 나를 잘 보거라. 래프윙, 메리의 얼굴을 내 쪽으로 돌려. 메리도 이 이야기는 반드시 들어둬야 해."

그래서 우리 모두, 어머니는 물론이고 메리까지도 틸을 쳐다보았다. 그녀가 말했다.

"여기 모인 우리는 모두 샐리의 핏줄이다. 샐리는 나의 어머니였지만, 그분의 여동생이 래프윙과 요이의 어머니다. 나는 어째서 엘로와 요이가 한 자매의 자식이면서도 부부처럼 행동해야 하는지, 그 까닭을 알고 싶다! 너희들의 장난질에 아이라도 나오면, 그 아이는 죽임을 당하게 된다는 사실을 모른단 말이냐?"

틸이 머리끝까지 화가 난 표정으로 엘로와 요이 이모를 내려다보자 그들은 수치심 때문에 땅바닥만 뚫어져라 내려다보았다. 틸이 말을 계속했다.

"내가 불의 강가에서 살 때 팔이 없는 여자애가 태어난

적이 있다. 사람들은 그 애가 근친상간으로 생긴 애가 틀림
없다고 생각해서 하이에나가 잡아가도록 눈 속에 내다놓
았다.”

틸은 우리가 그 무시무시한 광경을 상상할 수 있도록 잠
시 기다렸다가 엘로와 요이 이모에게 물었다.

“같은 핏줄끼리 왜 몸을 섞으면 안 되는지, 까닭을 아느냐?”

틸이 엘로의 눈을 빤히 쳐다보며 낮은 목소리로 속삭였다.

“네 판단력은 어디로 갔지? 아히가 요이와 아직 아이를
갖지 않았다고 해서, 너도 갖지 못하리라고 생각하는 거냐?”

엘로는 틸의 눈을 마주볼 수 없었다. 요이 이모가 어머니
를 흘깃 훔쳐보았지만, 어머니는 일어나 틸 옆에 섰다. 마침
내 어머니가 요이 이모를 향해 입을 열었다. 어머니는 이제
부터 샐리에 대해, 샐리의 부정한 삶과 그에 얽힌 비극에 대
해 이야기해 줄 참이었다.

“요이, 잘 들어라. 우리 핏줄 사람들은 네가 저지른 행동
때문에 벌써 단단히 고통을 당하고 있다. 지금부터 샐리와
샐리의 친족 이야기를 들려주겠다. 우리 핏줄에 관한 이 이
야기는 실은 샐리의 죽음에 관한 이야기이기도 하다.

샐리는 남편을 증오하면서 친척 남자를 사랑했는데, 그
남자와의 사이에 아기가 생기고 말았지. 어느 겨울밤, 샐리

가 남편의 오두막에서 진통을 시작했어. 샐리는 부정한 관계로 태어나는 아이를 보호하려고, 친동생인 우리 어머니에게 도움을 청했지.

샐리는 동생에게 자신을 위해 피를 흘려 달라고, 여신 오헌에게 아이를 위해 도움을 청해 달라고 부탁했지만 그때 샐리의 남편이 그녀의 말을 듣고 무슨 일이 있었는지를 알게 되었어. 그는 샐리의 여동생이든 누구든 그녀한테 다가서지 못하게 했다. 그는 단호하게 말했지.

'제 어미의 부정으로 태어나는 아기가 잘못되었다면, 그건 그것대로 그냥 놔둬야 해. 그것을 바꾸려고 해선 절대 안 돼.'

샐리는 엄청난 진통을 겪으면서도 남편에게 고통을 주고 싶은 나머지 모두가 들을 수 있게 아기 아버지의 이름을 외쳤지. 자신의 짐작이 사실임을 알게 된 남편은 샐리의 음부를 발로 눌러 아기가 나올 수 없게 했지. 사람들이 그를 밀어내며 말했어. 그러면 아기가 죽을 거라고. 하지만 샐리의 남편은 차갑게 대꾸할 뿐이었어.

'나는 아기가 죽기를 바란다. 그리고 어차피 아기는 죽을 것이다. 만약 제대로 태어난다면 샐리에게 죽이라고 명령할 것이다. 샐리가 죽고, 아기가 산다면 내가 죽일 것이다. 토끼마냥 머리를 바위에 쳐서 죽일 것이다.'

그날 밤 샐리는 아기와 함께 죽었다. 샐리가 죽은 뒤, 남편은 그녀와 이혼했지. 그리곤 우리 핏줄의 연장자들에게 결혼 선물을 돌려 달라고 요구했어. 하지만 어른들은 자신들의 잘못은 없으니 선물을 돌려 줄 수 없는 일이라고 우겼지. 그는 샐리의 연인이었던 사내에게 선물을 돌려받으려고 했지만, 그는 어느 날 밤 아무도 모르는 곳으로 달아나고 말았단다. 그 후로 그를 본 사람은 아무도 없어."

어머니는 우리가 그때의 상황을 상상할 수 있도록 잠시 시간을 주기 위해 깊이 한숨을 내쉬며 우리를 바라보다가 다시 말했다.

"요이, 듣고 있느냐? 이제 왜 사람들이 샐리를 두려워하는지 말해 주마. 그녀가 죽은 뒤, 우리는 숲속에서 그녀를 볼 수 있었다. 그건 그녀가 다른 영혼들처럼 죽은 자의 땅으로 가지 않았다는 것을 의미하지. 그 대신 그녀는 우리들 속에 영원히 남고 싶어한 거야. 필경 그녀는 자신을 죽게 내버려 두었다고 우리에게 화를 내고 있었던 것이다.

이듬해 가을, 샐리의 남편이었던 남자가 숲속에서 순록의 시체를 발견했단다. 그가 재빨리 달려들어 고기를 모으고 있을 때, 암호랑이의 공격을 받았지. 어른들은 그 암호랑이가 샐리였다고, 그래서 고기를 미끼로 남자가 오기를 기다리고 있었던 것이라고 말했지.

그녀의 남편은 남은 평생 자신이 항시 위험에 노출되어 있다는 사실을 알고 공포에 떨며 지냈단다. 그는 나중에 병들어 죽었고 영혼은 죽은 자의 땅으로 갔지만, 우리는 샐리가 그가 죽은 것을 모르고 있을 거라고 생각한다. 왜냐하면 샐리가 지금도 그를 찾아 오솔길과 강둑을 뒤지고 있으니까.

우리가 그것을 알 수 있는 것은 샐리가 지금도 곧잘 여자 호수와 빙하 사이의 숲속이나 강둑에 나타나기 때문이다. 이따금 샐리는 사람 모습으로 나타나는데, 그때마다 벌거벗은 채 사산된 아이를 안고 있단다. 또 어떤 때는 입에 새끼를 물고 있는 암호랑이 형상으로 나타나기도 하지."

어머니가 동생과 함께 반대쪽 불가에 앉으며 긴 한숨을 토하곤 짧게 말했다.

"내 이야기는 여기까지야."

그러자 이번엔 틸이 요이 이모와 엘로에게 말했다.

"지금 이 계곡을 배회하고 있는 암호랑이는 누구일까? 샐리가 너희들의 부정한 짓을 벌주려고 찾아온 것일까? 만약 저 암호랑이가 우리 가운데 누군가를 죽인다면, 그것은 필시 우리 핏줄을 벌주는 게 될 것이다."

틸의 날카로운 지적에 요이 이모와 엘로는 아무 대답도

하지 못했다. 이번에는 어머니가 말했다.

"만일 암호랑이가 아히를 죽인다면 어떻게 될까? 너희들이 저지른 부정한 짓 때문에 남편을 잃거나 우리 가운데 누군가가 목숨을 잃어야 하겠니? 죽은 자들의 영혼조차 너희들의 장난질을 모를 거라고 생각했니?"

요이 이모와 엘로는 마치 암호랑이가 지금 자기들을 노리고 있는 듯이 숲속 저편에 두려운 시선을 보냈다. 바람이 더거칠어져 나뭇가지를 마구 흔들고, 공중에는 눈가루가 가득했다. 틸이 파카를 벗으며 말했다.

"자, 우리는 이제부터 할 일이 있다."

틸은 눈 위에 파카를 떨어뜨린 뒤, 윗옷을 벗고, 머리를 묶고 있던 힘줄마저 푼 다음 머리카락을 흐트러뜨렸다. 마구 흩날리는 눈 속에 옷을 벗고 있자, 그녀의 맨살이 모닥불빛에 붉게 물들고, 휘날리는 머리카락엔 줄무늬 그림자가 생겼다.

틸은 고개를 뒤로 젖힌 채 무릎 높이의 신발에서 부싯돌 칼을 꺼내 들더니 칼날을 양쪽 팔 안과 열 손가락 안쪽에 대고 천천히 그었다. 칼자국에서 핏방울이 스며 나왔다. 틸은 거기서 멈추지 않았다. 얼굴에서 머리카락을 걷어 내고는 핏자국이 난 손가락을 이마 한가운데 올려놓고 손을 양쪽으로 벌려 사자의 이마에 난 검은 줄무늬 같은 무늬를 그렸다.

그러곤 깊은 숨을 들이쉬더니 목청을 다해 암호랑이의 울음 소리를 냈다.

"우우…… 우웅…… 우우웅!"

틸이 내지른 소리가 메아리가 되어 숲속에서 사라지는 동안 우리 가운데 누구도 움직이거나 숨을 쉬지 못했다. 간신히 정신을 차리고 보니 내 몸이 부들부들 떨리고 있었다. 틸이 다시 최대한 큰 소리로 외쳤다.

"우우…… 우웅…… 우우웅!"

그러자 멀리서 암호랑이가 짧고 놀란 포효 소리로 대답했다.

"우우…… 웅!"

틸은 팔을 불 위로 뻗어 숯 위에 피가 떨어져 김이 내뿜어지게 했다. 그러고는 하늘을 올려다보면서 소리쳤다.

"피는 연기 속에 있다! 그것을 가져가라! 태어날 사람들 대신 그것을 가져가라! 산 사람을 해치지 마라!"

솔송나무를 흔드는 거센 바람과 피가 불에 타느라 쉭쉭거리는 소리가 이상한 화음을 이루고 있었다. 피가 불 속에서 끓어오르면서 나는 냄새가 공간을 가득 메웠다. 그때 갑자기 암호랑이가 다시 외쳤다.

"우우…… 우우웅!"

그 소리를 듣고, 틸이 다시 입을 열었다.

"이젠 됐다. 일어서라, 샐리의 친척이여, 윗옷을 열어라."

우리는 모두 일어나 윗옷을 열었다. 틸이 칼끝으로 어머니의 가슴뼈를 조심스럽게 눌렀고, 그 다음은 요이 이모, 그리고 엘로와 나, 메리에게까지 똑같이 하고서 자신의 엄지손가락에서 새어 나오는 핏방울을 받아 불 속으로 흩뿌렸다. 멀리 있는 그 암호랑이는 아마 대답을 기다리다가 아무 소리도 없자 숲속에 누가 있는지 찾아보기로 한 것 같았다. 암호랑이 소리가 아까보다 훨씬 더 가까이에서 들렸기 때문이다.

"우우웅!"

틸이 새로 내린 눈을 한 주먹 집어 들고는 팔과 얼굴을 닦으며 말했다.

"암호랑이가 오고 있으니, 어서 떠나야 한다."

암호랑이는 강을 사이에 두고 우리가 있는 쪽을 향해 울부짖고 있었다. 울음소리가 높은 강둑에서 메아리치고 있는 것으로 보아 생각보다 훨씬 더 가까이 온 게 분명했다. 그럼에도 어머니는 곧바로 떠나려 하지 않았다.

"오두막에 있는 사람들이 오늘 밤에 우리가 한 일들을 모조리 알고 있을 것이다. 그렇다 하더라도, 아무것도 인정하지 않는 게 좋을 것이다."

그러자 요이 이모가 급하게 대답했다.

"맞아, 그래야 해. 그렇다 치고 빨리 가자, 언니."

"우리는 바로 너 때문에 여기에 온 거야. 그러니 이제 네가 시작한 일을 네가 마무리 지어야 해."

"호랑이가 다가오고 있어, 언니."

요이 이모가 입술을 잘근거리며 말했지만, 어머니는 무시했다.

"너는 아히에게 사실은 티무가 애인이었다고 말해야 한다. 티무도 그것을 부인할 수는 없을 테니까. 아히는 누구든 너에게 애인이 있었다고 생각하고 싶지 않겠지만, 사실을 전부 아느니보다 일부만 아는 편이 나을 것이다."

요이 이모가 숲 가장자리를 불안한 눈빛으로 바라보며 재빨리 말했다.

"아히는 티무에 대해서도 이미 알고 있어. 내가 고백할 때까지 머리를 잡아당겼어. 엘로와 나누는 이야기를 들었으니, 엘로에 대해서도 그렇게 알고 있을 거야."

"아히는 너희 둘이 나누는 말을 들었다고 했어. 나머지는 모두 추측한 거야. 그냥 이야기를 나누는 것과 몸을 섞는 것은 달라. 그러니 아히한테는 그 짐작이 전부 틀린 것이라고 말해."

"알았어. 언니가 그렇게 하라면……."

요이 이모가 연신 수풀 너머로 시선을 주며 말했다.

"어머니, 제발요! 어서 가요."

내가 소맷자락을 잡아당기며 사정했지만 어머니는 신경도 쓰지 않았다.

"나도 그렇게 이야기할 거야."

어머니가 침착하게 메리를 아기 주머니에 넣으며 말했다. 엘로와 요이 이모, 그리고 나는 당장이라도 암호랑이의 반짝이는 녹색 눈이 나타날 것만 같아서 그 길로 오두막까지 내처 달려가고 싶었지만 어머니는 꼼짝도 않고 천천히 덧붙였다.

"하지만 나는 거짓말할 때 사실도 함께 말할 거야. 네가 저지른 행동은 우리 모두를 위험에 빠뜨렸어. 우리 모두와, 아직 태어나지 않은 아기까지도. 아히가 너를 때린다면, 나는 더 이상 막지 않을 것이다. 사실은, 너 때문에 나도 몹시 화가 났으니까!"

"미안해, 언니."

"이제 와서 미안하다고 도움이 되는 건 아무것도 없어."

그때 암호랑이 소리가 또 들렸는데, 이번엔 호랑이 목구멍에서 나는 그르렁거리는 소리까지 들릴 정도로 아주 또렷했다. 틸이 조금은 다급한 목소리로 말했다.

"나중에 꾸짖을 수도 있어, 래프윙. 이제 그만 떠나야 해."

우리는 곧 떠났다, 빈터는 호랑이에게 남겨두고서. 호랑이는 필경 호기심 때문에라도 그곳까지 찾아왔을 것이다.

사람들은 대부분 깨어서 두 개의 모닥불 주변에 모여 앉아 우리를 기다리고 있었다. 어른들은 서로 눈치를 살폈지만 아무도 입을 열지는 않았다. 어깨가 넓고, 강인하고, 키가 큰 티무는 부끄러운 듯 고개를 숙인 채 오두막 안쪽의 누이 옆에 앉아 있었고, 정코와 화이트 폭스는 당당한 눈으로 티무를 쳐다보고 있었다.

요이 이모가 들어서자, 아버지와 그레이랙이 천천히 턱을 치켜들고는 신중하지만 냉정한 시선으로 티무를 보았다. 그들은 티무를 꽤나 많이 꾸짖은 것 같았다. 오직 티무만이 요이 이모와 몸을 섞은 것에 대해 추궁을 당하고 있던 것이다.

어른들은 엘로마저 요이 이모와 그 짓을 했다고는 생각조차 하고 싶지 않은 것 같았다. 단지 한 사람, 티무의 누이만이 엘로가 가까이 다가가자 화난 눈초리로 올려다보았지만, 엘로는 아무것도 모르는 척 자기 잠자리로 가더니 순록 가죽을 뒤집어쓰고 누웠다.

아버지가 손을 뻗어 요이 이모를 끌어당겨 앉혔다. 밤늦도록 아버지와 요이 이모가 속삭이는 소리가 들렸다. 사람들이 대부분 잠든 뒤에, 모처럼 어머니와 함께 자는 걸 허락받은 메리와 나는 이모와 아버지가 엎치락뒤치락 하며 헐

떠이는, 우리가 들어서는 절대 안 되는 소리를 내는 걸 들었다.

요이 이모와 그레이랙의 아들들이 일으킨 말썽은 이미 지나간 일이 되어버린 것 같았지만, 사실은 모든 사람들이 여전히 그 생각을 하고 있었다. 한동안 요이 이모에게 잘 대해주던 아버지가 그녀를 의심스럽게 바라보기 시작했고, 한 번은 그녀가 간다고 한 곳인 화장실에 정말로 가는지 확인하러 뒤를 밟은 적도 있었다.

나와 사촌간인 스틱과 프록은 요이 이모를 새로운 눈으로 보는 것 같았다. 차르 강이 범람할 때 아내와 자식을 함께 떠나보내는 바람에 졸지에 홀아비 신세가 된 프록과 스틱은 요이 이모가 작은아버지와 결혼한 여자이므로 최대한 예의 바르게 대해왔다. 그러나 그 사건 뒤로는 그녀와 몸을 섞는 것을 상상이라도 하듯 엉큼한 시선으로 위아래로 훑어보곤 했다. 아버지는 이것을 눈치채고 화를 감추며 농담을 했다.

"너희같이 못생긴 녀석들이 어떻게 여자가 너희 놈들을 원할 거라고 생각하느냐?"

그러자 프록이 정색을 하며 대꾸했다.

"배불리 먹은 사람은 남이 배고픈 걸 상상할 수 없지요. 아내가 둘이나 되는 작은아버지가 우리 같은 사람의 심정을 어찌 알겠어요?"

그레이랙을 비롯해서 대부분의 사람들은 엘로가 친척 여자와 농담을 나눈 것 이상을 했으리라는 사실은 알고 싶어 하지 않는 것 같았다. 그래서 엘로에게는 아무런 잘못도 추궁하지 않았지만 대신 모두들 티무를 비난했다.

그레이랙은 티무에게 말뚝을 뽑거나 곰 가죽을 문지르는 일 등 힘든 일을 시켰다. 그 때문에 티무는 꽁꽁 얼어버린 가죽을 문지르느라 하루 종일 무릎을 꿇고 앉아서 맨손으로 얼음이 들러붙은 긁개를 들고 일을 해야 했다.

우리 부모님과 사촌들까지도 티무를 성난 눈으로 쳐다보았다. 마치 그가 우리 모두에게 커다란 잘못이라도 저지른 것처럼. 심지어 철모르는 메리조차도 그를 노려보았고, 요이 이모는 티무가 마치 자신에게 강제로 그런 짓을 저질렀다는 듯이 차갑게 대했다. 오직 한 사람 티무의 결혼한 누이 아울만이 그의 편인 것 같았다. 그가 슬픈 얼굴로 오두막의 어두운 곳에 혼자 앉아 있으면 아울이 나란히 앉아서 낮은 목소리로 이야기를 나누곤 했다.

날마다 땔감을 구하러 다른 아이들과 나갈 때면, 나는 티무에게 말을 걸어보려고 했다. 적어도 나는 진실을 알고 있다고. 네가 요이 이모와 잘못을 저질렀다면, 너의 배다른 형제인 엘로도 끔찍한 짓을 저질렀다고 말해 주고 싶었다. 어느 날 나는 티무와 단둘만 있게 되자 그의 얼굴을 올려다보며 이렇게 말했다.

"나는 요이 이모 일을 다 알고 있어. 우리한테 모두 말해 줬어."

하지만 티무는 화를 내며 내게서 돌아섰다.

"요이 이야기는 더 이상 듣고 싶지도 않아."

예전에 티무가 그렇게 시무룩한 소리로 대꾸했다면 즉시 받아쳤겠지만, 그가 부당하게 고통당하는 모습이 너무 가슴 아파서 나는 그대로 내버려 두기로 했다.

어느 날 밤, 오두막 바로 위 하늘에서 한꺼번에 많은 사람들이 말을 쏟아내는 것 같은 소란스러운 소리가 들려왔다. 모두들 그것이 기러기 떼의 울음소리라는 걸 알아차렸다.

그레이랙은 순록 가죽을 덮고 잠들어 있었지만, 그 소리에 깨어나 벌거벗은 채로 불가에 앉았다. 반쯤 눈을 감은 채, 그는 햇빛에 얼굴을 녹이려는듯 고개를 들고서 밖의 소음에 귀를 기울였다. 이윽고 소리가 잦아들자, 그가 우리 모두에게 웃으며 말했다.

"저 소리를 들어봐라! 기러기들의 대장이 기러기 모두를 하늘에 모으는 소리다. 바람이 불어도, 사방이 어두워도, 그들은 이동하고 있다. 수도 많다. 그리고 용감하다! 저들도 우리처럼 여름 땅으로 갈 것이다."

남이 웃는 소리가 들리면 따라 웃고 싶어지듯이, 기러기 떼와 그레이랙 덕분에 우리 모두 갑자기 기분이 좋아졌다. 벌써 나는 아스파라거스와 사초 뿌리를 떠올렸고, 연장을 챙기며 짐을 싸기 시작하는 아버지의 모습과, 어른들이 세차게 흐르는 강물에 허벅지까지 담그고서 손으로 연어를 잡는 광경을 떠올렸다.

우리는 바로 그날 밤 짐을 싸고, 이튿날 아침 불의 강으로 떠났다. 어머니가 불의 강의 노래를 부르기 시작했다.

내 목숨을 구해 주오, 사냥꾼들이여!
내 손가락의 수만큼 열 마리의 말을 죽여 주시오!
내 목숨을 구해 주오, 사냥꾼들이여!
내 손가락 수만큼 열 마리의 다람쥐를 잡아 주시오!

그 노래는 '열 마리의 매머드를 잡아 주시오! 열 마리의 순록을 잡아 주시오!'로 이어지는데, 배우기가 너무 쉬워서 나는 물론이고 메리까지도 금방 따라 부를 수 있었다.

요이 이모 때문에 시작된 말썽과 그 뒤에 이어진 나쁜 감정들은 햇살에 서리가 녹듯이 사라진 것 같았다. 하늘이 어슴푸레 밝아오자, 우리는 일렬로 늘어서서 출발했다. 곧장 강가로 내려가 마지막으로 녹아내리는 얼음 위에 발자국을 남기며 강을 건넜다.

나는 강 건너에 가서 오두막을 돌아보았다. 그 오두막을 다시 볼 때까지 우리에게 무슨 일이 생길지는 아무도 모를 것이다. 야트막한 둔덕에 나무 몇 그루가 모여 있듯, 둥그런 지붕 위엔 높다란 뿔이 잿빛 하늘을 배경으로 쭉 뻗어 있었다. 그 가운데 가장 높은 곳에 까마귀 한 마리가 앉아 있었고, 굴뚝에서는 누런 연기 한 줄기가 올라오고 있었다. 그 연기는 오두막을 지켜 주는 영혼에게 바치는 선물로, 불 속에 던져 넣은 곰의 기름에서 나는 것이었다.

2

우리가 바친 곰의 기름을 받은 영혼은 이름이 마못이었다. 마못은 생전에 그레이랙의 형제이자 지금은 그레이랙의 아내가 된 아이너의 첫 남편이었다.

그가 죽을 때 틸은 분가루를 묻힌 깃털, 불에 태운 오커 (Ocher : 산화철 가루 -역자주), 빈터에서 자라는 회색 콩의 붉은 덩굴을 태워 만든 샤먼의 그물로 그의 영혼을 사로잡았다. 그렇게 해서 틸은 마못을 자신의 영혼 노예로 삼았고, 겨울에 우리 오두막에서뿐만 아니라 여름 사냥터에서도 활용했다.

그러니 내가 오두막을 돌아볼 때 지붕에 있던 까마귀는 진짜 까마귀가 아니라 마못이 이동하려고 까마귀의 모습을 한 것인지도 모른다는 생각이 들었다.

나는 어느 해 초가을 달 밝은 추운 밤에 마못을 만났다. 그날 밤, 나는 아직 젊지만 죽어가고 있다는 사실을 깨달았다. 그레이랙의 오두막에 사는 모든 사람들도 그것을 알았을 것이다. 그 무렵 내 몸은 죽어서 영혼이 거의 빠져나갔기 때문에 어떤 사람은 내 주위에서 울고 있었고, 털은 영혼 그물을 준비해서 내 위로 던지기까지 했다.

그 다음으로 기억나는 것은, 열심히 버둥거렸지만 토끼처럼 사로잡히고 만 것과 이내 달빛이 밝은 밤하늘을 배경으로 높다랗게 서 있는 거대한 뿔 사이, 오두막 지붕 위에 올라가 있었던 일이다. 지붕 맨 끝에는 소년처럼 생긴 남자 영혼이 너덜너덜한 순록 가죽 윗옷과 넝마가 된 바지, 다 닳아버린 신발 차림으로 쭈그리고 앉아 있었다.

나는 벌거벗은 채였다. 멍청하게도 사람들이 내 옷을 벗기도록 내버려 두었기 때문이다. 처음에 나는 그 남자 영혼을 잘 볼 수 없었다. 달아나려고 싸우느라 필사적이었던 나는 미친 듯이 부엉이만을 찾고 있었다. 어린 시절 이후로, 나는 부엉이가 영혼을 죽은 자의 땅으로 안내한다고 들었기 때문이다.

하지만 땅벌레를 먹는 새가 사람을 기다려 벌집으로 안내하지 않듯이, 죽은 자의 영혼을 안내하기 위해 기다리는 새는 어디에도 없었다. 꿀을 딸 사람이 준비가 되지 않았으면 새는 날아가 버리듯이, 죽은 자의 영혼이 그 자리에 없으면 안내할 새는 다른 일을 하러 가버린다.

지붕 위에 벌거벗고 서 있다가, 회색 부엉이가 강을 건너

깊은 숲속으로 날아가 버리는 소리를 듣고서 나는 어쩔 줄 몰랐다. 분명히 그 새는 나를 인도해 줄 새였을 것이다.

부엉이 소리가 다시 한 번 더 멀리서 들렸을 때, 틸의 그물이 나를 너무 오랫동안 붙잡아 둔 것을 알았다. 내 안내자는 가버렸다. 나는 그 젊은 남자 영혼처럼 영혼 노예가 되어버린 것이었다.

나는 다시는 메리의 언니나 그레이랙의 며느리, 티무의 아내가 될 수 없었다. 나는 이제 죽은 자들의 땅에도 찾아갈 수 없을 것이다. 그곳에 가면 내 핏줄의 어른들이 내 영혼을 새에게 주어 새로운 아이로 태어나게 할 수 있을 텐데…….

오두막 아래에서는, 한때 내 잠자리였던 곳에 피워놓은 큰 모닥불 옆에서 사람들이 내 장례에 대해 이야기하는 소리가 들렸다. 그 소리를 듣노라니 갑자기 눈물이 쏟아졌다. 그렇게까지 울고 싶었던 적은 지금까지 한 번도 없었다.

지붕 반대쪽 끝에서 젊은 남자의 영혼이 눈을 둥그렇게 뜨고 나를 쳐다보고 있었다. 나는 그의 호기심 어린 시선에 어색함을 느꼈다. 나는 그가 누군지 알고 있었다. 살아 있을 때, 나는 늘 우리 오두막 사람들을 도와주는 그레이랙 형제들의 영혼에 대해 들었다. 그러니 그 영혼이 그레이랙의 형제가 아니고 누구겠는가? 나는 그를 똑바로 쳐다보았다.

"당신을 뭐라고 불러야 하나요?"

나는 약간 날카롭게 말을 하고 나서야 살아 있을 때 그레이랙에게 했듯이 아주 깍듯하게 행동했어야 옳지 않나 하고 생각했다. 따지고 보면 그는 오두막에서 가장 나이가 많은 쪽이고, 나는 가장 어린 축에 들었으니까. 하지만 그 영혼은 예의를 갖추지 않는 것에 대해서는 전혀 상관하지 않는 것 같았다. 그가 짧게 대답했다.

"마못."

"나는 야난이에요. 래프윙의 딸이고요."

"알고 있단다. 난 이 오두막 사람들을 모두 알고 있지. 나도 이 오두막을 처음 만든 사람 가운데 하나거든. 나는 겨울 추위에 얼어 죽었어. 다른 사람들을 위해 사냥하다가 목숨을 내놓았지. 그런 이야기를 들어 봤겠지?"

사실은 그런 이야기는 들어 본 적이 없었다. 아니면, 누군가 분명히 말해 주었는데도 내가 귀담아 듣지 않았는지도 모른다. 내가 아는 것이라곤 영혼들을 위해 이따금 기름을 태워 준다는 것뿐이었다. 하지만 이제는 내가 영혼에 대해 무지한 것이 마못의 마음을 상하게 할 수도 있다는 사실을 알게 되었다. 특히 그가 내 대답을 기대하고 있었으니 말이다.

"아, 그럼요. 들어 본 적이 있어요."

그렇게 대답했지만, 나는 거짓말을 한 것을 금세 후회했다. 마못이 실망한 표정을 지었기 때문이다. 어쩌면 그는 직접 이야기를 해주고 싶었는지도 모른다.

시간이 흘렀고, 우리는 둘 다 입을 열지 않았다. 나는 숲과 바람과 밝은 달빛으로 가득한 하늘을 올려다보았다. 땋았던 머리가 풀어져서 바람에 흩날리는 머리카락이 얼굴을 때렸지만 그리 춥지는 않았다. 그렇다 하더라도 옷이 있으면 더 좋겠기에 마못에게 옷을 어디서 구했는지 물어보았다.

"내일 사람들이 네 옷을 가지고 나올 거야."

"지금 안에 들어가서 가지고 나와도 되나요?"

굴뚝 안쪽을 들여다 본 마못은 오두막 기둥에 묶어놓은 솔방울과 곰의 이빨 뭉치를 입술로 가리켰다. 그것은 영혼의 침입을 막기 위해 위협적으로 만들어놓은 부적이었다.

"이제 네가 배고픔이나 추위를 느끼지 않는다는 건 알겠지? 하지만 오두막 안으로 함부로 들어갔다가는 부적 때문에 온몸이 아플 거야. 사람들은 우리가 오두막 안에 들어가지 않고 그냥 밖에 있기를 바라거든."

새벽이 되자, 사람들이 젊은 여자의 시체를 끌고 문을 나왔다. 그들은 무덤을 파기 위해 나뭇가지도 갖고 나왔다. 땅이 아직 단단히 얼지 않았기 때문에 무덤을 파기는 쉬울 것이다. 그 시체는 바로 내 것이었다. 내 소유였던 물건을 전부 들고 나온 사람들이 그 뒤를 따르고 있었다.

얼마 후, 나는 땅을 파낸 냄새를 맡고 무덤을 찾아내 그 안에서 옷가지를 끄집어낼 수 있었다. 영혼의 옷을 걸치자 기분은 좀 나아졌지만, 사람들이 나에 대해 이야기하던 그 날 밤, 그들이 생각하고 있는 바를 듣고는 마음이 상해 버렸다. 누군가 말했다.

"야난과 함께 묻어 버리는 목걸이는 어떻게 되는 거지?"

그러자 티무의 누이인 아울이 말했다.

"그건 내 목걸이야. 야난이 결혼 예물로 내게 준다고 약속한 거니까. 야난에게 내 선물을 먼저 만들어 달라고 말한 적이 있어. 야난이 그렇게 했더라면, 죽었을 때 자기 목걸이가 아니라 내 목걸이를 만들어놓았을 텐데. 그러면 아깝게 목걸이를 무덤에 넣지 않아도 되었을 텐데……."

아울의 말이 끝나기가 무섭게 내 동생 메리가 소리를 질렀다.

"아깝다고? 지금 아깝다고 했어?"

메리의 호통에도 아울은 꿈쩍도 하지 않았다.

"야난은 오랫동안 멀리 나가 있었어. 야난이 돌아왔을 때 얼마나 거칠고 더러웠는지 기억나니? 거의 짐승 같았어. 예물 교환을 이해하지 못하는 것도 이상할 것은 없었지."

"짐승 같은 건 바로 당신이야!"

메리가 이렇게 화를 내며 쏘아붙이자, 싸움이 시작되었다. 자기 동생이 모욕당하는 것에 화가 난 티무가 벌떡 일어나 메리에게 짐승이라고 말하자, 메리가 울음을 터뜨렸다. 다른 사람들도 싸움에 끼어들었는데, 몇몇은 메리 편을 들고 몇몇은 티무 편을 들었다. 나는 굴뚝 안쪽을 향해 소리쳤다.

"내 동생을 내버려 둬! 메리를 울게 하면 나중에 후회할 거야!"

하지만 아무도 내 말을 듣지 않았다. 마못만이 혀를 끌끌 차며 이렇게 말했다.

"사람들 싸움에 신경 쓸 것 없어. 저들은 네 목소리를 알아듣지 못해. 너는 이제 그 사람들에게 속한 게 아니니까."

그의 말이 옳았다. 예전과는 모든 게 달라졌다. 고개를 뒤로 젖히고 하늘을 올려다보았더니 아주 높고 먼 곳에 '순록의 달'이 옅은 구름 속에 떠 있었다. 목소리가 제대로 나올 것 같다는 생각이 들었을 때, 마못에게 말했다.

"그럼 말해 봐요, 마못. 내가 속한 곳은 어디죠?"

"하늘이지."

하늘이라고? 알쏭달쏭하지만 단호한 대답에 나는 고개를 돌려 그를 자세히 뜯어보았다.

"어째서 하늘인가요?"

"달리 어디겠어? 네가 있을 만한 곳은 네 군데뿐이야. 너는 죽은 자들의 땅에 갈 수 있는데, 거긴 조상들의 소유지. 아니면 사람들이 소유하는 오두막이나 야영지에 갈 수도 있어. 또는 동물들이 소유하는 초원이나 숲이나 호수에 갈 수도 있고. 이제 남은 곳은 하늘뿐인데, 거긴 샤먼이 소유하는 곳이지. 너는 샤먼에게 붙잡혔으니, 하늘에 사는 거야."

"그럼 나는 이제부터 무슨 일을 하게 되나요?"

"곧 알게 될 거다. 하늘을 봐라."

'순록의 달' 주위에 희미한 하얀 고리가 있었다. 그것은 곰이 굴 안에서 발을 굴러 잠자리를 만든 자국이라고, 어머니가 아주 오래 전에 내게 말해 준 적이 있었다. 마못이 별자리를 보며 말했다.

"곰은 겨울잠을 자러 갈 거야. 사람들은 배고픔을 생각하고 있어. 그리고 내 아내는……."

그가 말하는 아내가 아이너라는 걸 나는 잠시 잊고 있었다.

"곧 틸을 여기로 데리고 올라와 우리에게 도움을 청할 거야. 내 아내는 굶주림을 싫어하거든."

"지금은 그레이랙의 아내가 되었어요."

나는 마못을 무척 편안하게 여기며 말했다. 그도 나를 아주 편하게 대하고 있는 게 틀림없었다. 그가 눈썹을 치켜올리면서 나를 물끄러미 바라보다가 한 마디 했다.

"우리 가운데 내가 어른이니까, 내 말에 일일이 대꾸하지 마라."

그날 밤, 마못이 그레이랙의 굴뚝 옆에서 순록 가죽을 덮고 잠잘 때처럼 누워 있을 때, 나는 다른 쪽 굴뚝을 통해 사람들이 큰 장작단을 쌓고 있는 걸 보았다. 곧 있을 의식으로부터 뱃속의 아기를 보호하기 위해 윗옷을 벗지 않은 여자들 몇 명을 빼고 전부 다 윗옷을 벗자, 나는 사람들이 틸을 도와 영혼 의식을 치르려 한다는 걸 알 수 있었다. 그래서 나는 마못을 깨웠다.

"마못! 시작하고 있어요!"

마못이 곧 일어나더니 어깨에 순록 가죽을 덮은 채로 내 옆으로 와서 쭈그리고 앉았다. 오두막 안쪽을 들여다보니, 안쪽 제일 어두운 곳에 새의 깃털처럼 소맷부리에 술을 단 샤먼의 옷을 입은 틸이 보였다. 틸이 땋은 머리를 풀고 얼굴에 오커를 칠하는 동안, 사람들은 손뼉을 치며 노래했다.

곰의 머리를 부른다, 호나!
곰의 목을 부른다.
곰의 혹을 부른다, 호나!
곰의 등을 부른다.

곰의 다리를 부른다, 호나!

곰의 발을 부른다.

발은 우리를 향하고

동물들을 우리에게 보내라.

호나! 위리! 호나! 위리!

두 가지 길 중에서 그대여,

우리는 기름을 태우고 있다.

연기 속에 기름을!

꿀벌의 사냥꾼이여,

우리가 바친 것에 보답하여 이리로 오라!

발자국이 하늘을 가로지르는 그대여,

그것에 보답하여 이리로 오라, 부디 이리로!

어디선가 매의 날카로운 울음소리가 들렸다. 그것은 오두막 안쪽에서부터 들려오는 소리로, 사람들의 목소리보다 높은 새 소리로 노래 부르고 춤을 추는 틸의 입에서 나오는 소리였다.

"하악! 하아악!"

그녀는 새의 날개처럼 양팔을 넓게 벌리고 거위 소리를 내더니 처음에는 천천히, 그러고는 점점 더 빠르게 댕기물떼새, 도요새, 황조롱이, 모기 소리로 노래를 했다. 가느다란 모기 소리가 목구멍에서 잦아들자, 틸은 윗옷을 찢어 내던 지고는 자신도 엎드려 불붙은 숯으로 가슴과 팔을 문지르고 머리카락에 불을 붙였다.

다시 일어난 틸이 또 돌기 시작했다. 그녀는 빙빙 돌면서 불붙은 머리카락을 휘날려 오두막 굴뚝을 통해 하늘까지 불 꽃을 튕겨냈다. 그러다 틸이 갑자기 함께 노래하던 사람들 이 벌린 팔 안으로 고꾸라졌다. 그러자 사람들이 조심스럽 게 틸을 바닥에 눕히고, 마지막 남은 불똥을 눌러 꺼뜨린 뒤 등을 부드럽게 문질러 주었다.

그러자 우리 영혼들에게는 사람들에게 보이지 않는 것이 보이기 시작했다. 틸의 등이 길게 갈라지더니, 나비가 고치 에서 빠져나오듯이 그녀의 영혼이 그 틈을 비집고 빠져나오 고 있었다. 영혼이 다 나오자 연기처럼 위로 날아오르더니 굴뚝을 통해 불똥을 따라갔다. 오두막 위 차가운 공기 속에 뜨거운 김처럼 아른거리는 모습으로 틸이 우리 앞에 선 것 은 그 직후였다.

"영혼들이시여, 인사드립니다."

틸이 우리들 영혼에게 부탁을 할 것이면서도 당당히 말 했다.

"곰의 이름으로 도움을 청합니다. 우리는 굶주리고 있습 니다. 순록이 오지 않습니다. 사냥감을 찾을 수 없습니다. 살

야생전에 동물을 사냥했던 것처럼, 우리가 동물을 사냥할
수 있게 도와주십시오."

"알겠습니다, 틸 샤먼."

마못이 짧게 대답했다. 우리 아래쪽 오두막에서는 바닥에
드러누운 틸의 몸 주위에서 사람들이 그녀의 이름을 부르고
있었다. 틸이 잦아드는 목소리로 말했다.

"감사드릴 겁니다. 선물을 약속합니다."

그러고는 틸이 사라졌고, 다음 순간 오두막 아래에서 그
녀가 정신을 차리며 웅얼거리는 소리가 들렸다. 그러자 뭔가
지글거리면서 좋은 냄새가 풍겼다. 마못이 재빨리 말했다.

"선물이다!"

그가 연기에 대고 혀를 내밀었다. 나도 따라했더니 기름
맛이 조금 났다. 그 다음에 벌어진 일에 나는 깜짝 놀랐다.
마못이 일어나더니 팔다리를 쭉 뻗었다. 그가 나를 내려다
보고 있었기 때문에 나도 일어났는데, 다음 순간 마못은 지
붕에서 뛰어내릴 듯이 돌아서더니 내 눈 앞에서 감쪽같이
사라져버렸다.

그가 서 있던 자리에서 커다란 회색 늑대가 비탈진 지붕
을 미끄러져 내려가는 게 보였다. 지붕 아래 눈 덮인 땅에
서, 그 늑대는 사람들이 던진 뼈다귀 몇 개에 코를 갖다 대
더니 숲속을 향해 달려갔다.

갑자기 내 머릿속이 강한 냄새들로 가득 찼다. 여러 사람들의 몸에서 나는 냄새, 머리카락과 땀 냄새가 느껴졌다. 어린 아기의 오줌 냄새, 죽은 지 며칠 안 된 순록 고기 냄새, 불에 타는 깃털과 나무 연기 냄새가 났다.

그리고 공중에서는 눈 냄새, 차가운 가문비나무 잎과 강의 얼음, 얼음이 얼지 않은 곳에서 흐르는 강물 냄새도 났다. 근처 자작나무 숲에서 사는 생쥐가 내쉬는 따뜻하고 달콤하고 간지러운 숨결까지 느껴졌다.

그러자 어깨 사이 피부가 따끔거리더니 내 눈이 커다랗게 벌어졌다. 수컷의 강한 냄새, 묵직한 털, 숨결, 다리, 수컷 늑대의 항문 냄새가 났다. 그 낯설고 강력한 냄새에 약간 놀라기는 했지만, 한편으로는 마음이 끌리기도 했다.

정신을 차려 보니, 나도 지붕에서 미끄러져 내려가고 있었다. 속도를 늦추려고 손가락과 발가락을 쫙 벌리면서 발치를 내려다보다가 나도 늑대로 변한 것을 알았다. 천천히 고개와 꼬리를 낮추고 예의 바르게 귀를 접고서, 나는 커다란 수컷에게 조심스레 다가갔다. 귀를 쫑긋 세우고 꼬리를 약간 치켜든 그는, 내가 다가오는 것을 벌써부터 바라보고 있었다.

나는 눈 속에 몸을 파묻었다. 마못이 이빨로 내 코를 물더니 내가 느낄 수 있을 정도로만 내 머리를 아래로 밀어 내리고, 솔직하고 친근하기도 한 노란 눈으로 내 눈을 똑바로 응시하다가 나를 놓아 주었다. 그가 돌아서서 걸어갔고, 나도 일어나 그를 따라갔다.

늑대처럼 달리기는 아주 쉬웠다. 나는 마치 날아다니듯 울퉁불퉁한 길을 뛰어오르고 있었다. 밤중에 빠르게 멀리까지 이동하면서, 차르 강변의 모든 것을 살펴 사람들에게 알릴 수 있다는 것을 알게 되었다. 우리가 출발할 때부터 그저 그렇게만 하면 되는 것 같았다.

하지만 시간이 지나고 오두막에서 멀어질수록 사람들에 대한 생각은 점점 줄어들었다. 그들이 사냥할 것이 없다고 한 말이 사실이라는 것 외에는. 우리가 만난 몇 안 되는 냄새 자국도 따라가기에는 너무 오래된 것들뿐이었다. 사람들이 배고픈 것은 고사하고 나도 몹시 배가 고팠다. 앞에서 나는 토끼 냄새에 입에 침이 가득 고였다.

흥분한 나는 더 빨리 달려, 나도 모르는 사이에 마못을 앞섰다. 그러자 갑자기 어깨에 뭔가가 탁 부딪쳤다. 내가 앞서 달리는 것을 원치 않은 마못이 내 어깨를 툭 건드렸던 것이다. 나는 얌전히 뒤로 처졌다. 강이 내려다보이는 높은 강둑에서, 우리는 달리기를 멈췄다. 오두막에서 그곳까지는 그리 멀지 않은 거리였으므로 길가에 서 있는 가문비나무 냄새 외에도 아주 최근에 그 길을 지나간 사람들의 냄새를 맡을 수 있었다.

하지만 그 냄새는 시큼하고 위험하게 느껴져서 닭살이 돋을 정도였다. 흥미로운 일은, 마못이 그곳에 똥으로 영역을 표시하는 것이었다. 나도 곧 똥을 한 덩이 밀어냈고, 아주 흡족한 기분으로 풀밭에 가만히 놓여 있는 두 덩어리의 똥을 쳐다보았다.

'우리가 여기 있다. 우리의 영역, 우리의 무리, 우리의 사냥터임을 보여 주는 것이다. 이것을 발견하는 자들은 그 사실을 알고 주의하라.'

똥은 그렇게 말하고 있었다. 그런 다음, 마못이 부드럽게 노래를 부르기 시작했다. 높은 소리로 시작된 완벽한 음조는 점점 커지면서 오래 계속되었고, 마침내 엄청나게 울리는 울부짖음으로 끝났다. 나는 그 소리를 듣고 온몸에 전율을 느꼈다. 참을 수가 없었다. 온 마음을 다하여, 그리고 내 가슴속의 모든 숨을 다하여 나도 그의 노래를 따라 불렀다.

그가 높은 음을 내면 나는 낮은 음을 내고, 그의 음이 낮아지면 나의 음은 높아졌다. 기쁨에 떨며, 나는 그 어느 때보다도 큰 소리로 노래를 불러 우리의 소리를 드넓은 하늘로, 달까지, 노랫소리가 메아리치는 계곡 구석구석까지 닿게 했다.

노래를 부르는 즐거움은 우리 마음속에 남아 있는 사람들에 관한 생각을 남김없이 씻어내었다. 노래가 끝났을 때, 우리는 너무나도 만족스러운 나머지 서로 코를 부비고, 꼬리를 흔들고, 미소를 지으며 서로에게 감사했다. 이제 나에게도 희망이 생겼다. 이제 나는 무슨 일이라도 다 해낼 수 있을 것만 같았다. 이제 나는 마못을 도와 그가 원하는 일이라면 뭐든지 하고, 그가 어딜 가든 따라갈 것이다.

하지만 우리는 한 줄로 서서 계곡의 가장자리를 따라 막 올라가려는 순간, 곧바로 멈춰서야 했다. 멀리서 다른 늑대들이 노래하는 소리가 들렸기 때문이다. 그들이 소리를 내는 것은, 우리 노랫소리를 들었으니 우리도 그들의 노랫소리를 듣기를 바란다는 의미였다.

우리는 숨을 멈추고, 열심히 귀를 기울였다. 다른 늑대들 사이에서 깊고 크고 낮은 암컷의 소리가 들렸는데, 그들의 수는 무척 많았다. 소리가 크고 강한 수컷이 몇 마리 있었고, 다른 암컷도 있었다. 그리고 어린놈도 있었는데, 지난 봄에 태어난 새끼였다.

나는 어깨의 털을 곤추세우고 불안한 눈으로 마못을 응시했다. 저 노래를 부르는 녀석들은 수도 많고 강하다. 그들이 우리에게 알리고자 하는 것은 바로 그것이었다. 우리는 고작해야 둘뿐이니까.

마못도 털을 곤두세우고 있었지만 그리 걱정하는 표정은

아니었다. 대신 그는 큰 무리 쪽을 한참 동안 바라보더니 코를 치켜들고 킁킁거렸다. 나도 조용히 공기 냄새를 맡으면서 마못에게 뭔가 배울 수 있을지 알아보았다.

큰 무리는 남동쪽, 강이 시작되는 산속에 있고 우리는 계곡의 북쪽 가장자리를 따라 서쪽으로 향하고 있었다. 다른 늑대들을 만나려면 우리는 도로 돌아가야 할 것이다. 하지만 물론 우리는 돌아가는 것은 다 잊어버렸다. 우리는 계속해서 앞으로 나아갈 뿐, 그들을 만나고 싶지 않았다.

목덜미의 털을 세우고, 우리는 다시 서로 콧잔등을 문질러 주었다. 우리가 서로에게 의지할 수 있음을 확인하기 위해서였다. 그런 다음, 우리는 마못이 선택한 얼어붙은 풀숲 위에 세심하게 오줌으로 영역 표시를 하고, 누구든지 새로 나타난 자들의 시선을 끌기 위해 발톱으로 문지른 다음, 표시에 코를 대어 냄새를 맡고 다시 표시를 하면서 걸어갔다.

먼저 내가, 그 다음엔 마못 차례였는데 우리는 마치 그곳에 넷이 있는 것처럼 표시를 했다. 그 늑대 무리가 이렇게 멀리까지 온다면 여기 네 마리가 있다고 생각하도록 말이다.

그런 다음, 우리는 진짜 사냥을 생각하면서 계곡에서 피어오르는 공기 속으로 달려 나갔다. 마못이 앞장서서 꼬리를 약간 높이 치켜들고 달렸다. 나는 뒤를 따르며 내게 나아갈 길을 알려 주는 그의 하얀 엉덩이 털을 바라보았다.

계곡 가장자리에 드문드문 자라고 있는 나무 사이를 뚫고 한참을 달렸을 때, 문득 순록의 암컷 냄새가 났다. 하지만 강하지는 않았다. 그들이 눈 똥은 이미 얼어 있었지만, 해가 진 뒤 곧바로 순록 두 마리가 이 길을 지나갔음을 알 수 있었다. 우리는 계속 달렸다.

마못은 그 지역을 잘 알고 있는 게 분명했다. 늑대의 형상을 하고서, 그는 차르 계곡을 여러 번 돌아본 것이 틀림없었다. 살아 있을 때 나는 누구 못지않게 그 지역을 잘 안다고 자부했지만 지금 보니 내가 알았던 것은 주로 사람들이 다니는 길뿐이었다.

마못이 무엇을 찾아봐야 하는지 알고 있다는 것도 분명해졌다. 그 길을 다니는 모든 짐승들은 오줌이나 똥이나 사향 자국, 턱이나 꼬리로 문지른 자국, 땅을 긁거나 나무껍질을 긁어놓는 등의 흔적을 남기는 것 같았다. 같은 종의 다른 것들에게 으스대며 경고하기 위해서였다. 마못은 이런 흔적에 일일이 코를 대고 냄새를 맡았다.

흔적이 클수록 그는 더 세심하게 살폈다. 그가 늙은 수컷 곰의 똥을 맛보자 나도 똑같이 따라했는데, 마치 곰이 고기를 잡아먹 듯 썩은 고기 냄새를 찾아낼 수 있었다.

우리는 산 것이든 죽은 것이든, 아무 데서도 먹을 것을 발견하지 못했다. 그것은 굉장한 의미가 있었다. 그 의미는 사실은 내게는 분명하지 않지만 마못에게는 분명한 것 같았다. 그는 그 늙은 수컷 곰이 지나다니는 길을 알고 있었던 것이다. 나는 마못처럼 아는 것이 많아지려면 차르 계곡에 대해 많이 배워야 한다는 것을 느꼈다. 썩은 고기 맛은 그 시작이었다.

동틀 무렵, 우리는 얼어붙은 차르 강의 동쪽에 닿았다. 멀리 널찍하게 펼쳐진 눈 덮인 빙판 위로, 서쪽에서 지고 있는 분홍빛 달과 동쪽에서 모여드는 붉은 빛 사이로 뭔가 움직이는 게 보였다. 셋이나 되었다! 순록 세 마리! 그들은 모두 수컷이었는데, 힘들여 걷느라 콧김을 거칠게 뿜어내고 있었고, 기다란 뿔의 균형을 맞추느라 턱을 치켜들고 있었다. 가슴과 어깨의 하얀 털 뭉치가 흔들거리는 게 보였다.

마못과 나는 잠시 서서 그들을 뚫어지게 바라보았다. 그러다가 나는 자제심을 잃고 그들을 향해 내달리기 시작했다. 마못이 놀란 신음 소리를 내며 나를 따라왔고, 우리는 넓은 호수를 가로질러 곧장 달려갔다.

한참을 그렇게 달리다 내가 알아차린 것은 순록들의 상상할 수 없이 빠른 걸음이었다. 아무리 달려도 순록들과 우리 사이는 좁혀지지 않았다. 나의 앞뒤 가리지 않는 질주는 이윽고 기운이 빠져 터벅거리는 걸음걸이로 바뀌었다.

그때 갑자기 마못이 우뚝 멈췄다. 그의 머리와 귀는 꼿꼿이 서 있었지만 꼬리는 축 늘어져 있었다. 그가 바라보는 쪽을 보다가 내 꼬리도 함께 축 늘어졌다. 호숫가 반대쪽에서 세 마리 순록을 향해 하이에나 한 무리가 달려오고 있었던 것이다.

그럼 이제 어쩌지? 하이에나 한 마리가 맨 앞의 순록을 향해 펄쩍 뛰어올랐다. 순록이 발로 차고 뒤로 돌며 뿔을 내보였지만, 다른 하이에나들이 이미 사방에서 에워싸고서 순록의 콧잔등과 뒷다리를 물어뜯었다.

순록이 더욱 드세게 뒷발질을 하며 뿔을 휘둘렀지만 하이에나는 이미 순록의 엉덩이를 한 입 떼어냈다. 다친 순록이 울부짖으며 필사적으로 하이에나들을 걷어차는 동안 다른 순록들은 내처 달려 시야에서 사라졌다.

우리는 걸음을 멈출 수 없었다. 하이에나 몇 마리가 순록이 달아날 경우에 대비해 뒷다리와 배를 뜯어먹느라 정신이 없었다. 덩치가 큰 하이에나들은 순록의 코와 다리에 이빨을 박은 채 숨차게 배를 채우고 있었다.

끝내 순록은 무릎을 꺾었다. 하이에나의 거친 숨소리와 으르렁거리는 소리 위로 순록이 마지막으로 뱉어내는 절망적인 신음 소리가 들렸다. 그 소리를 들으니 마음이 아팠다. 그 소리는 하이에나가 아니라 우리 귓속에 먼저 울려 퍼졌어야 했다. 우리가 먼저 순록을 발견했고, 먼저 달려갔으므로. 그런데 지금 우리는 남들이 먹고 있는 것을 지켜보고만 있는 것이다.

하지만 우리는 그 자리를 떠날 수 없었다. 피 냄새, 벌어진 근육, 훤히 드러난 신선한 뼈, 찢어진 내장에 들어 있는 짓이겨진 푸른 이파리 냄새까지도 너무나 강렬했다. 입 안에 시큼한 침이 고였다. 나는 눈을 좀 먹어보았다.

하이에나에게서 고기를 훔치고 싶은 생각도 없지 않았지만, 그들은 덩치가 너무 크고 수가 많았다. 그들은 매우 요란하게 굴면서 자주 우리 쪽을 돌아보며 이빨을 드러내고 있었다.

우리는 한동안 앞뒤로 오가면서 남은 고기라도 얻기를 바랐지만, 뿔과 뼈까지 한 조각도 남김없이 그들의 목구멍으로 들어갔다. 우리는 이제 그만 포기하고, 뭐라도 먹고 싶다면 다른 곳에서 사냥을 해야 했다.

우리는 하는 수 없이 말을 사냥하기 위해 강으로 돌아갔다. 강가 평야의 가장자리에 자라는 나무 옆에서 말 한 무리를 발견했지만, 그들 앞뒤로 단단하고 편평한 땅이 넓게 펼쳐져 있어서 우리가 아무리 조심해서 다가간다 해도 쉽게 달아날 수 있었다.

말들은 사냥꾼들이 먹잇감으로 특히 좋아하는 순록들이

이 지역에 그리 많지 않다는 사실을 알고 있는 게 분명했다. 그래서 사냥꾼들이 자기들이라도 노릴 것이라는 사실까지도……. 그들은 계속해서 고개를 치켜든 채로 코를 킁킁거리며, 대단히 위험한 상황에 처한 것처럼 행동하고 있었던 것이다.

그런데 그때였다. 너무도 갑자기, 피에 굶주린 비명 소리와 함께 수컷 한 마리가 나를 공격했다. 나는 멀리 있는 암말에게만 온통 정신을 팔고 있었기 때문에 마치 산사태로 무너져 내리는 바위처럼 묵직한 발굽이 내 머리를 후려칠 때까지, 그 무시무시한 놈이 가까이 다가오는 것도 몰랐다.

나는 황급히 꼬리를 내리고 피했는데, 녀석은 큼지막한 이빨을 훤히 드러내면서 나를 쫓았다. 마못과 나는 강가를 따라 죽을힘을 다해 달려 갈대밭에 몸을 숨겼다. 거기서 우리는 호랑이의 분비물 냄새로 푹 젖은 덤불 속에서 옅은 말 냄새를 맡았다. 내가 뒤를 바라보는 동안, 마못은 고개를 빼고 눈을 크게 뜨고서 주변을 아주 세심하게 살폈다. 그러다가 마침내 그가 숲속으로 들어갔고, 곧이어 뭔가를 씹는 소리가 났다.

나도 즉시 뒤를 따랐다. 그는 발굽을 씹고 있었다. 나는 얼마 되지 않은 얼어붙은 고기를 먹었고, 마못이 씹다 버린 발굽도 씹어보았지만 배고픔은 가시지 않았다.

허기진 채로 하룻밤을 지낸 뒤, 우리는 문득 뭔가 다른 냄새가 풍기는 나무 연기 냄새를 맡았다. 그것은 마치 뼛속에 든 골수처럼 놀랍도록 맛있는 냄새였다. 입에 침이 고인 채로, 우리는 조심스럽게 그 냄새를 따라가다가 그레이랙의 오두막을 에워싸고 있는 달빛 비치는 나무 그림자에 다다랐다. 오두막 안에서는 노루의 간을 익히고 있었다.

너무 배가 고팠기 때문에, 우리는 그 냄새를 맡으려고 인간들에게서 나는 씁쓰름하고 지독한 냄새에도 불구하고 오두막 뒤쪽으로 다가가서 지붕 위로 훌쩍 뛰어올랐다. 그곳으로는 간 냄새가 모락모락 피어오르고 있었는데, 무척이나 향기로워서 어지러울 지경이었다.

하지만 우리는 얼마 뒤에 지붕 위에 그 냄새보다 더 좋은 것이 있다는 사실을 알았다. 누군가 지붕 위에 있는 거대한 뿔에 노루 고기를 잘게 잘라 걸쳐두었던 것이다. 우리는 곧장 뛰어올라 고기를 끌어내렸고, 무엇에 쫓기기라도 하듯이 열심히 먹어치웠다.

안에서는 우리의 기척을 들은 것 같았다. 처음엔 나지막하게 외치는 소리가 들리더니, 놀란 순록의 혓바닥처럼 사람들이 밖으로 튀어나왔다. 곧이어 깊고 큰 목소리가 울려퍼졌다.

"꺼져라! 어서 가라! 썩 물러가란 말이다!"

다른 사람들도 함께 외치면서, 창과 나뭇조각과 눈뭉치를 우리에게 던졌다. 우리는 지붕에서 뛰어내려 오두막 뒤쪽 길로 달려갔다. 한참을 달리다가, 마못이 갑자기 걸음을 멈추고는 뭔가 기억이 났다는 듯이 돌아섰다. 그러더니 그는 곧장 사라졌고, 나만 혼자서 달빛 비치는 눈 위에 찍힌 그의 발자국 옆에 서 있었다.

조금 기다렸지만, 아무 일도 일어나지 않자 나는 코를 하늘로 치켜들고 길고 커다랗게 울음소리를 냈다. 불안한 마음으로 마못의 대답을 기다렸지만 들려온 것이라고는 나무에서 눈이 조금 떨어지는 소리와 부엉이 울음소리뿐이었다.

마침내 나는 내가 누구인지 기억해 냈다. 나는 틸의 영혼 노예일 뿐이었다. 그제야 진실을 깨닫고서 나는 천천히, 슬프게 언덕을 내려가 오두막으로 돌아갔다. 지붕으로 올라가는 동안 발치를 내려다보니 영혼의 옷을 입은 다리와 무릎까지 올라오는 신발이 보였다. 알아차리지 못하는 사이에 나는 사람의 모습으로 바뀐 것이었다.

그레이랙의 굴뚝 옆에 순록 가죽을 뒤집어쓴 채 웅크리고 있는 인간의 모습이 보였다. 마못이었다. 나는 짜증이 나서 다른 쪽 굴뚝 옆에 앉았다. 나는 묻지 않을 수 없었다.

"왜 나를 혼자 두고 갔어요?"

"너무 배가 고팠어. 여기 걸려 있는 고기 보이니?"

물론 나도 고기를 보았다. 늑대 모습을 하고 있던 마못과 나는 그 고기를 전부 훔치려고 했었다. 나는 무의미해 보이는 질문에 대답하지 않기 위해, 아무 말도 듣지 못한 것처럼 마못을 쳐다보기만 했다. 그가 나한테서는 한 마디도 제대로 된 말이 나오지 않을 것이라는 걸 안다는 듯이, 말을 계속했다.

　"저 고기는 사람들 몫이야. 사람들은 늑대나 다른 동물에게 고기를 조금도 나눠 주지 않아. 하지만 영혼에게는 조금 태워서 나눠 주지. 그렇게 해서 우리는 우리 몫을 얻는 거야."

　언제나처럼 마못의 말은 옳았다. 오래지 않아 기름이 타는 냄새가 났다. 마못이 쪼그리고 앉은 채로 연기 위로 입을 벌렸다. 나도 똑같이 하고 맛을 조금 보았다. 혀로 입술을 핥으며 내가 말했다.

　"많이 주지 않는군요."

　"가진 것도 얼마 없을 거야. 하지만 더 많이 얻으면 더 많이 줄 거야."

　이번에도 마못의 말이 맞았다. 며칠 뒤, 이동을 하는 큰 무리의 순록들이 얼어 있는 차르 강 하류를 건너기 시작했는데, 젖먹이를 둔 엄마를 빼고는 남녀 모두 창과 도끼를 들고서 달려 나갔다. 그로부터 이틀 뒤에 그들은 앞다리, 뒷다리, 목, 갈비를 들고 돌아왔고 나머지를 더 가지러 다시 강으로 달려갔다.

그 뒤로, 지붕 위에는 잘게 자른 순록 고기들을 너무 많이 매달아 놓는 바람에 짙은 피 냄새가 진동해 하늘에서는 하루 종일 까마귀들이 다른 까마귀를 불러 모으는 등 법석을 떨었다.

그리고 또 있다. 오두막 주변의 숲에는 고기를 노리는 짐승들로 부산했다. 처음에는 동쪽 산에서 온 커다란 늑대 무리가, 나중에는 차르 강변에서 온 하이에나들이 몰려들었다. 수적으로 상대가 안 되는 우리들은 고기를 낚아채려고 지붕으로 몰려드는 욕심 사나운 도둑들을 피해 숲속으로 멀찌감치 물러나 있는 수밖에 달리 도리가 없었다.

가문비나무 아래 납작하게 엎드린 암호랑이가 짜증 섞인 표정을 감추지 못한 채 하이에나들을 노려보고 있는 광경을 목격했을 때, 나는 깜짝 놀라지 않을 수 없었다. 그러다가 암호랑이는 사라졌다. 그가 혼자 감당하기엔 오두막 주변에 너무 많은 짐승들이 도사리고 있었던 것이다.

많은 도둑들을 상대로 암호랑이가 꼼짝 못했듯이, 마못과 나도 아무런 행동도 하지 못한 채 숲속에만 머물러 있었다. 그렇지만 사람들은 그렇지 않았다. 그들은 말벌이 벌집에서 튀어나오듯 발톱이 지붕을 긁는 소리만 나면 뭐든지 들고서 밖으로 뛰어나왔다. 그렇게 지붕을 지키기 위해 행동하는 동안, 사람들은 우리 영혼들을 칭송하는 노래를 불렀다.

우리는 살 것이다.
우리는 고기를 먹을 것이다.
우리의 입가가 빛날 것이다.
우리 오두막은 커지고, 아이들이 많아질 것이다.
우리는 감사하며, 기름을 태워 바친다.

그 길로 굴뚝으로 달려간 우리는 순록의 기름을 태운 연기 냄새를 맡을 수 있었다. 연기에는 기름 냄새가 아주 짙게 배어 있었다. 살아 있을 때 모닥불 주변에 앉아 포식할 때처럼, 우리는 굴뚝 옆에 바짝 붙어 앉아 기름기 많은 연기를 손가락으로 잡았다. 발치 아래 지붕으로 노랫소리가 가득 울려 퍼지고 있었다. 내가 말했다.

"사람들은 참 단순해요."

마못이 마지막 남은 손바닥의 기름 자국을 핥으며 말했다.

"우리도 단순해. 우리가 얼마나 쉽게 만족하는지 보라고."

3

결혼하지 않은 남자들의 신붓감을 찾기 위해 불의 강으로
갈 때 나는 아직 어린 소녀에 불과했지만, 그곳으로 가는 동
안에 있었던 몇 가지 일을 생생히 기억하고 있다.

오두막 꼭대기에 앉아 있던 까마귀 한 마리를 돌아보고,
잿빛 하늘 높이 뜬 구름 아래 떼를 지어 몰려가는 기러기를
올려다보았던 기억이 난다. 기러기들이 어디서 왔는지는 아
무도 몰랐지만, 아버지는 그 기러기 떼가 밤새 날아가 검은
강의 늪지대에서 쉬면서 먹이를 찾을 것임을 알고 있었다.

아버지가 그곳에서 기러기 몇 마리를 잡아야 할지 궁리하
자, 그레이랙은 그러면 좋겠지만 늪이 너무 멀다고 말했다.
다른 어른들도 그레이랙의 너무 멀다는 말에 동조했다. 기
러기들은 어쩌면 우리가 그곳에 닿기 전에 떠날지도 모른다
는 것이다.

아버지는 결국 불의 강에 닿기 전에 배가 고파 기러기 떼
를 자주 떠올릴 것이라고 생각하면서도, 가지 않기로 한 결

정에 동의했다. 그 생각은 옳기도 하고 틀리기도 했다. 우리는 곰 고기를 가지고 갔지만, 그것만으로는 터무니없이 부족해서 가는 도중에 다른 먹을 것들을 부지런히 찾아야 했다.

이따금 잣이나 속이 든 상록수의 열매를 찾기도 했고, 짐승들이 먹다 남긴 시체를 발견하는 일도 있었다. 늑대나 하이에나가 사냥한 것을 우리가 끌고 가기도 했다. 하늘 높이 날아오르는 까마귀들을 보고, 추위에 얼어 죽은 동물을 찾아내기도 했다. 어느 날 밤에는 사냥을 나가기도 했는데, 밤마다 덫을 놓았지만 날마다 이동을 해야 하기 때문에 마냥 기다릴 수만은 없어서 허사가 되는 경우가 많았다.

그러다가 그만 식량이 떨어지고 말았다. 그렇게 아껴 먹었던 곰 고기가 떨어진 다음에는 여러 날 동안 아무것도 먹지 못하거나 눈으로 배를 채우는 날도 며칠씩이나 되었다. 그래서 나는 그 당시를 떠올리면 배고픔이 가장 먼저 생각난다.

그리고 끝없이 걸어야 했던 지루한 여행도 생각난다. 차르 강을 건너자마자 어른들은 규칙적으로 성큼성큼 걷는 걸음걸이를 취했는데, 그 걸음걸이가 시작되면 여행은 영원히 끝날 수 없을 것처럼 계속되었다. 어른들은 길이 없는 것도 상관하지 않는지 번갈아가며 길을 벗어나곤 했다.

아무도 이야기하지도, 노래하지도, 짐이 무겁다고 투덜거리지도 않았다. 어른들은 칼바람에도 춥다고 하지 않았고, 배고픔에도 지친 기색을 보이지 않았다. 발이 젖으면 어른들은 발을 무시했다. 햇볕이 뜨거워지면 파카의 앞섶을 살짝 열 뿐이었다.

나쁜 점은 어른들이 아이들도 자기들처럼 행동하기를 기대했다는 것이다. 정코와 내가 이야기를 시작하거나, 빨리 걷기를 잊고 뒤로 처지거나, 행렬에 빈틈이 생기면 나란히 걷지 못하게 하면서 어서 따라오라고 재촉했다.

어떤 어른이 행렬에 간격을 만들면 다른 이가 그것을 점잖게 지적했지만, 내가 간격을 벌리기라도 하면 즉시 눈총을 받았다. 이런 상황에서 나는 넋두리 한 마디도 뱉을 수 없었다. 내 목소리가 불평하고 싶은 것처럼 들리기라도 하면 바로 뒤에 있는 어머니가 날카롭게 숨을 들이쉬는 소리로 경고했기 때문이다.

우리가 야영했던 장소 가운데 몇 곳이 생각난다. 이동을 시작할 무렵, 차르 강의 남쪽 평지를 따라 걸을 때는 군데군데 솔송나무가 자라고 있어서 좋은 은신처가 되었다. 솔송나무의 무성한 가지가 바람을 막아 주고, 마른 솔잎은 편안한 잠자리가 되어 주었던 것이다. 게다가 나무 자체가 달콤하고 차가운 냄새를 풍기기 때문에, 나는 그 아래에서 자는 게 무척 좋았다. 송진 조각을 씹으면 맛이 있었고, 밤에 피운 모닥불에 송진 조각을 던지면 멋진 불똥이 튀어 올라 재미있었다.

　그런 평화는 평원으로 나가면서 막을 내렸다. 우리는 어디든 닥치는 대로 잠자리를 삼아야 했다. 바위 옆이나 관목 숲 등 바람을 막아 주는 곳이면 어디든지……. 무성한 수풀을 발견할 수 없으면 나뭇가지와 풀을 엮어 작은 은신처를 만들었다. 불편하고 고단한 나날이었지만, 아버지가 요이 이모를 택하는 바람에 메리와 내가 어머니를 차지하게 되는 날은 더없이 기뻤다.

　어머니에 대해서는 많은 것들이 기억난다. 막 이동을 시작했을 때였는데, 어머니가 차르 강의 맑은 물을 보고는 목욕을 하기로 결정했다. 그때는 햇빛이 좋은 데다 가장 따뜻한 시간이었다. 어머니는 모두에게 걷기를 멈추게 하고, 요이 이모와 함께 메리와 나를 데리고 여울로 갔다. 어머니와 요이 이모는 우리의 옷을 벗기고 몸을 닦아 주었다. 물이 너무나 차가웠기 때문에, 우리는 숨이 턱턱 막혀 소리도 지르지 못했다.

　그 다음, 어머니와 요이 이모가 옷을 벗고 물에 들어갔다. 두꺼운 옷을 다 벗자 두 사람의 벗은 몸은 가죽을 벗기고 난 동물처럼 아주 말라 보였다. 내 눈엔 곰같이 보였는데, 그보다 더 작았다.

어머니와 요이 이모가 몸을 웅크린 채로 몸을 닦고 나서 일어나 땋은 머리를 풀었다. 그때 나는 두 여인의 몸집 차이를 알아차렸다. 요이 이모의 배는 납작하고 골반 사이가 쑥 들어가 있었지만, 어머니의 배는 불룩했고 배꼽이 툭 튀어나와 있었다. 나는 그게 무슨 징후인지 즉시 눈치챘다. 어머니가 아이를 가진 것이었다.

그때는 아주 이른 봄으로 '얼음을 녹이는 달'이 이울어 초승달이 되었고, 그해 첫 모기가 우리를 괴롭히던 때였다. 또 생각난다. 그때는 우리가 차르 강 너머에 있는, 자작나무와 상록수가 섞인 숲을 지나기 직전이었다.

우리는 그 산을 넘어 여러 짐승의 무리들이 풀을 뜯고 있는 넓은 평원으로 가서, 밤이면 하이에나와 사자의 소리를 들었다. 얼음을 녹이는 달이 하늘을 떠나고 오후만 되면 '망아지들의 달'이 아이를 가진 여자처럼 불룩한 자태로 평야 위로 떠오를 때, 우리는 가파른 바위산을 지났다. 바야흐로 계절은 봄을 향해 치닫고 있었다.

그곳에서 남쪽으로 이어진 비탈에서, 우리는 봄의 강이라는 이름의 개울을 찾으려고 했다. 어른들은 그 개울이 불의 강과 합쳐진다는 사실을 알고 있었다. 그것은 봄의 강을 찾기만 하면 우리는 이제 최종 목적지를 눈앞에 두고 있다는 뜻이 된다. 하지만 우리가 닿은 개울은 너무 작았다. 우리는 그 근방에서 봄의 강을 찾을 수가 없었다.

어느 날, 어릴 적부터 그곳 지리를 잘 아는 어머니와 틸이 봄의 강을 찾으러 나갔다. 틸은 엘로를 데리고 갔다. 나는 어머니가 나를 데려가기를 바랐지만 어머니는 끝내 외면하고 그 대신 메리를 돌보게 했다.

어머니와 틸, 그리고 엘로가 떠난 뒤 나는 그 일에 대해 생각해 보았다. 처음에는 엘로와 요이 이모가 저지른 나쁜 짓에 대해 아무도 엘로를 벌하지 않는 점에 분개했었다. 하지만 나는 곧 깨달았다. 틸이 엘로를 데려간 것은 요이 이모와 함께 놔두지 않기 위해서라는 사실을 말이다. 반면에 나는 엘로처럼 일일이 감시할 필요가 없다고 판단한 것이었다. 나는 그런 사실이 자랑스러웠다.

그들이 떠난 뒤 정코와 나는 그날 밤 먹을 것이 그것밖에 없으리라 생각하고 맛없는 소나무 열매를 주우러 갔다. 물소리가 들리기에 그 소리를 따라갔더니 커다란 웅덩이가 있고, 주위에 호랑이 발자국이 있었다.

어쩌면 나는 어머니가 신뢰할 만한 아이가 아니었는지도 모른다. 사람들에게 웅덩이 이야기를 하면 필경 으스스한 저녁 때 가죽 주머니에 물을 떠오라고 심부름을 시킬 것 같았다. 나는 정코에게 그렇게 말했고, 그러니 웅덩이 이야기는 절대 하지 말자고 단단히 약속했다.

그날 밤 늦게, 들꿩 깃털을 태워 조그만 모닥불을 피우고 모두 모여 앉아 있을 때였다. 뭔가가 부드럽게 솔잎을 밟는 소리가 들렸다. 뭔가 커다란 것이 천천히 한 발자국 한 발자국 옮기고, 그러다가는 잠시 기다렸다가 또 옮기고는 했다. 차가운 공기 속에서 강한 사향 냄새가 났고, 울창한 상록수 숲의 어둠 속에서 입김이 보였다. 나도 무서웠지만, 티무를 놀라게 하려고 살짝 속삭였다.

"뒤를 봐. 뭐가 있지 않니?"

티무가 무심코 고개를 돌렸다가, 눈앞에 느닷없이 들이닥친 상황에 벌떡 일어났다. 그러자 우리 모두 일어나 창과 도끼, 모닥불을 피우던 나뭇가지를 집어 들었다. 호랑이가 두 그루 나무 사이에서 우리를 조심스럽게 응시하고 있었던 것이다. 몸집이 들소만큼이나 큰 거대한 호랑이였다. 호랑이의 새하얀 가슴과 줄무늬 어깨는 넓고 묵직했고, 털은 무척 빽빽했다. 눈을 반쯤은 감고, 입은 반쯤 열려 있어서 아랫니 끝이 살짝 보였다. 남자 어른들이 이구동성으로 말했다.

"어르신! 높으신 어르신! 돌아가시오. 들꿩은 우리 것이오."

하지만 호랑이는 불에 타고 있는 들꿩 따위는 쳐다보지도 않았다. 호랑이는 우리를 바라보고 있었고, 우리의 말을 듣기라도 하는 것 같았다. 호랑이의 귀가 우리 쪽으로 조금 움직이는 게 보였다. 남자 어른들이 또 말했다.

"이제 가시오. 우리가 창으로 해칠 것이오."

하지만 호랑이는 우리 냄새를 음미하고, 우리 모습을 감상하는 것 같았다. 얼마 후 호랑이는 귀를 쫑긋거리며 우리에게 등의 하얀 점을 보이더니 고개를 조금 돌리고 느릿느릿한 걸음걸이로 돌아갔다. 거대한 몸뚱이가 나무 사이를 뚫고 천천히 움직이는 동안, 우리는 곧추세운 어깨와 아래로 축 늘어뜨린 길고 강한 꼬리를 보며 몸서리를 쳤다. 무시무시한 사향 냄새만이 그 자리에 남았다.

우리가 자기로 한 곳에서는 잘 수 없게 되었다. 호랑이를 옆에 두고는 잘 수 없을 것이고, 사냥도 할 수 없을 것이었다. 그만한 호랑이라면 이곳의 사냥감들은 전부 딱새만큼이나 조심스러워졌을 것이다.

그제야 정코와 나는 웅덩이와 호랑이 발자국을 발견한 이야기를 털어놓을 수밖에 없었다. 사람들은 우리가 그런 중대한 문제를 비밀로 삼았다며 화를 냈지만 달리 도리가 없었다. 그 웅덩이는 어머니와 틸이 찾으러 간 봄의 강의 수원이었다.

어른들은 날이 밝자마자 즉시 그곳을 떠나기로 결정했다. 가죽 담요를 펴서 불붙이는 막대기와 도끼를 담으면서 아버지와 그레이랙이 말했다.

"가는 길에 어머니와 틸을 만나지 못한다면, 나중에 우리 발자국을 따라와서 만날 수 있을 거야."

하지만 어머니 없이 떠나고 싶지 않았다. 아버지 소맷자락을 잡아당기며 나는 어머니가 올 때까지 기다렸다가 같이 떠나자고 했다. 하지만 아버지는 기분 좋은 목소리로 말했다.

"네 어머니는 괜찮다. 우리를 찾아낼 테니까."

"아뇨, 아버지. 나는 여기서 어머니를 기다릴 거예요."

"네가? 여기서 혼자?"

나는 어머니 없이 떠날 작정이라면 웅덩이로 가는 길을 알려 주지 않겠다고 결심했다. 하지만 아무도 내게 웅덩이에 대해 묻지 않았다. 새벽이 되자 그들은 그곳이 어디일지 짐작해 냈고, 한 줄로 서서 그곳으로 곧바로 향했다.

동쪽 하늘이 분홍빛으로 변해가는 동안 나는 고집스럽게 모닥불의 불씨 옆에 앉아 있었다. 일행이 나무둥치 뒤로 사라지기 직전, 아버지가 빙그레 웃으며 나를 돌아보았다. 나는 더 이상 혼자 기다릴 수 없다는 사실을 깨닫고는 아버지의 뒤를 따라 남쪽 비탈로 내려갔고, 그러는 사이에 해가 떴다.

우리가 봄의 강이 시작되는 개울의 동쪽을 걷고 있을 때, 자작나무 숲 사이에서 한 남자가 나타났다. 어머니와 함께 떠났던 엘로였다. 그는 말의 앞다리를 어깨에 둘러메고 있었는데, 말고기는 불의 강을 따라 이틀 정도 걸어가면 나오는 곳에 머물고 있는 사람들한테서 받은 선물이라고 했다. 어머니와 틸은 지금 그 사람들과 함께 있고, 엘로를 대신 우리들에게 보낸 것이었다.

여러 날 동안 솔방울이나 들꿩밖에는 먹지 못했으므로, 우리는 땔감을 모아 불을 피운 뒤에 말고기를 구워 먹으면서 엘로의 이야기를 들었다. 거기엔 스무 명쯤 되는 사람들이 지내고 있는데, 그들 모두 낯선 사람들이라고 했다. 틸도 그 사람들을 알지 못했는데, 이야기를 나누던 끝에 그들 가운데 몇 명이 우리 혈통과 친척 관계라는 사실을 알게 되었다. 그래서 그들은 우리한테 말의 앞다리를 선물로 보낸 것이었다.

그렇게 많은 사람들이 이렇게 많은 수의 우리들에게 고작해야 앞다리 하나만을 보내다니, 참으로 인색한 인간들이라는 생각이 들었다. 엘로가 또 말했다. 그들 가운데 여자들은 틸과 우리 어머니를 반겼지만, 남자들은 엘로를 불편하게 대했다고 했다. 또한 그들의 언어는 잘 알아듣지 못할 정도로 낯설었다는 것이다. 엘로의 말을 다 듣고 난 그레이랙이 심기가 불편한 표정으로 말의 앞다리를 바라보며 말했다.

"네가 전하는 소식은 정말 실망스럽구나. 대체 그 사람들이 뭐라고 했지?"

엘로는 잠시 망설였다. 엘로가 할 말을 고르느라 애쓰는 것을 보면서, 우리들은 불안한 시선을 나누었다. 한참 뒤에 엘로가 입을 열었다.

"사실은 아주 심하게 불친절한 것은 아니었어요. 자기 친족들은 이곳에 더 이상 오지 않는다고 했어요. 대신 그들은 여기서 아주 먼 곳에 있는 매머드의 번식지로 간대요. 그곳 이름이 털의 강이라고 했어요."

"그들이 그런 사실을 어떻게 알고 있지?"

그레이랙이 못마땅한 표정을 지으며 물었다.

"한 사람이 우리 혈통의 여자와 결혼했다가 홀아비가 되었대요."

"홀아비라고? 죽은 여자가 누군데?"

"티친이라고 했어요. 저는 누군지 모르는 사람이었어요."

어른들은 서로 쳐다보며 고개를 저었다. 누구도 티친을 알지 못했다. 엘로가 말했다.

"하지만 어머니와 래프윙 이모는 티친을 알았어요. 그녀가 죽었다는 소식을 듣고 많이 울었어요."

"또 무슨 이야기를 나눴지?"

"거기서 우리가 여자들과 아이들을 데리고 천천히 움직인다면 우리 친척들을 만나는 데 얼마나 걸릴지 물었더니,

달이 한 번 바뀌는 것보다 더 오래 걸릴 거라고 했어요."

그레이랙은 난감한 표정으로 입술을 깨물었다.

"그 사람들이 어디서 왔는지는 들었니?"

"서쪽의 겨울 오두막에서 왔대요. 여기서 당장 떠나 순록의 별자리를 따라 방향을 잡아가면, 순록의 별자리가 '겨울 잠자리'로 내려가기 시작할 때, 그곳에 다다를 수 있다고 했어요."

"아주 멀군. 그런데 이곳엔 왜 온 거지?"

"물고기를 잡으러 왔대요."

"다른 사람들 소식은 들었니?"

"초원으로 나가면 북동쪽 오두막에서 온 두 개의 큰 무리 사람들이 매머드를 사냥하고 있대요. 그 사람들은 그들이 누군지 모르지만, 검은 강 하류에서 왔을 거라고 믿고 있었어요."

그 말이 떨어지기가 무섭게 그레이랙이 탄성을 질렀다.

"아! 검은 강에서 온 무리들이라고? 검은 강에서 사는 사람들이라면 모두 나의 친척이 아닌가?"

"제가 아버지의 친척을 다 알진 못하잖아요."

엘로의 말이 옳았다. 엘로가 아버지 그레이랙의 친척을 다 알 수는 없었다. 어찌 되었든, 그레이랙은 이제 안심하는 눈치였다. 그가 만족스러운 표정으로 일행에게 말했다.

"좋아! 내가 직접 그들에게 물어보겠다. 자, 이제 고기를 보내 주어서 고맙다는 인사를 하러 가야겠다."

우리는 당장 출발했다. 이틀 뒤에 우리는 오르막길을 만났고, 거기서 엘로가 만난 낯선 사람들이 피우고 있는 불에서 연기가 피어오르는 것을 보았다. 우리는 그들의 풀로 지은 보금자리 꼭대기가 보일 때까지 천천히 걸어 올라가 여장을 풀었다.

곧 우리 무리의 남자들이 그들을 만나러 출발했다. 남자들은 그들이 우리에게 보내 준 인색한 선물에 매우 후하게 감사 표시를 하기 위해 겨울 순록 가죽 한 장을 가져갔다.

남자들은 평화를 원한다는 걸 보여 주기 위해 창과 도끼, 칼까지 두고 갔다. 나는 남자들보다 앞서 달려가 어머니를 만나고 싶었지만 아버지가 허락하지 않았다. 아버지는 이렇게 말했다.

"낯선 사람들을 만날 때는 조용히 인사해야 한다. 천방지축 혼란을 일으키며 다가간다면 우리가 평화를 원한다는 걸 어떻게 보여 줄 수 있겠니?"

남아 있는 우리들은 오후의 햇살을 받으며 보따리 옆에 앉아 꾸벅꾸벅 졸았다. 얼마 후 남자들이 어머니와 틸, 그리고 낯선 사람들 가운데 한 명과 함께 돌아왔다. 그는 아버지 연배쯤 되어 보이는 키가 큰 남자로, 머리는 땋았고 턱수염을 길렀으며 눈은 갈색이었다. 윗옷과 바지, 그리고 가죽신은 우리 것과 흡사했지만 씨앗과 내가 처음 본 모양의 순록 이빨에 구멍을 낸 목걸이를 걸고 있는 모습은 참으로 낯설었다.

그도 역시 무기를 두고 왔고, 빈손을 양옆에 조용히 늘어뜨리고 있었다. 그가 우리에게 예의바르게 인사를 하고는 입을 벌려 말을 시작했는데, 말이 너무 해괴해서 나는 입을 딱 벌리고 말았다. 내가 이제까지 한 번도 들어보지 못한 사투리였던 것이다. 그의 말은 거의 알아들을 수가 없을 만큼 이상했다. 이상한 말소리를 억지로 귀담아듣고 짐작하건대, 그는 이렇게 말하는 것 같았다.

"여자분들께 인사드립니다. 환영합니다. 강에는 송어가 많습니다. 우리가 지내는 곳 근처에 머무르면서 송어를 나누어 드시기 바랍니다."

송어를 마음껏 잡을 수 있다는 말이 무엇보다 반가웠지만, 나는 일단 그의 말소리가 왜 그렇게 이상한지를 생각해 보았다. 가령 우리가 '흐'라고 말할 때, 그는 '브'라고 했다. 우리가 '시'라고 말할 때, 그는 '찌'라고 했다. 우리가 '스'라고 말할 때, 그는 '드스'라고 했고, 우리가 '프'라고 말할 때, 그는 '브흐'라고 했다.

우리의 말은 또렷하지만, 그의 말은 너무나 부정확해서

제대로 알아들을 수가 없었다. 그와 함께 지내는 사람들은 저렇듯 이상한 말을 어떻게 이해할까? 주위를 둘러보니 정코와 화이트 폭스, 티무와 아울이 모두 놀란 표정을 지으며 억지로 웃음을 참고 있었다. 엘로는 그 사람 옆에 서서 우리의 놀란 표정을 즐기고 있는 눈치였다.

하지만 어른들이 꼿꼿하게 서서 번뜩이는 눈으로 우리를 둘러보고 있었기 때문에, 우리는 아무렇지도 않은 척 엄숙한 표정을 지어야 했다. 우리 쪽 어른들 몇 명이 오늘 밤 야영할 곳을 찾아 그 사람과 함께 떠난 순간, 우리는 웃음을 터뜨리며 그 사람 흉내를 냈다. 티무와 내가 벌떡 일어나서, 그 사람과 그 사람의 아내가 말다툼을 하는 흉내를 내자 좌중은 웃음바다가 되었다. 정코, 아울, 화이트 폭스는 우리의 행동에 웃다가 눈물을 흘릴 정도였다.

우리는 그들의 야영지에서 좀 떨어진 곳에 머물 곳을 마련했다. 우리가 새로 마련한 반구형 보금자리는 강가 평야의 큰 풀들이 자라는 곳에 숨어 있었다. 거기서는 머리 위로 흐린 하늘을 날아다니는 제비들이 우리가 볼 수 없는 작은 것들을 잡아먹는 광경이 보였다.

우리는 마른 나무와 하얗게 빛바랜 뼈까지 주워 모아 불을 피웠고, 평야에서 찾아낸 들소의 똥도 태웠다. 처음 며칠 동안 남자들은 낯선 이들의 거처로 가서 그들이 들려주는 이야기를 들었고, 그쪽 여자들은 우리와 함께 강을 따라 나가거나 평야로 나가기도 했다. 틸과 어머니는 벌써 그쪽 여자들과 친해졌는데, 이상한 말투의 남자들과는 달리 대부분 여자 호수 근방의 오두막에서 온 사람들이라서 당연히 말투가 자연스러웠다.

불의 강 저지대에 봄이 찾아왔다. 어머니는 우리를 데리고 강둑으로 가서 아스파라거스나 고사리 잎, 그 밖에 갖가지 맛있는 봄 식량을 냄새로 찾아냈다. 그리고 물고기도! 그 무렵에는 밤이 끝나갈 무렵에 '망아지들의 달'이 떠올랐는데, 그 달은 뱃속에 '파리 떼의 달'을 품고 있었다.

이제 강에는 뱅어들이 몰려들기 시작했다. 우리는 그쪽 여자들과 함께 신발과 바지를 벗고, 소매를 걷어붙이고, 여울에 들어가 손으로 뱅어를 잡았다. 낚시꾼은 우리만이 아니었다. 수달, 물총새, 독수리, 물수리, 그리고 곰들도 물고기를 잡으러 왔다. 곰을 발견하면, 우리는 웃으면서 서로를 곰 쪽으로 밀어내고 물장구를 치면서 즐거운 비명을 질렀다.

파리 떼의 달이 초승달이 되기 전에, 이미 여자들끼리는 모두 친해져서 서로 자매라고 부르면서 입을 맞추며 인사하기에 이르렀다. 하지만 남자들은 달랐다.

그들은 처음 며칠 동안은 낮뿐만 아니라 밤늦게까지도 둘러앉아서 이야기를 계속했다. 우리가 남자들에게 물고기, 사초, 명아주 싹, 갈대 싹 등을 갖다 주면 그들은 먹을 때도 그것을 쳐다보지 않은 채 서로에게 시선을 고정시키고 있었다. 양쪽 남자들은 서로에게 얼마나 많은 사실을 알려야 할지 조심스럽게 가늠하고 있었던 것이다.

그러던 어느 날 밤, 그레이랙이 흥분해서 우리들의 모닥불로 돌아왔다. 그가 바라던 대로, 초원에서 매머드를 잡는 이들과는 아는 사이임을 알게 되었다고 했다. 그들 가운데 한 명은 첼카라는 사람으로, 다름 아닌 그레이랙 아버지의 남동생이었다.

첼카가 거기 있다면 그가 아는 다른 남자들도 몇 명 있을지 모르며, 매머드 사냥에는 사람이 많으면 많을수록 좋기 때문에 필시 우리를 반겨 줄 것이라고 그레이랙은 자신 있게 말했다. 그렇게 말하는 그레이랙의 눈이 빛났다. 이로써 저쪽 낯선 사람들이 매머드 사냥꾼들과 합세할 때, 우리도 함께 갈 것이 분명해졌다.

시간이 지나면서 뱅어가 점점 드물어지더니 이윽고 자취를 감추었다. 그때까지는 송어가 보였지만, 뱅어만큼 많지 않아서 아무리 애써도 얼마 잡지 못했다. 불의 강의 풍요로운 시절이 끝나가고 있었다. 이제 떠날 때가 온 것이다.

마지막 날, 낯선 남자들 몇 명이 찾아와 버드나무 숲으로 사향노루를 잡으러 가자고 아버지를 불렀다. 사향노루는 혼자 살면서 밤에만 돌아다니고, 낮에는 토끼 같은 모습으로 숨어 있기 때문에 찾기 어려운 짐승이었다. 낯선 남자들이 고기의 일부와 가죽을 주겠다고 하자, 아버지는 선뜻 응했다.

사향노루의 뒷다리를 떼어내 윗옷을 뒤집듯이 해서 묶으면 훌륭한 물통이 된다. 평야를 건너가는 긴 시간 동안에 우리에게는 무엇보다도 튼튼한 물통이 필요했기에, 마침 잘된 일이었다. 또한 사향노루의 엄니는 목걸이에 끼면 예쁜 장식이 되고, 사향은 덫에 문질러 동물을 유혹하는 데 쓸 수 있었다.

그래서 아버지는 아침에 낯선 남자들과 아주 기분 좋게 떠났다. 하지만 그날 밤, 야영지로 돌아온 낯선 남자들과 달리 함께 간 아버지는 돌아오지 않았고, 해가 완전히 진 뒤에도 오지 않았다. 그레이랙이 우리 쪽 남자들을 모으더니 낯선 남자들을 찾아가 아버지에게 무슨 일이 있었는지 알아보기로 했다.

남아 있는 우리들은 귀를 기울이고 있다가 곧 그레이랙과 낯선 남자들이 큰 소리로 웃음을 터뜨리는 것을 들었다. 아버지를 놓고 우스갯소리를 나누는 것 같았다. 잠시 후, 그레이랙과 나머지 남자들이 안심한 표정으로 사향노루의 가죽을 들고 돌아왔다. 그레이랙은 그것을 요이 이모에게 건네주며 낯선 사람들에게 받은 선물이라고 했다. 지금 당장 아버지가 직접 줄 수 없기 때문에 대신 주는 것이며, 아버지는 아직 강 건너에 남아 있다고 했다.

아버지를 대신해서 선물을 준다면 마땅히 어머니에게 주어야 하는데, 왜 요이 이모에게 주는 것일까? 나는 이것을 몹시 궁금해하며 그레이랙의 말에 귀를 기울였다. 그들의 말에 따르면, 아버지는 사향노루를 잡고 싶은 간절한 마음에 낯선 사람들이 만류하는데도 불구하고 강을 헤엄쳐 반대편 강둑으로 건너갔다고 했다.

그런데 아버지가 그쪽에 가 있는 동안, 갑자기 강물이 불어나서 발이 묶이고 말았다. 그런데 낯선 사내들은 아버지와는 반대편 강둑에서 때마침 나타난 사향노루 한 마리를 찾아냈다. 오도 가도 못하게 된 아버지는 그들이 사향노루를 사냥하는 걸 우두커니 구경만 해야 했다.

다행히 아버지는 한밤중에야 옷이 푹 젖은 채로 돌아왔지만, 머리는 풀어진 채였고 얼굴엔 분한 표정이 역력했다. 아버지가 모닥불 옆에 털썩 주저앉으며 말했다. 강이 불어날 것을 뻔히 알면서도 저쪽 사내들이 강을 건너라고 부추겼다는 것이다. 이로써 아버지를 만류했다는 말은 거짓임이 드러났는데, 더 기막힌 일은 사자 네 마리가 아버지를 향해 다가오고 있었다는 것이다.

아버지는 혼자였고, 강물은 함부로 건널 수 없을 만큼 불어나 있었다. 그런데도 낯선 사내들은 사향노루를 잡고 희희낙락하면서, 당황하는 아버지를 보고 웃음을 터뜨렸다고 한다. 궁지에 몰린 아버지를 보고 어떻게든 구할 생각은 않고 비웃고만 있는 사내들을 보며 아버지는 할 말을 잃었다고 했다.

아버지에겐 강물로 뛰어드는 것 말고는 다른 방도가 없었다. 아버지는 하류로 휩쓸려 내려가며 바위에 부딪치기도 하고 급류에 휘말리기도 했지만, 결국 반대편 강둑에 닿았다. 더 한심한 일은 아버지가 이 와중에 도끼와 불붙이는 막대기마저 몽땅 잃어버리고 말았다는 사실이었다.

아버지는 낯선 무리들이 자고 있는 야영지를 죽일 듯이 노려보았다. 아버지는 물속에서도 어떻게든 손에서 놓지 않으려고 단단히 쥐고 있던 창을 들고서, 분노로 일그러진 얼굴을 감추지 못한 채 밤새 그쪽을 노려보고만 있었다.

우리 쪽 불이 약해서 너무 어두웠기 때문이든, 아니면 아버지가 창피한 꼴로 강물에서 빠져나오느라 홀딱 젖은 짐승처럼 되어 우스워 보였기 때문이든, 아무튼 우리 쪽 남자들은 아버지가 얼마나 화가 났는지 느끼지 못하고 있었다. 어쩌면 그들은 아버지의 분노를 장난으로 여기고 있었는지도 모른다. 그들은 아버지를 보고 계속 웃어댔다. 그레이랙이 말했다.

"자네 모습을 좀 봐야 해, 아히. 그 창으로 무엇을 하려는 거지?"

아버지가 그레이랙을 노려보았다. 짧은 침묵이 지나고, 아버지의 입에서 뜻밖의 말이 터져 나왔다.

"무엇을 할 거냐고 물었나요? 그렇다면 대답을 해주지. 내 집으로 가려고 하오."

아버지는 어머니와 요이 이모, 그리고 나와 메리에게 말했다.

"어서 일어나 짐을 싸라. 날이 밝는 대로 떠날 거니까!"

처음에 우리는 아버지의 말이 진심일 거라고는 생각하지 않았다. 어머니와 요이 이모가 놀란 표정으로 아버지를 쳐다보기만 했다. 그러다가 마침내 어머니가 소리쳤다.

"왜 그래요, 아히? 누가 당신의 마음을 상하게 했나요?"

"저쪽 녀석들이 나한테서 가죽을 빼앗아가더니, 이제는 그레이랙까지 나를 놀리고 있어."

"우리는 아무것도 빼앗기지 않았어요. 저 사람들이 가죽을 줬어요. 봐요, 요이가 갖고 있잖아요. 그들이 주었어요."

"그렇다면 내가 없는 사이에 요이가 무슨 짓을 한 거지? 낯선 자들이 왜 내 허락 없이 요이에게 가죽을 건네주었지?"

많은 사람들이 아버지를 향해 억지라며 오해를 풀라고 버럭버럭 소리치기 시작했다. 요이 이모는 아무짓도 하지 않았다며 울음을 터뜨렸고, 메리도 큰 소리로 울었기 때문에 나는 당장 그치라고 소리를 질렀다. 사실, 아버지는 그레이랙에게 화가 더 많이 나 있는 것 같았다. 아버지를 사지에 몰아넣고도 끝까지 조롱한 낯선 사내들 편에 서서 자신을 더욱 웃음거리로 만들고 있는 그레이랙은, 이제 아버지에게 아무런 존재도 아니었다.

이쪽에서 일어난 소동을 듣고 낯선 남자들 몇 명이 왔는데, 그들은 푹 젖은 옷을 입고 있는 아버지를 보고는 웃음을 터뜨렸다. 그때 그레이랙이 낮은 목소리로 아버지의 두 조카인 스틱과 프록에게 뭐라고 말을 하자, 그들이 아버지의 창을 급히 치웠다. 그레이랙이 말했다.

"모두 자기 자리로 돌아가라. 아히의 옷은 모닥불에 말리면 되니 화를 낼 필요는 없어. 자, 이야기는 아침에 마무리 짓도록 하세."

하지만 아침이 되자 아버지는 낯선 사람들한테 받은 사향노루 가죽을 불에다 집어던지고는 우리들에게 당장 짐을 싸라고 명령했다. 아버지의 누이인 그레이랙의 아내 아이너도 제발 고집을 꺾으라고 말렸지만 아버지는 고개조차 돌리지 않았다. 아이너의 아들이자 아버지의 조카인 스틱과 프록에게 아버지는 이렇게 말했다.

"나와 같이 가도 좋고, 그레이랙과 너희 어머니랑 여기 있어도 좋다. 하지만 여기 있기로 한다면, 초원에서 만날 사람들이 어떤 사람들인지 모른다는 사실을 기억해라. 저 사람들이 나를 대한 것처럼 그 낯선 사람들도 너희들을 그리 대할지 모르니까."

아버지 조카들은 낯선 사람들과 친하게 지내지 못했다. 왜냐하면 이 젊은이들은 자기들에게 붙여진 창피한 별명을 두려워하고 있었기 때문이다. 원래 프록에게는 카마스라는, 스틱에게는 헤논이라는 본명이 따로 있었다. 그런데 언젠가부터 그들의 생김새를 본따서 개구리처럼 넓적한 얼굴에 툭 튀어나온 갈색 눈의 카마스에게는 프록이라는 별명이 붙었고, 오른팔을 쓰지 못하는 헤논에게는 스틱이라는 별명이 붙어 이름 대신 불리게 되었다.

아버지가 짐을 싸기 시작하자 프록과 스틱도 짐을 쌌다. 그레이랙이 아버지에게 다가와서, 처음에는 기분 좋게 이야기를 건넸지만 아버지가 몹시 고집을 부리자 점점 짜증을 내기 시작했다. 아버지가 기나긴 분쟁의 결론을 내리듯 소리쳤다.

"누구라도 함께 가고 싶은 사람과 떠나면 돼. 나는 누구에게도 함께 가자고 강요하지 않겠어."

마침내 아버지와 그레이랙이 합의를 보았다. 그레이랙과

그의 아내들, 아들들, 딸과 조카들은 낯선 사람들을 따라 매머드 사냥꾼에게 가기로 했다. 가을이 되면 그들은 다시 차르 강의 오두막으로 돌아올 것이고, 그때 최대한 많은 상아를 가져오기로 했다.

우리들은 아버지가 태어난 오두막을 찾아가기로 했다. 그곳은 오래전에 버려졌지만 겨울이면 사냥하기 좋은 곳으로, 언젠가 쓸모가 있을지 몰라 아버지가 늘 염두에 두고 있었다. 우리는 거기 가서 사냥이 잘 되는지 살펴본 다음, 겨울에 차르 강에서 그레이랙 일족과 만나기로 했다. 그레이랙이 말했다.

"그렇게 하지. 그럼 눈이 오기 전에 다시 만나세."

아버지가 단호한 표정으로 말했다.

"모두 서두르자. 날이 밝았는데 아직도 이야기만 하고 있으니."

우리가 달리 무엇을 할 수 있었겠는가? 어머니는 씁쓸한 표정으로 이렇게 중얼거렸다. 까마귀는 호랑이를 따라갈 수밖에 없어. 그렇다, 우리가 아무리 아버지보다 사리 판단을 잘한다 해도 최종적인 결정은 사냥꾼이 내리는 것이다. 아버지가 결정을 내렸으므로 우리는 일어났고, 남아 있는 사람들과의 이별이 아쉬워 엉엉 울면서 아버지 뒤를 따랐다.

우리는 먼 길을 걸었다. 햇볕은 뜨거웠고, 이 틈을 타서 등에며 모기들이 떼를 지어 달려들었다. 등에 지고 있는 짐에 깔릴 것 같았고, 발이 너무 아팠다. 땅이 몹시 거칠고 돌이 많은 탓에 아버지는 더 높은 지대를 선택했는데, 그런 까닭에 우리는 점점 더 계곡 위로 숨차게 올라가야 했다.

계곡 꼭대기에 올랐을 때, 나는 돌아서서 우리가 머물던 야영지를 돌아보았다. 아주 멀리, 아주 조그맣게, 티무와 엘로, 그리고 정코와 화이트 폭스가 아직도 우리를 쳐다보고 있는 게 보였다. 내가 돌아보는 것을 알고서 그들이 손을 흔들었다. 울음을 삼키고 있는 나에게 어머니가 어서 가자고 재촉했다.

그렇게 우리의 여름은 시작되었다. 아버지가 예전에 살았던 오두막집은 소나무 강에 있는데, 거기는 차르 강과 불의 강의 중간쯤 되는 곳인 북동쪽에 있다고 했다.

멀고도 험한 길이었다. 더구나 어머니가 임신한 지 한참 되어서 자주 먹고 자주 쉬어야 하기 때문에 빨리 움직일 수도 없었다. 어느 날은 하루 대부분을 먹을 것을 찾느라 보냈지만 우리 수중에 들어오는 것은 블루베리와 라즈베리, 월귤이 고작이었다. 밤마다 일찍 걸음을 멈추고 덫을 놓았지만, 무슨 까닭인지 손바닥만한 짐승도 잘 걸리지 않았다.

나는 서서히 깨달아가고 있었다. 초가을이 될 때까지는 목적지에 이를 수 없으리라는 사실을……. 요이 이모와 사촌들도 그것을 깨달았다. 어느 날 밤, 잠자리를 만든 뒤에 우리의 생각을 아버지에게 전하자 아버지도 순순히 그럴 것이라고 인정했다.

하지만 아버지는 그레이랙도 다음 겨울까지 차르 강으로 돌아올 수는 없을 것이라고 했다. 아버지가 생각하기에 그레이랙은 매머드 사냥꾼들과 함께 겨울을 보내고, 우리는 소나무 강가에 있는 아버지의 옛 오두막에서 겨울을 보내야 할 것 같다고 했다.

나는 또 다른 사실을 깨달았다. 그렇구나, 아버지와 그레이랙은 다음 겨울에 만나자고 약속할 때부터 이렇게 될 줄 알았던 것이다. 우리에게는 말하지 않고서, 어른들끼리는 한동안 떨어져 지낼 생각을 했던 것이다. 그렇게 생각하니 너무 슬펐다. 그렇게 되면, 나는 거의 일 년 이상 내 또래를 만날 수 없고, 메리 말고는 말동무도 없기 때문이었다.

어느 날, 우리 일행이 자작나무 숲에 다다랐을 때였다. 어머니가 우리에게 걸음을 멈추게 하더니 어서 자작나무 속껍질을 모아 오라고 했다. 우리는 숲에 들어가 자작나무 껍질을 벗겨내고는 안쪽의 갈색 속껍질을 챙겼다. 어머니는 그 것을 짐 속에 소중히 집어넣었다. 그 다음부터, 우리가 걷는 거리는 날마다 현저히 줄어들었다.

어느 날 밤, 불가에 모여 앉아서 프록과 스틱이 불의 강과 검은 강 사이를 열흘 만에 걸어갔던 일을 이야기했다. 그들은 우리가 걷는 속도가 너무 느려서 속이 상했던 것이다. 하지만 어머니가 곧 아기를 낳아야 하기 때문에 빨리 걸을 수 없었다. 자작나무 속껍질은 아기를 낳을 때 피를 흘리는 대비한 준비물이었던 것이다.

우리가 산의 북쪽 비탈을 내려가기 시작한 날 아침, 마침내 진통이 시작되었다. 오전 내내 어머니는 다른 사람들 뒤에 처져 있었다. 나도 어머니와 함께 뒤로 처졌다. 이따금 어머니는 땅 파는 막대기에 기대서서, 땋은 머리에서 빠져나와 눈을 가리는 머리카락을 입김으로 후 불어 치우곤 했다.

큼지막하게 튀어나온 아랫배에도 불구하고, 잿빛 하늘과 시커먼 산을 배경으로 서 있는 어머니는 너무 작게 보였다. 언제나 부드럽고 온화한 어머니의 얼굴에 고통이 가득한 걸 보며 나는 속으로 울었다. 내가 태어날 때, 바지를 입은 채로 양수가 터지는 바람에 바지가 굳어 버려서 그냥 버려야 했다는 이야기를 어머니가 해준 게 기억났다. 새 바지를 하나 얻어 입느라고 얼마나 고생했는지 그때 생각만 하면 눈물이 다 난다고, 어머니는 그렇게 당시의 고통을 웃으며 말해 주었다.

그날 오전 중, 어머니가 걸음을 멈추고 바지를 벗더니 둘둘 말아서 짐에다 넣고 벗은 채 걸었다. 양수가 터져 다리에 흘러내리기 시작한 것은 그때부터였다. 어머니는 양수가 고인 곳에 그대로 서 있곤 했는데, 거기서 희미한 냄새가 피어올랐다. 어머니와 나는 젖은 땅을 땅 파는 막대기로 파기 시작했고, 그렇게 해서 생긴 흙을 길에서 멀리 떨어진 곳에 갖다 놓았다.

"여기서 멈추자."

어머니는 한동안 몸을 숨길 곳을 찾더니, 가지가 낮게 자라 거센 빗방울만 겨우 뚫고 들어올 수 있는 가문비나무 아래에 보금자리를 만들었다. 나는 어머니가 나무에 기대어 앉을 때 깔 이끼를 모았고, 어머니의 짐에서 자작나무 속껍질도 꺼내 놓았다.

어머니가 짐에서 불붙이는 막대기를 꺼내더니 내게 불을 피워 달라고 했다. 나는 나무와 부싯돌을 구해 불을 피우기 시작했지만, 그때만 해도 아직 그 일을 배우던 중이라 불이 잘 피지 않았다. 결국 어머니가 힘겹게 기어와 대신 불을 피우고는 다시 나무로 기어가서 기대앉았다. 어깨에 파카를 걸치고 자작나무 속껍질을 다리 사이에 놓고서 어머니가 내게 말했다.

"야난, 거기 가만히 앉아 있어라."

한참 뒤, 어머니가 다시 일어나 나중에 나온 양수로 인해 흠뻑 젖은 흙과 가문비나무 속껍질을 새 흙으로 덮으라고 했다. 나는 그렇게 하고 나서 다시 기다렸다. 머리를 푹 숙이고 앉아 있는 어머니를 감히 쳐다보지 못했지만, 나는 어머니의 숨소리만은 죽을힘을 다해 들으려고 했다. 어머니를 위해 내가 할 수 있는 일은 그것밖에 없었다.

　어머니는 몹시 힘겹게 숨소리를 내고 있었다. 피 냄새가 나기에 살짝 보았더니 자작나무 속껍질이 피에 흥건히 젖어 있었다. 어머니는 막대기로 속껍질 더미를 밀어내며 말했다.

　"이것도 묻으렴."

　내가 그렇게 하는 동안, 어머니는 속껍질 더미를 하나 더 만들었다. 숲은 아주 조용했다. 지저귀는 새도 없었다. 바람에 흔들리는 나뭇가지 소리도 들리지 않았다. 하지만 날이 저물고 있었기에 걱정이 되기 시작했다. 우리한테서 냄새가 얼마나 많이 날까? 냄새를 맡고 곰이 다가오는 것은 아닐까? 호랑이는?

　그런 것을 생각하지 않으려고 했지만, 하늘이 컴컴해지고 사방에서 쿵쿵 울리는 소리가 들렸기에 두려움에 떨면서 어머니 손을 잡으려고 했다. 그러자 어머니가 내 손을 뿌리치며 힘없이 말했다.

"날 내버려 두렴."

얼마 후, 발자국 소리가 들리더니 요이 이모가 나타났다. 저만치 앞서 걸어간 일행 가운데 요이 이모가 이제야 겨우 우리를 찾으러 돌아온 것이었다.

"아, 오늘인 줄은 몰랐어. 어때, 언니?"

"이제 막 시작하고 있어."

"남자들은 벌써 저 앞에서 잠자리를 만들었어. 거기까지 걸어갈 수 있겠어?"

"아니. 그냥 내버려 둬."

요이 이모가 한동안 걱정스런 표정을 짓다가 나를 향해 말했다.

"야단. 어서 달려가서 아버지한테 이곳으로 옮기라고 해."

그래서 나는 아버지가 있는 곳을 향해 혼자 떠나야 했다. 계곡에는 이미 어둠이 깔렸고, 동물들이 사냥을 시작한 뒤였다. 아무리 생각해 봐도 도저히 갈 수 없을 것 같았지만 어쨌든 나는 땅 파는 막대기 하나만 들고서 뛰듯이 걷기 시작했다.

길은 다른 짐승들이 다닌 길을 피해 저희들끼리 새로운 길을 만들어 다니는 순록들이 닦은 것이어서 제대로 찾기 어려웠다. 요이 이모는 이런 이야기도 해주지 않고 나를 아버지에게 보낸 것이었다. 더구나 요이 이모의 발자국 흔적

위로 토끼가 지나다녀서 찾기가 무척 어려웠다.

나는 땅이 딱딱하고 가문비나무 잎이 부드럽다는 것을 발로 느끼며, 구름 사이로 달이 언제쯤 뜨려는지 기억하려고 애썼다. 그러자 두려움이 몰려왔다. 부싯돌의 불똥처럼, 두려움은 불꽃이 붙을 때까지 계속 자라났다. 어둠 속에 혼자 있는 나 자신도 걱정되었고, 조그만 불 옆에서 별로 도움이 되지 않을 요이 이모의 보호를 받으며 위험 속에 놓여 있는 어머니도 걱정되었다.

필경 요이 이모는 이 길이 무서워서 나를 대신 보낸 것이리라. 나는 마음속으로 소리쳤다. 나는 지금 숲속에 혼자 있는 야난일 뿐이지만, 호랑이가 나타나면 힘껏 때려 줄 거야. 나는 땅 파는 막대기로 길가의 나무들을 세게 때렸다. 호랑이가 다가오면 세게 얻어맞게 되리라는 걸 알리기 위해서였다.

아버지의 잠자리에 다다랐을 때, 때마침 아버지와 아버지의 조카들도 우리를 찾아나설 작정이었던 모양이다.

"다른 사람들은 어디 있지?"

아버지는 내가 혼자 온 것이 내 잘못이라도 된다는 듯이 화난 목소리로 다그쳤다. 이야기를 전하자, 그들은 즉시 짐을 싸기 시작했다. 하지만 프록은 방금 불에 올려놓은 물고기를 더 익히고 싶어했다. 스틱은 물통이 비어 있는 걸 알고는 그것을 내게 건네며 근처에 있는 개울에 가서 물을 떠다 달라고 했다.

　너무나 지쳐 있던 메리는 다시 걸을 준비를 하라고 하자 울음을 터뜨렸다. 메리에게 옷을 입혀 주는 동안, 그 애가 더 크게 울자 아버지의 조카들은 아이를 그냥 내버려 두라고 신경질적으로 말했다. 나는 불가에 앉은 채로 남자들을 향한 분노를 꾹꾹 눌러 참으며 지평선을 노려보고만 있었다. 물고기가 익었지만, 나는 입에 대지 않았다.

　아버지와 프룩, 그리고 스틱은 짐을 대부분 나무 위에 걸쳐놓아 두고는 달이 떠오르자 곧장 출발했다. 그들은 조그만 꾸러미에 창과 도끼만을 들고 갔다. 메리와 나는 그들 뒤를 따랐는데, 메리는 솔방울로 만든 인형을 들었고 나는 묵직하고 차가운 물통을 들었다. 걸어가는 동안 물통이 앞뒤로 흔들리며 내 다리에 부딪쳤다. 메리가 내게 안아 달라고 울었다.

　"울어? 호랑이를 부르고 싶어?"

　아버지가 돌아서서 메리를 안아들고는 어깨에 올려 주자, 메리가 보란 듯이 입술을 쑥 내밀고 나를 내려다보았다. 예전 같으면 아버지에게 메리가 놀린다고 이르거나 메리에게 못된 소리를 했겠지만 그날 밤은 그럴 마음이 없었다. 아버지까지도 천천히 걷는 그 어두운 길에서, 나는 너무 배가 고프고 기운이 없었다.

달이 아주 높이 떠올라 걸어가기에 어렵지는 않았다. 나무들 사이로 바람이 불어와 나뭇가지에 스윽스윽 스치는 소리가 났다. 이따금 짐승의 소리가 들렸다. 순록이 앞발을 구르는 소리도 들렸다. 밤공기에 가문비나무 이파리 냄새가 묻어 났고, 썩은 고기 냄새도 살짝 났다. 그리고 연기 냄새도 났다. 어머니가 피운 모닥불이었다.

얼마 후 우리는 어머니가 있는 곳에 다다랐다. 프록과 스틱은 다 꺼져가는 작은 모닥불로 달려갔지만, 아버지와 메리와 나는 가문비나무 가지 아래로 기어 들어가 어머니와 요이 이모를 보았다. 어머니는 요이 이모의 다리 사이에 앉아, 이모의 작은 몸에 맥없이 기대고 있었다.

눈을 감고 있는 어머니의 얼굴은 고통에 일그러져 있었다. 어머니는 우리가 온 것에 대해 아는 체조차 하지 않았다. 요이 이모가 눈물이 글썽한 눈으로 아버지를 보았다. 그러다가 어머니의 커다란 배 위로 손을 뻗어 어머니 윗옷 자락을 걷고는, 어머니의 몸에서 조그만 발이 툭 튀어나온 것을 보여 주었다.

갑자기 어머니의 배가 아래로 길게 늘어지는 것 같았다. 어머니가 숨을 멈추고 등을 뻗으며 머리를 흔들자 작은 다리가 무릎까지 삐져나왔다. 요이 이모가 어머니가 편해질 때까지 배를 문지르자, 피가 한 방울 떨어지며 다리가 다시 들어가고 발만 보였다.

"머리가 먼저 나와야 하는 거 아닌가?"

아버지가 속삭이자, 요이 이모가 대답했다.

"그래요."

"그런데 왜 바로잡지 않았지?"

"그럴 수 없었어요. 방법을 몰라요."

"아기 낳는 것을 본 적도 없어?"

요이 이모는 고개를 저었고, 아버지는 재빨리 조카들에게 달려가서 뭔가를 수군거렸다. 모두들 할 말을 잃었다. 들리는 소리라곤 스틱이 보금자리를 만드느라 나뭇가지를 꺾는 소리뿐이었다. 메리조차도 어머니의 얼굴과 요이 이모의 얼굴을 번갈아 바라보며 엄지손가락을 빨 뿐이었다. 다시 시작된 진통으로 어머니의 몸이 뻣뻣해지자 요이 이모가 어머니 얼굴을 문지르며 안아 주었다. 어머니가 작은 소리로 물었다.

"여전히 발이 먼저 나오니?"

"응."

"돌려놔야 해. 나를 눕혀 줘. 그리고 야난한테 시켜. 야난은 손이 작으니까. 요이, 네가 도와줘."

요이 이모가 즉시 어머니를 바닥에 눕혔다. 나는 새로 불이 붙은 나뭇가지를 가져와 가문비나무 가지 바로 아래에다 모닥불을 피웠다. 불꽃이 타올라 가문비나무가 그을렸지만 잎이 푸르기 때문에 불이 제대로 붙지는 않았다.

그 희미한 불빛에, 어머니 허벅지에 커다란 핏덩이가 붙어 있고, 밑에는 검게 물든 이끼와 자작나무 속껍질이 놓여 있는 게 보였다. 어머니의 몸에서 피가 더욱 많이 흘러내렸지만 작은 발은 이미 사라지고 없었다. 어머니가 내게 말했다.

"손을 집어넣고 돌려야 해. 아기 발을 내 머리 쪽으로 밀어라. 야난, 봐라, 이렇게."

어머니가 손을 동그랗게 만들어 보여 주었다. 나는 어머니 앞에 쪼그리고 앉아 눈을 질끈 감고서 시키는 대로 했다. 아기는 너무 부드러워서 처음에는 내 손가락이 아기를 만지기에 너무 거친 것 같았다. 손가락 사이로 뭔가 작은 게 느껴졌는데, 그것이 발가락이 달린 작은 발이라는 것을 알게 되었다.

나는 손가락에 감각이 없어질 때까지 아기를 천천히 밀어내다 자그마한 무엇이 붙잡히기에 번쩍 눈을 떴다. 내 팔 옆으로 작은 발 두 개가 나와 있는 게 보였다. 어머니가 물었다.

"돌았니?"

요이 이모가 덜덜 떨리는 음성으로 대답했다.

"아니."

"다시 빨리 해봐. 또 진통이 오기 전에."

나는 거의 손목까지 어머니의 자궁 속에 밀어 넣었고, 요이 이모는 어머니의 배 옆구리를 밀었다. 요이 이모는 아기가 안에서 듣고 시키는 대로 한다는 듯이 낮은 소리로 말했다.

"아가야, 돌아라, 제발."

어머니가 숨차게 물었다.

"얼굴이 만져지니? 머리가 만져지니?"

뭔가 작은 덩어리가 손가락에 미끄러졌다. 내가 말했다.

"네, 얼굴이 만져져요."

"천천히 손을 꺼내라. 지금이야."

어머니의 근육이 아주 단단히 죄어들고 있는 게 느껴졌다. 잠시 후, 아기 머리가 보이더니 몇 차례 격렬한 진통이 지나자 머리가 밖으로 나왔다. 어둠 속에서도 온통 쭈글쭈글한 아기 얼굴이 보였다. 대부분의 아기들은 땅을 쳐다보며 나온다는데, 이 아기는 고개를 위로 향한 채 나를 쳐다보며 나왔다.

"머리가 나왔어, 언니."

요이 이모가 속삭이자 어머니가 말했다.

"아기의 어깨를 손으로 돌려."

어머니는 내게 말했지만, 요이 이모가 그 일을 맡았다. 요이 이모가 자작나무 속껍질을 더 가져오라고 말했다. 피를 너무 많이 흘렸기 때문에 마련해 둔 자작나무 속껍질로는 부족했던 것이다. 가문비나무 그늘에서 나가니 하늘이 잿빛으로 바뀌고 새벽이면 숲에서 나는 소리들이 들리기 시작했다. 아버지와 프록은 불가에서 졸고 있었고, 스틱은 깨어 있었다.

"아기가 나오고 있어."

내가 말하자, 아버지가 깨어나 눈을 비볐다.

"자작나무 속껍질이 필요해요."

아버지는 새로 벗겨놓은 속껍질 더미를 가리켰고, 나는 그것을 가지고 요이 이모한테 갔다. 나무 아래 어머니와 요이 이모 사이에서 조그맣고 하얀 것이 보였다. 무릎을 꿇고 앉아서 유심히 보니 작은 계집아이였다.

아직도 배 한가운데에는 커다랗게 꼬인 탯줄이 달린 채 아기는 꼼짝도 않고 거기 누워 있었다. 어머니가 힘겹게 요이 이모에게 앉혀 달라며 손을 뻗었다. 요이 이모와 내가 당겨 주자, 어머니는 곧바로 아기를 안아들더니 얼굴을 아기 얼굴로 가져가 입에 힘들여 숨을 불어넣었다. 갑자기 아기가 몸을 떨더니 아주 작은 소리를 냈다. 요이 이모가 칼을 꺼내자, 어머니가 속삭였다.

"잠깐. 심장이 탯줄을 지나 몸에 들어갈 때까지 기다려야 해."

요이 이모가 그러기를 지켜보다가 마침내 탯줄을 잘랐다. 자른 자리에서 피가 배어 나왔지만 그런 것에는 눈길도 주지 않고, 어머니는 한 팔로 몸을 지탱하면서 한 팔로는 아기를 안았다. 그때 요이 이모가 어머니의 배를 세게 밀자, 태반이 쑥 빠져나왔다.

"이걸 갖다 묻어."

요이 이모가 말한 대로 나는 저만큼 떨어진 곳으로 가서 그것을 전부 파묻었다. 얼마 후 아버지와 스틱, 그리고 프록이 주뼛주뼛하면서 아기를 보러 왔다. 내가 마실 물을 가져다 주었지만 어머니는 이미 곤히 잠든 뒤였다.

물통을 가지고 개울까지 먼 길을 한 차례 다녀온 것 말고는 그날은 하루 종일 그냥 쉬었다. 산에는 안개가 자욱하게 내려앉아 있었다. 순록 몇 마리가 그날 오후쯤 비탈을 내려가는 길에 우리 곁을 지나쳐갔다. 남자들이 창을 들고 순록을 따라갔지만 숲의 바닥에 나뭇가지와 솔방울이 너무 높이 쌓여 있어서 소리 없이 걸을 수가 없었다. 인기척을 들은 순록들은 잽싸게 자취를 감추었다.

어머니는 순록 가죽을 덮고 아기와 함께 누워 있었다. 내 마음은 망토 속에 들어 있는 아기에게 온통 쏠렸다. 아기의 작은 주먹과 눈을 감고 있는 얼굴이 보였다. 아기가 빨거나 울기 시작할 때 내는 작은 소리가 이따금 들렸지만, 대부분은 자고 있었다. 내가 아기가 태어날 수 있게 도와주었다! 아기는 온갖 고통을 이겨내고 마침내 태어나서 기뻤을 것이다.

어두워지기 직전, 비가 내리기 시작했다. 우리는 스틱이 만든 가문비나무 보금자리에 모여서 추적추적 내리는 비에 모닥불이 꺼져가는 것을 지켜보았다. 밤늦게, 어머니는 내게 피에 젖은 자작나무 속껍질 한 더미를 또 묻으라고 했다.

가문비나무 숲은 먹을 것을 찾기에는 그리 좋은 곳은 아니지만, 그래도 우리는 모두 먹을 것을 찾으러 나갔다. 빈터에서 버섯과 회색 콩을 조금 발견했는데, 단지 그것뿐이었다. 다행히 남자들이 덫을 놓아 귀에 털이 많이 난 다람쥐를 잡았지만, 그것도 전부 한 끼에 먹어치웠다. 어머니가 이번에는 손수 자작나무 속껍질 더미를 묻었다.

아기가 태어난 지 사흘째 되는 날, 아버지는 어머니에게 언제쯤 움직일 수 있는지 물었다. 어머니는 어서 가고 싶다고 했다. 어머니는 먹을 것이 없는 이곳을 당장 떠나고 싶어 했다.

"배가 너무 고파서 속이 쓰려요."

그래서 우리는 어머니의 짐을 나누어 들고, 어머니에게는 윗옷 안에 아기 주머니만 어깨에 걸치도록 한 뒤에 길을 떠났다. 우리는 하루 종일 산을 내려가 검은 강 상류의 늪지대를 향해 걸어갔다. 우리는 하루 정도 걸리는 거리의 늪지대 동쪽으로 방향을 잡았다. 산에는 바위가 너무 많고 가팔라 발을 어디에 디뎌야 할지 몰라서 걷기 어려웠다.

오후가 반쯤 지나자, 어머니는 요이 이모 뒤로 처지더니 나중엔 메리 뒤로 처졌다. 어머니가 내 옆에 왔을 때, 나는 어머니와 보조를 맞추기 위해 더 천천히 걸었다. 내가 아기를 안겠다고 하면 거절할 줄 알았는데, 어머니는 내게 그 보드랍고 작은 몸뚱이를 안겨 주며 윗옷 안에 잘 넣도록 해주었다. 옷 안에서 꼼지락거리며 살그머니 나를 간질이는 아기를 느끼며, 나는 너무도 자랑스러웠다.

비탈을 거의 다 내려갔을 때, 어머니가 허리끈을 풀더니 바지를 벗었다. 바지가 피에 흠뻑 젖어 있고, 자작나무 속껍질마저도 피로 흥건히 젖어 있었다. 나는 깜짝 놀랐다. 어머니는 그것을 길 옆에 묻고는 다른 속껍질을 대고 다시 옷을 입고 천천히 걸어 나갔다. 하지만 어림없는 일이었다. 이내 어머니의 다리를 타고 피가 흘러내렸고, 발자국마저 피로 얼룩져 있었다.

"어머니, 발밑을 봐요."

내 말을 듣고, 내려다보던 어머니가 내 앞에서 갑자기 울음을 터뜨렸다. 어머니가 운다. 나는 그 전에 어머니가 우는 모습을 한 번도 본 적이 없었다. 어머니가 깊은 탄식과 함께 중얼거렸다.

"대체 어찌 되려고 이러는 걸까?"

나는 어머니의 손을 잡고 끌고 가려고 했다.

"어머니, 서둘러요. 다른 사람들이 도와줄 거예요."

어머니는 내 손을 잡은 채로 따라오려고 했지만, 곧 내 어깨에 기대야 했다. 나는 어머니의 허리에 팔을 감고 좁은 길을 따라 나란히 힘겹게 걸어갔다. 그때 내 윗옷 안에서 아기가 울기 시작했다.

"아기를 내게 주렴."

어머니는 그대로 쪼그리고 앉아서 윗옷을 열고는 아기에게 가슴을 대어 주었다. 뺨에 젖꼭지가 닿는 것을 느낀 아기가 입을 갖다 대었지만 한동안 열심히 빨다가 다시 울기 시작했다.

"좀 쉬어야겠다. 그러다 보면 젖이 나올 거야."

어머니가 어떻게든 힘을 모으려고 길게 한 번 심호흡을 하더니, 갑자기 이런 말을 했다.

"메리는 화이트 폭스와 약혼했단다. 너도 그것을 알아야만 해."

어머니가 목에 걸고 있는 목걸이를 만졌다.

"화이트 폭스의 부모가 이걸 주었단다."

어머니의 시선이 아주 오랫동안 내 얼굴을 향하고 있었다. 길고 깊은 한숨을 아무도 없는 허공에 뿌리고는, 어머니가 끊어질 듯 이어지는 작은 소리로 말하기 시작했다.

"사람은 이렇게 살고, 이렇게 죽는 거란다. 세상의 모든 딸들이 나처럼 이렇게 살았어. 호랑이를 따르는 까마귀처럼 남편을 따르고, 아이를 낳고, 그렇게 사는 법이란다."

흐르는 눈물 때문에 어머니의 말을 잘 들을 수 없었다. 나는 어머니의 손만 꼭 움켜잡고 있었다.

"야난, 너도 언젠가는 어머니가 되겠지. 세상의 모든 딸들이 결국엔 이 세상 모든 이의 어머니가 되는 것처럼……. 너는 티무의 아내로, 메리는 화이트 폭스의……."

그러다가 어머니가 갑자기 쓰러졌다. 쓰러지면서도 어머니의 한 손은 아기를 단단히 안고 있었다. 어머니는 푹 젖은 순록 가죽처럼 맥없이 드러누웠고, 어머니의 품에서 떨어져 나온 아기는 비명을 지르고 있었다. 나도 비명을 질렀다.

"어머니! 어머니!"

하지만 어머니는 입을 벌린 채로, 그리고 눈을 감은 채로 꼼짝하지 않았다. 파리 몇 마리가 얼굴 위에 내려앉아도 어머니는 꼼짝하지 않았다. 어머니가 누운 땅 위에 피가 웅덩이처럼 고이고 있었다. 도대체 무슨 일이 일어난 것일까?

어떻게 해야 할지 알 수 없었고, 아무런 생각도 떠오르지 않았다.

나는 그냥 가만히 서 있기만 했다. 그러다 문득 생각났다. 그래, 어머니에게는 물이 필요할 거야. 그래서 황급히 물통을 꺼내 들고 개울을 찾기 시작했지만, 그때 아기 울음소리가 들려 당장 돌아왔다. 벌거벗은 아기는 조그만 손을 꼭 쥐고 발을 흔들며 얼굴을 일그러뜨리고 울고 있었다.

나는 아기를 안아 윗옷 안에 넣었다. 아기는 숨을 들이쉬었고, 이윽고 잠잠해지자 갑자기 온 세상이 고요해졌다. 파리만이 윙윙거리자 아기가 다시 울기 시작했지만, 그 소리는 이내 옷 속에 묻혔다. 달려가서 아버지를 불러와야 해. 아기를 꼭 안고서 나는 있는 힘을 다해 비탈을 달려 내려갔다. 나뭇가지들이 얼굴을 찰싹찰싹 때리는 것도 나는 느끼지 못했다.

그러다 문득 아무도 지켜 줄 사람 없이 혼자 누워 있는 어머니가 생각났다. 깨어나 찾아보면 아무도 없고, 아기도 없어 어머니가 슬플 것이라는 생각이 들자 나는 돌아서 다시 달려갔다.

때마침 어머니는 일어나 앉으려고 애를 쓰고 있었다. 내가 손을 내밀었지만, 어머니는 말없이 바라보다가 도로 누웠다. 어머니가 혀로 입술을 축이려고 할 때 보니 혀가 거의 하얀 색이었다. 어머니가 실눈을 뜨고서 나를 보며 말했다.

"야난, 나랑 같이 있어 주렴."

울면서 겁먹은 목소리로, 나는 대답했다.

"그렇게 할게요, 어머니."

내가 더 가까이 다가앉자, 어머니가 또 말했다.

"야난, 메리를 잘 보살펴 주렴. 알았지?"

숨이 턱턱 막힌 듯이 갈라진 그 음성이 내 가슴에 비수처럼 꽂혔다. 어머니는 지금 왜 내게 메리를 부탁하는 것일까? 나는 영문도 모른 채 눈물을 흘리며 고개를 끄덕거렸다.

아버지와 요이 이모가 우리를 찾으러 돌아왔을 때는 갈대 그림자가 길게 늘어져 있을 무렵이었다. 희미해진 햇빛 한 자락을 받으며 잠자코 누워 있는 어머니의 입가와 눈가에 파리들이 달려들어 입맛을 다시고 있었다. 그리고 그 흥건한 피. 땅에는 어머니가 흘린 피가 작은 강을 이루며 묵직한 냄새를 풍기고 있었다. 기진맥진한 아기는 더 이상 울지 않았다.

아버지와 요이 이모는 왜 이렇게 늦은 것일까? 그 긴박한 시간에, 엄마에게 정말로 필요한 사람은 내가 아니라 아버지나 요이 이모였다는 생각이 들자 너무도 화가 나서 또 눈물이 나왔다. 아버지는 우리를 멍하니 바라보며 그냥 말 없이 서 있기만 했다. 요이 이모가 어머니의 손을 문지르면서 소리쳤다.

"래프윙! 래프윙! 언니! 언니!"

하지만 어머니의 영혼은 서쪽 해가 지는 곳을 향해서 육신을 거의 떠나가는 참이었다. 아기가 울자, 어머니의 영혼이 잠시 뒤를 돌아보느라 눈꺼풀이 흔들렸지만 단지 그것뿐이었다. 그런데 그때였다. 누군가 갑자기 내 머리를 후려쳤기 때문에 불이 번쩍 하는 것 같았다. 팔을 치켜들어 막아보려고 했지만 두 번이나 더 맞았다. 요이 이모였다.

"이 쓸모없는 계집애! 어째서 우리를 찾아 달려오지 않은 거냐? 이 게으르고 생각도 없는 짐승 같은 년! 넌 먹을 가치도 없어!"

아버지가 요이 이모의 팔을 붙잡았다.

"그만둬! 야난은 할 일을 했어. 지금은 싸울 때가 아니야."

나는 아무 말도 할 수 없었다. 울 수도 없었다. 그렇다. 요이 이모가 말한 대로 했더라면 좋았을 것이다. 짐을 요이 이모에게 맡긴 뒤에, 아버지는 어머니를 등에 업었다. 메리와 나는 아버지를 따라 길을 내려갔다. 아기가 조그만 소리로 울기 시작하더니 멈추지 않자 요이 이모가 나를 쳐다보고는 화난 표정으로 양손을 뻗었다. 아기를 건네주자, 그녀는 내게 아버지의 짐을 건네주었다.

그 짐 때문에 너무 늦게 걷는 바람에, 아버지의 조카들이 우리를 기다리며 만들어놓은 조그만 보금자리에 도착했을 때 어머니는 완전히 숨을 거둔 뒤였다. 다른 사람들이 어머니의 옷매무새를 다듬고 팔과 다리를 몸에 꼭 붙여 묶어놓았다. 어머니는 반쯤 뜬 눈으로 멍하니 허공을 응시한 채, 우리가 잘 곳 가장자리에 뻣뻣하게 누워 있었다. 메리가 내게 물었다.

"어머니는 어디 갔어?"

나는 어머니의 시신을 가리키며 말했다.

"저기, 어머니는 죽었어."

메리가 머리를 흔들며 말했다.

"저건 어머니가 아냐. 저건 틸 숙모야."

나에게도 어머니가 틸과 조금 비슷해진 것처럼 보였다. 눈이 움푹 들어간 어머니의 얼굴이 예전처럼 부드럽거나 둥글지 않고 틸처럼 네모나게 보였기 때문이다. 아이를 낳다가 죽은 여자의 영혼은 아기의 영혼을 기다린다고 하지만, 어머니의 영혼은 그곳 가까이에 있는 것 같지 않았다. 요이 이모가 순록 가죽 모서리에 물을 적셔 아기의 입에 물리고는 흐느끼며 말했다.

"이젠 누가 나를 도와줄까? 나에겐 어머니도, 아버지도, 언니도 없는데……."

나는 그녀를 멍하니 쳐다보았다. 메리가 내게 팔을 뻗어 안아 달라고 했다. 메리가 내게 꼭 달라붙었지만, 나는 쉽게 울고 있는 요이 이모에게서 눈을 떼지 못했다. 가까운 곳에서 땅을 파는 소리가 들렸다. 수풀 사이로 보니, 아버지와 사촌들이 땅 파는 막대기를 가지고 무덤을 파고 있었다. 그들은 달이 뜬 뒤에도 한참 동안 일하고는, 마지막 남은 물고기와 요이 이모가 파온 커다란 뿌리를 먹기 위해 잠시 일손을 멈췄다.

그러고는 다시 땅을 파기 시작했다. 그러는 동안 나는 물통을 채워 어머니에게 가져가 요이 이모와 함께 달빛을 받으며 어머니의 얼굴을 씻어 주었다. 그런 다음 머리를 빗기고 정성 들여 땋고, 그 위에 상아 핀도 묶었다. 아버지가 눈물을 흘리면서 어머니를 무덤에 넣을 때, 요이 이모와 아버지의 조카들이 한꺼번에 외쳤다.

"잠깐만요! 그건 틀렸어요!"

아버지가 눈물로 얼룩진 얼굴을 돌리고 그들을 쳐다보았다. 그들이 다른 쪽 방향을 가리키며 주의를 환기시켰다.

"저쪽을 향하게 해요."

아버지는 달과 산비탈을 조심스레 바라보다가 나직하게 말했다.

"내가 놓은 방향이 맞아. 래프윙은 여자 호수에서 태어났어."

"아니에요, 언니는 불의 강에서 태어났어요!"

"네가 그때 거기 있었나?"

아버지가 화난 목소리로 물었다. 당연히 요이 이모는 그곳에 없었기에 아버지의 날카로운 물음에 대답하지 못했다. 아버지는 조카들을 향해서도 똑같이 물었다.

"너희들이 그 자리에 있었나?"

"아뇨."

"알아? 래프윙은 곰 자리를 기리기 위해 겨울 동물 이름을 얻었어. 그러니 불의 강의 여름 사냥터가 아니라 겨울 오두막에서 태어난 거야. 래프윙의 아버지도 여자 호수의 오두막에서 살았어."

아버지는 한동안 더 요이 이모를 바라보다가 다시 무덤으로 돌아서서 한참 동안 말없이 어머니를 쳐다보다가 시체 위에 파카를 떨어뜨렸다. 어머니가 어디서 태어났는지, 올바른 쪽을 향하고 있는지 확실치 않다는 사실을 너무 늦게 깨달았지만 우리는 어머니가 남긴 물건들을 무덤 안에 던져 넣었다. 짐을 묶는 끈, 허리띠, 흙 털개, 실, 송곳, 뼈로 만든 바늘, 부싯깃이 가득 든 들소의 뿔, 날이 잘 선 부싯돌 칼, 메리의 약혼 선물인 순록 뼈 목걸이……

한때는 어머니의 분신처럼 여겨지던 것들이 하나둘 땅속으로 들어갔다. 그 다음, 아버지가 울면서 자기 머리에 흙을 뿌리고 칼을 뽑아 가슴을 한 번 그었다.

"내가 얼마나 슬퍼하는지 봐, 래프윙."

아버지가 요이 이모에게 팔을 벌리며 말했다.

"아기를 내게 줘."

요이 이모가 품에서 아기를 꺼내 아버지에게 넘겨 줄 때까지도 나는 무엇을 하려는지 몰랐다. 프록과 스틱은 차마 더 볼 수 없다는 듯이 고개를 돌렸다. 아버지가 조심스럽게 아기를 어머니의 시신 옆에 놓았을 때에야 나는 겨우 아버지의 의도를 알아차렸다. 아버지가 어머니의 순록 가죽을 꺼내 어머니와 아기 위에 덮으려는 순간, 나는 아기를 낚아채 내 윗옷 속에 넣었다.

"내가 키울게요, 아버지. 내가 맡게 해주세요."

아버지는 한참 동안 나를 쳐다보기만 했다. 아버지의 얼굴은 눈물로 흥건했고, 그 위로 새로운 눈물이 흘러내리고 있었다. 마침내 아버지가 무덤 쪽을 향해 서더니 순록 가죽으로 어머니를 덮고 천천히 흙을 밀어 넣기 시작했다.

아버지의 조카들은 무덤 위에 쌓을 돌을 모으러 갔다. 그들이 내게 도움을 청했지만, 나는 가지 않았다. 나는 흙이 한 줌, 한 줌, 순록 가죽에 떨어지는 소리를 들으며 거기 서 있었다. 품 안에 있는 아기가 힘없이 내내 울고 있었다. 무덤에 흙이 다 차자, 우리는 스틱과 프록이 구해온 돌로 덮은 뒤 모닥불로 돌아왔다.

커다랗고 붉은 달이 저만치 높은 곳에서 우리를 내려다 보고 있었다. 그동안 있었던 모든 일을, 아기가 태어난 일을, 어머니가 죽은 일을, 달은 생생한 눈으로 보고 있었지만 한마디 말도 없이 이제 산 너머로 기울고 있었다.

희미한 달빛에 내 몫으로 남겨진 뿌리 조각이 보였다. 나는 뿌리를 한 입 베어 물어 아기 입술에 묻혀 주었다. 아기가 내가 만지는 순간부터 내 손가락을 열심히 빨았지만, 아무런 소득이 없는 걸 알아차리고는 얼굴을 천천히 일그러뜨리고 다시 울기 시작했다.

요이 이모가 윗옷을 열더니 아기를 가슴에 갖다 대었다. 아기는 한동안 열심히 빨다가 갑자기 잠들었다. 나는 모닥불 옆에 죽은 사람처럼 기척도 없이 앉아 있는 아버지 어깨에 기대어 마찬가지로 죽은 사람처럼 잠들었다.

해가 뜨기 전, 아기 울음소리에 잠이 깼다. 요이 이모가 성난 표정으로 아기를 들고 있다가 내가 손을 내밀자 냉큼 떨어뜨려 주었다. 뿌리를 씹어 입에 넣어 주려 했지만 아기는 쉽사리 삼키지 않았다. 대신 쉭쉭거리듯 힘없는 소리로 계속 울기만 했다. 그때 스틱이 볼멘소리를 했다.

"아기는 래프윙과 함께 있어야 해. 젖이 없는데 어떻게 살겠어?"

"요이 이모가 젖을 물렸잖아!"

메리가 말했다. 길을 떠날 준비를 마치자, 요이 이모가 또 아기를 안겠다고 했다. 그렇다면 요이 이모가 들고 있는 짐은 모조리 내 차지가 된다. 나는 머리를 흔들었다. 그러자 요이 이모가 가슴을 드러내며 말했다.

"네가 아기를 맡을 수는 있지만, 아기를 달래지는 못해."

나는 분노로 가득 차서 요이 이모를 노려보다가 위험한 짐승을 마주했을 때처럼 재빨리 뒤로 물러섰다. 그러다가 나는 깨달았다. 요이 이모의 말이 옳다는 것을. 아기는 젖을 빨 수 있으면 덜 울었다. 요이 이모의 가슴은 어른 여자의 가슴처럼 봉긋해서 젖은 나오지 않더라도 빨 수는 있었다. 반면에 내 가슴은 이제 막 부풀기 시작한 참이었다. 요이 이모는 아기 주머니를 윗옷 안에 묶었다.

우리는 멈추지도, 말하지도 않고 하루 종일 걸었다. 아기가 조용할 때면, 나는 무덤 속의 어머니와 점점 더 멀어지는 것을 슬퍼하며 어머니를 생각했다. 가을이 되어 근처의 자작나무에서 낙엽이 떨어질 때도 어머니는 그 자리에 있을 것이다. 겨울에도, 봄에도, 지금부터 일 년이 지나도, 어머니는 여전히 그 자리에 있을 것이다.

이제 어머니는 우리와 함께하지도 못하고, 우리의 따뜻한 모닥불을 느끼지도, 따사로운 햇빛을 보지도 못할 것이다.

문득 어머니의 어머니도 어딘가에 묻혀 있을 거라는 생각이 들었다. 그 전에는 그런 생각을 해본 적이 없었다. 그곳은 어디일까? 짐승들이 다니는 어느 숲속일까? 아니면 사람이 다니는 길가일까? 아기가 울면, 나도 울었다. 나도 울면, 메리도 울었다. 메리가 우는 것을 보며, 나는 또 울었다. 눈물 밖에는 죽은 어머니에게 바칠 것이 없어서 슬펐다.

그날이 저물 무렵, 먹을 것을 모으기 위해 걸음을 멈추고 다시 아기에게 뭐라도 먹여보려고 했다. 하지만 아무리 시도해도 요이 이모의 가슴에서는 젖이 나오지 않았다. 아기는 내가 잘게 씹어 주는 것조차 먹으려고 하지 않았다. 해질 녘에 아기가 문득 울음을 멈췄다. 나는 마침내 요이 이모한테서 젖이 나온다고 생각했다.

우리는 다음날도 종일 걸었고, 밤이 되자 늪지대의 동쪽 가장자리에 조그맣게 나무가 자라는 곳에다 잠자리를 잡았다. 거기는 달콤한 여름 냄새를 풍기는 솔잎이 가득해서 좋았다. 우리는 굳이 보금자리를 만들지 않고, 불가에 순록 가죽을 덮고 그냥 눕기만 했다. 아침이 거의 다 되었을 때, 요이 이모가 말했다.

"아기가 차가워."

요이 이모가 벌거벗은 채로 꼼짝 않고 있는 아기를 불가에 내려놓았다. 어머니의 영혼이 이미 아기 없이 떠나버렸으니, 아기의 영혼은 길을 잃을 것이다. 죽은 아기를 덮어 줄 것이라고는 아기 주머니밖에 없었고, 날이 밝아 아기의 무덤을 팠을 때에도 그 조그만 가죽 조각 말고는 넣어 줄 게 없었다. 아기의 물건은 이 세상에 아무것도 없었다.

아기의 벌거벗은 작은 몸은 너무나 부드럽고 창백해서, 그 여린 피부 위에 흙을 덮을 수 있으리라고는 생각할 수 없었다. 그렇지만 결국 아버지가 한 줌을 던지고 재빨리 나머지를 던진 다음, 돌로 덮고는 흙을 머리에 뿌렸다.

"아가, 너를 위해 이렇게 슬퍼한다."

아버지는 허공에서 길을 잃고 방황하는 아기의 작은 영혼에게 그렇게 말했다.

"너를 혼자로 만들어서 정말 미안하구나. 너를 괴롭히려고 그런 것은 결코 아니란다. 죽은 자들의 땅을 찾거든 우리를 위해 제발 좋게 말해다오."

해가 뜬 뒤, 우리는 짐을 싸서 길을 떠났다.

4

동쪽을 향해 계속 걸어간 우리는 그레이랙의 텅 빈 오두막
집 남쪽을 지나, 이튿날 곧바로 차르 강을 건넜다. 그 다음
에 우리는 '사슴뿔의 강'을 따라 산의 서쪽 비탈을 올라갔
고, 거기서 '제비 강'을 따라 동쪽으로 더 내려가 제비 강과
'글래시어 강'이 만나는 곳의 여울에 닿았다.

　이 넓은 땅의 저 멀리 맞은편, 물이 하늘로 튀어 오르며
무지개를 피워내는 곳이 바로 아버지가 어릴 적 살던 소나
무 강 어귀였다. 거기까지 가는 데는 내가 셈할 수 있는 것
보다 더 많은 날이 걸렸다. 어머니가 세상을 떠났을 때는
'매머드의 달'이 이울고 있었는데, 우리가 제비 강에 다다랐
을 때는 '노란 잎의 달'이 거의 사라지고 있었다.

　우리는 밤이면 덫을 놓았고, 낮이면 걸음을 멈추고 먹을
것을 구했다. 그러면서 매일 갈 수 있는 한 최대한 많이 걸었
다. 아버지는 눈이 내리기 전에 옛 오두막에 닿아야 한다고,
그러니 시간이 있을 때 많이 가야 한다며 우리를 다그쳤다.

나는 그 길이 마음에 들지 않았다. 어머니의 무덤에서 멀어질수록 어머니가 더욱 그리웠기 때문이다. 어느 날, 하늘에 깃털처럼 하얗고 커다란 눈송이가 가득했다. 메리가 고개를 쳐들고는 눈송이에 혀를 내밀 때 나는 누군가 '기러기가 날고 있구나'라거나, '하늘에서 기러기 털이 날리고 있네'라고 말해 주기를 기다렸다.

그러다 함박눈이 쏟아지는 것을 보면 언제나 그렇게 말한 사람은 어머니였음이 생각났다. 어머니가 그리우면 그리울수록, 메리와 요이 이모와 겨우내 한 오두막에 갇혀 지낼 생각을 하니 너무도 끔찍했다. 무엇보다도 어머니가 세상을 떠난 바로 그날부터 아버지와 요이 이모가 잠자리를 함께하는 게 못마땅했다. 한밤중에 한두 번은 늘 우리들이 못들은 척하는 동안 그들이 내는 나지막한 신음 소리를 들어야했다.

밤이면 나는 혼자 앉아 있었다. 혼자 앉아서 아무리 불러도 대답이 없는 어머니를 부르고 또 부르며 눈물을 흘렸다. 요이 이모는 나를 '알'이라고 부르기 시작했다. 그 말은, 새의 알처럼 속에 커다란 것을 감추고서 말없이 지내는 사람을 가리키는 은어였다.

어느 날 우리는 제비 강변 위에 있는 작은 둑에서 아주 오래된 오두막집을 보았다. 문 위의 지붕은 푹 꺼져 있었고,

굴뚝은 솔잎과 낙엽으로 가득 차 있었다. 그곳에 숨어 지내던 토끼와 오소리의 똥 무더기 위로 기어 들어가 보니 안은 더럽고 아주 침침했다. 하지만 벽은 제자리에 있었고, 지붕을 지탱하는 순록 뿔은 거의 흐트러지지 않았다.

제대로 지은 오두막이었다. 아버지한테 그곳 주인이 누군지 물어보자, 아버지의 아버지가 그 집을 짓는 걸 도왔다고 대답했다. 그곳은 소나무 강 사람들의 둘째 오두막으로, 아버지도 어릴 때 살던 곳이라고 했다.

"그러면 이 오두막의 주인들이 지금 어디 있나요?"

아버지는 대답 대신 서쪽 하늘을 가리켰다. 영혼이 되었다는 뜻이었다. 그렇다면 주인이 없는 집이었다. 그렇다면 왜 다른 사람들은 여기 살지 않는 것일까? 아버지가 대답하기를, 큰 무리의 순록 떼가 소나무 강 계곡에서 겨울을 보내기 때문에 사람들은 그 근방에 큼지막한 오두막을 지었다고 했다.

우리는 거기서 하룻밤을 보낸 다음날 소나무 강의 오두막에 당도했다. 바로 여기가 우리 일행이 그레이랙과 헤어진 후 그토록 모진 고생을 하며 찾아온 바로 그 오두막이라니, 나는 한숨부터 나왔다. 우리 눈에 맨 먼저 보인 것은 심하게 부서져 있는 오두막의 처참한 형상이었다. 그 오두막은 제비 강에서 본 오두막보다 크고 넓은 것은 사실이었지만, 지붕이 약한 탓에 무너져 내리고 말았던 것이다.

우리는 잠잘 곳을 정하고, 당장 오두막을 고치기 시작했다. 계곡에는 볕이 잘 들고 바람도 세지 않았다. 아래로 중간쯤 내려가면 소나무 강이 바위에 부딪치며 거품을 일으키는 곳이 있었다. 그리고 여기, 그리고 저 너머 산속까지, 눈에 보이는 나무들은 내가 이제껏 알고 있던 나무들보다 훨씬 키가 컸다. 남자들보다 더 큰 나무도 많았다.

그리고 이곳 나무는 차르 강의 나무들보다 서로 바짝 붙어서 자라고 있었다. 그건 겨울 북풍을 막아 줄 땔감과 보금자리를 안전하게 얻을 수 있다는 뜻이 된다. 하지만 소나무 강에서 가장 흥미로운 것은 내가 한 번도 보지 못했던 광경으로, 멀리 골짜기 사이로 쭉 뻗어 나와 있는 빙하의 반짝이는 하얀 끝이었다.

언제나 정신을 차리고 나면, 나는 줄곧 빙하를 바라보고 있었다. 우리가 땔감과 사초 뿌리를 모으고 있는 동안 빙하는 겨울 호수처럼 하얗게 빛나고 있었고, 저녁때가 되어 모닥불을 피우고 있으면 빙하는 분홍빛으로 바뀌었다가 노을에 물들었다.

가장 좋은 때는 해가 진 후 달이 뜨기 전이었는데, 빙하는 눈이 왔을 때처럼 밤하늘을 밝게 만들어 주었다. 소나무 강에 도착한 지 얼마 되지 않아서 아버지는 여기 없는 동안 빙하가 움직였다고 말했다. 아버지가 젊었을 때 빙하는 분명히 산 뒤에 있었는데, 우리가 도착했을 때는 산에서 벗어나 있고 꼭대기에는 마치 빙하가 밀어내는 것처럼 나무들이 앞으로 몸을 숙이고 있다는 것이었다.

요이 이모와 아버지의 조카들은 그 말을 믿지 않았다. 빙하가 저절로 비탈을 따라 내려가는 것도 아닌데 어떻게 그럴 수 있느냐고, 그들은 되물었다. 그리고 당연히 빙하가 살아 있는 것이 아니므로 기어 움직일 수도 없었다. 그것은 얼음이니 혼자서 움직일 수 없고 또 산과 같은 것이니 꼼짝도 할 수 없는 거라고, 그들은 말했다.

아무도 그 말에 트집을 잡지 못했다. 그들의 말이 옳았다. 그렇다 하더라도, 우리가 소나무 강가에서 보낸 그해 겨울에 앞으로 몸이 기울어져 있는 나무들은 내내 그렇게 고개를 숙이고만 있었다. 어쩌면 우리가 움직이는 것을 볼 수 없는 한밤중에 빙하가 혼자 스스로 그렇게 하는 것일지도 모른다. 혹은 산도 기어 다닐 수 있는데 아무도 눈치 채지 못하는 것일지도 모른다.

그 다음 '순록의 달'이 뜰 무렵이 되자 소나무 계곡에는 순록, 붉은 사슴, 말과 들소 무리가 여기저기 흩어져 있었고, 우리 오두막은 잘 고쳐져 바람을 막아 줄 수 있게 되었다.

그러나 곧이어 거친 바람이 불어와 자작나무 가지에 마지막 남아 있던 노란 잎이 떨어지고, 나무들은 벌거벗은 사람처럼 앙상하고 창백한 모습으로 숲속에 서 있었다. 어머니가 내게 말해 준 수수께끼가 떠올랐다.

"야난, 머리카락에 가지가 달린 여자아이가 누군지 아니? 여름에는 옷을 입고, 겨울에는 벌거벗고 지낸단다."

두 번째 눈이 내리던 날 밤, 조그만 눈송이들이 휘몰아치고 바람이 거센 신음 소리를 내고 있을 때, 아버지의 조카들은 우리가 살아남을 수 있기를 기도하겠다고 했다. 그들은 이렇게 기도했다.

우리에게 생명을 주십시오.

겨울에 먹을 것을 주십시오, 오헌이시여.

아이를 주십시오, 호나!

나머지 우리들도 '호나!'라고 외치고는 기름 조각을 태웠다. 우리는 차츰 겨울 생활에 적응해 갔는데, 우리가 몇 명되지 않기 때문인지 그레이랙의 큰 무리 속에서 맞았던 겨울과는 사뭇 달랐다. 요이 이모는 우리들이 너무 작은 무리이기 때문에 살기가 아주 힘들다고 투덜거리곤 했다.

"우리에겐 모닥불이 하나만 필요하지만, 사람들이 많으면 땔감도 빨리 모을 수 있어."

요이 이모와 나는 메리의 도움을 받아서 하루의 대부분을 땔감을 모으는 데 썼지만 겨우 얼어 죽지 않을 정도의 불만 피울 수 있었다. 처음엔 그나마도 오두막 근방의 말라죽은 나뭇가지를 꺾었지만 나중에는 점점 더 멀리 가야 했다.

그렇다 해도 이곳은 사람들이 땔감을 주운 지 매우 오래 되었기 때문에 차르 강 주위처럼 드물지는 않아서 좋았다. 그때만큼 도끼질을 할 필요가 없었고, 대부분은 손쉽게 충분한 양을 구할 수 있었다. 아버지의 조카들도 사람 수가 너무 적다고 불평을 했다. 사람이 많지 않으면 사냥이 어렵다며 거의 매일같이 투덜거렸다. 그래서 아버지는 그들에게 이렇게 쏘아붙이곤 했다.

"너희는 그레이랙과 함께 매머드 사냥꾼들에게 가는 편이 나았다. 우리 숫자는 불의 강을 떠날 때와 똑같다. 변한 건 아무것도 없어."

아버지가 말하는 것은 사냥꾼의 수, 즉 남자들의 수였다. 그러자 스틱이 말했다.

"요이한테 우리를 도우라고 하세요."

그래서 사나흘에 한 번씩 아버지와 프록, 스틱, 그리고 요이 이모까지 어른 넷이 사냥을 나갔다. 나는 요이 이모가 얼마 가지 못할 것이라고 생각했는데, 내 추측이 딱 맞았다. 몇 차례 사냥을 다녀오더니, 남자들은 요이 이모를 다시 두고 떠났다. 그래서 그녀와 나는 잣과 열매를 찾아다녔고, 먹을 것이 다 없어지면 찾아가려고 솔방울 있는 곳도 따로 봐 두었다.

그리고 우리는 작은 사냥감을 잡기 위해 덫을 놓았다. 그러다 보니 요이 이모와 내가 남자들보다 먹을 것을 더 많이 구해 왔다. 우리가 놓은 덫에는 토끼나 들꿩, 멧닭 같은 것이 잡혀 있을 때가 많았던 것이다. 더구나 우리는 거의 매일 우리 모두가 배고픔을 어느 정도 달랠 수 있을 만큼의 먹을 것을 구했다.

반면에 '눈보라의 달'이 초승달이 될 때까지 남자들은 아무것도 사냥하지 못했다. 그러다가 그들이 마침내 순록 암컷을 잡았다. 프록이 고기를 운반하는 걸 도와 달라고 요이 이모와 나를 부르러 왔을 때, 요이 이모는 너무 기쁜 나머지 콧노래를 부를 정도였다. 고기가 도착하자, 우리는 그것을 즉시 구워 한밤중이 되도록 먹었다. 그 다음날도 아침부터 밤까지 또 먹어서 고기를 금세 먹어치웠으므로 얼릴 것도 별로 없었다.

눈보라의 달이 사라질 무렵 아버지는 창과 도끼, 불붙이는 막대기를 순록 가죽에 말아 들고 차르 강에 있는 옛 그레이랙의 오두막으로 떠났다. 아버지는 그곳에서 창날을 만들 녹암(녹색의 변성암 -역자주) 몇 개를 가지고 여드레 만에 돌아왔다. 거기엔 아무도 없었다고, 아버지가 말했다. 오두막은 여전히 비어 있고, 그때까지도 그레이랙 일행은 차르 강에 오지 않은 게 분명하다고, 그래서 우리가 그곳에 가지 않고 소나무 강으로 온 것은 다행이라고 했다.

'오두막의 달'이 뜨기 시작할 때, 날씨가 며칠 동안 따뜻했다. 그러더니 건조하고 차가운 바람이 되돌아왔고 축축한 눈이 땅에 얼어붙어 호수가 온통 얼음 천지가 되었다. 우리는 미끄러지지 않고는 걸을 수가 없었다.

그러고 나자 발굽 달린 동물들이 계곡을 떠났다. 풀이 전부 단단한 얼음에 들러붙어 동물들은 풀을 뜯을 수가 없게 되었다. 그때는 이미 높은 나무의 잎을 뜯어먹고 있었으므로 더 높은 곳까지 닿을 수가 없었던 것이다.

순록 몇 마리만 남아서 먹을 것이 다 없어진듯 나무껍질을 먹고 지내고 있었다. 우리가 놓은 덫에는 며칠이 지나도 아무것도 잡히지 않았다. 어느 날 밤, 우리는 겁에 질려 곰자리를 향해 겸손하게 빌었다.

북극광 속에 사는 곰자리시여,
우리가 부르고 있습니다.
우리의 목소리를 들어주소서.
바람에 묻힌 우리의 목소리를 들어주소서, 호나!
곰자리를 부릅니다.

곰자리의 머리를 부릅니다, 호나!

곰자리의 이빨을 부릅니다.

곰자리의 등을 부릅니다, 호나!

곰자리의 다리를 부릅니다.

곰자리의 발을 부릅니다, 호나!

호나! 위리! 호나! 위리!

다리를 우리 쪽으로 돌려

우리에게 먹을 것을 가져다 주소서.

우리에게 고기를 주소서.

우리에게 사냥감을 보내 주소서.

호나! 위리! 호나! 위리!

겨우내 우리를 도와주소서.

우리는 그렇게 기도하고, 우리가 갖고 있던 유일한 먹거리인 솔방울을 태워 곰자리에게 연기를 보냈다. 이따금 밤이면 늑대 소리가 들렸다. 늑대들도 기도하는 것처럼 소리를 높였다 낮추었다 하면서 서로를 불렀다. 하지만 그렇게 정성을 다해 기도를 드렸음에도 해마다 이맘때 겨울이면 늘 그렇듯이 우리에게 어김없이 배고픔이 찾아왔다. 그래서 사람들은 그 다음에 뜨는 달을 '굶주림의 달'이라고 부른다고 했다.

순록의 발굽은 넓고 털이 나 있어서 얼음에 잘 미끄러지지 않기 때문에 우리가 잡을 수 있는 희망은 거의 없었다. 그 무렵까지도 순록들이 오두막 바깥에서 작은 무리를 지어 지나가는 소리는 들을 수 있었다. 이따금 순록의 발자국 소리가 크게 뚜벅뚜벅 들리기도 했다.

그 소리는 배고픈 우리를 놀리는 것 같았다. 밤이면 늑대가 찾아와 우리가 오두막 바깥에 눈 똥을 먹기도 했다. 우리는 아무것도 먹지 못하고 있는데, 늑대에겐 그나마도 먹을 것이 있었다. 메리가 자주 어머니를 찾으며 칭얼대서 입을 막아 버리고 싶은 지경이었다. 어느 날 해가 질 무렵, 요이 이모가 지평선 위에서 붉게 빛나는 노을을 보며 말했다.

"죽은 자들의 땅에서는 해를 먹는대. 한 해 내내 매일 밤마다 그들은 실컷 먹는대. 그래서 추운 날 하루 종일 걸어 다니고도 아무것도 찾지 못하는 일은 없대. 그들이 먹을 것은 바로 앞에 놓여 있으니까. 이 겨울 때문에 우리도 모두 그곳에 가게 될 거야. 나는 지금 거기 있었으면 좋겠어."

그러자 아버지가 말했다.

"아직은 그들을 부러워하지 마. 겨울에는 누구든 항상 어려움을 겪는 법이야. 곧 이때가 지나갈 거야. 우리도 해를 먹으러 갈 때가 곧 올 거야. 그렇다고 해서 우리 쪽에서 먼저 죽음을 앞당길 것은 없지 않겠어?"

아버지는 먹은 것도 없는 우리를 추위 속에서 하루 종일 걷게 해서 지치게 했다. 우리는 덤불 주위에 난 조그만 쥐 발자국을 따라가서, 쥐가 굴 속에 모아놓은 씨앗을 찾았다. 하늘에 까마귀가 있는지 찾아보고, 큰 짐승들이 사냥한 것을 훔쳐낼 수 있을지도 살폈다. 그러던 어느 날, 아버지가 붉은 사슴의 부러진 뼈와 얼어붙은 가죽 조각을 발견했다. 호랑이가 죽이고 먹다 남긴 것이었다. 우리는 그것을 감사히 먹었다.

포효의 달이 차고 이울고, 그렇게 얼어붙은 계절은 계속되어 버려진 순록 뿔의 달이 잇따라 떴다. 그 달이 보름달이 되었을 때, 남자들은 두 번째 순록을 잡았다. 작은 놈이었다. 그 달이 이울 무렵, 우리는 그 고기를 다 먹어치웠다. 바로 그 무렵, 남자들은 추위에 얼어 죽은 말의 시체를 먹고 있던 늑대들을 쫓아내고, 그 고기를 집으로 가져왔다. 우리는 그 고기를 조금 더 오래 먹었다.

얼음을 녹이는 달이 뜨기 전, 한참 눈보라가 치더니 숲에는 쉽게 뭉쳐지는 눈으로 가득했다. 이제 우리 오두막은 눈에 완전히 묻혀 버리고 말았다. 우리는 문 밖으로 길을 파고 나갔다가, 순록이 쉽게 찾을 수 있는 곳에 고사리와 먹을 수 있는 나뭇가지가 있는 것을 보았다. 우리는 서둘러 덫을 놓았다. 아버지의 예상이 맞는다면, 이 덫에는 순록이 걸릴 것이다.

다음날 우리는 서둘러 덫을 찾아가 보았다. 오두막에 메리를 혼자 두고 요이 이모와 사촌들은 한 쪽으로, 아버지와 나는 다른 쪽으로 갔다. 첫 번째 덫에 다가가자 까마귀 소리가 들려왔고, 더 가까이 가자 까마귀들이 그 덫이 묶여 있는 나뭇가지를 내려다보고 있는 것이 보였다.

나뭇가지가 짧고 불규칙적으로 흔들리고 있었다. 다음 순간 우리는 덤불 위로 봉긋 솟아난 순록의 귀와 조그만 뿔을 보았다. 순록은 눈알을 굴리며 혀를 빼문 채로 필사적으로 고개를 돌리고 있었다. 암컷이었다. 죽은 것 같았지만 분명히 움직이고 있었다.

그런데 뭔가 그 아래서 순록을 끌어내리려고 잡아당기는 것이 있었다. 아버지가 내게 잠시 기다리라고 손짓을 하고는 까마귀들이 비명을 지르며 날아오를 때까지 조심스레 엎드려 앞으로 나아갔다. 아버지가 "어서 와라!" 하고 소리치는 것을 듣고, 나는 도둑이 아주 작은 놈이라서 신경 쓸 것 없다고 생각했다.

순록을 노리고 있는 놈은 오소리였다. 아버지는 덤불 속에서 등을 젖히고 있는 그놈을 무시하고 얼어붙은 덫의 매듭을 풀고 있었다. 검은색과 은색 털이 난 오소리였는데, 덩치가 꽤 컸다. 녀석은 굉장히 굶주렸기 때문에 절대 순록을 포기하려 들지 않았다. 오소리가 우리 주위를 두 바퀴 돌더니, 더 가까이 다가와 한 번 더 돌았다. 아버지가 매듭을 풀고서 순록을 눈 위에 내려놓았고, 그러는 동안 오소리는 더 가까이 다가와 네 번째로 주위를 돌았다.

아버지가 창을 잡았을 때, 오소리가 고기를 한 입 물려고 달려들었다. 다음 순간, 아버지가 창을 던져 오소리의 뒷다리에 꽂았다. 아버지는 오소리마저 붙잡으려고 창을 쥔 채로 녀석의 머리 쪽으로 도끼를 날렸다. 하지만 오소리가 몸을 비틀어 도끼를 피했고, 아버지가 다시 도끼를 쥐기 전에 아버지의 손을 물어뜯었다.

아버지는 신음 소리를 내며 창을 떨어뜨렸지만 쉽사리 물러서지 않았다. 아버지는 허리춤에서 칼을 꺼내 오소리의 갈비뼈에 찔러 넣었다. 그렇지만 오소리는 계속 아버지를 물고 있었다.

내가 아버지가 떨어뜨린 도끼를 집어 들어 오소리의 머리를 찧기 시작했지만, 녀석은 그때까지도 문 것을 놓지 않았다. 아버지가 칼을 뽑자 오소리의 가슴에서 피가 뿜어져 나왔고, 서서히 분홍색 허파 끝부분이 삐져나왔다. 하지만 아직도 숨을 쉬고 있는 게 보였다.

"도끼를 다오!"

아버지가 내 손에서 도끼를 받아들더니 피가 흐르는 오소리의 목을 다시 찍었다.

"칼을 다오!"

나는 눈 속에서 칼을 집어 들었다. 아버지가 오소리의 턱 사이에 칼을 밀어 넣자, 오소리는 마침내 피투성이가 된 채 눈 속에 나가떨어졌다. 아버지는 그래도 분이 풀리지 않는지 창을 집어 들고는 다시 한 번 놈의 몸통을 찔렀다.

아버지는 그제야 앉아서 오소리한테 물린 상처를 살펴보았다. 나도 아버지 어깨 너머로 그것을 보았다. 날카로운 송곳니가 손의 뼈를 건드렸고, 쥐고 흔드는 바람에 살갗이 많이 찢어져서 피가 흐르고 부어 있었다. 아버지는 눈을 뭉쳐 상처 부위에 올려놓았다. 그러고는 뭔가 묶을 것을 찾았는데, 내가 파카를 벗고 순록 가죽 윗옷을 주겠다고 하자 아버지는 벌써 눈 덕분에 피가 멎고 있다고 보여 주었다.

아버지는 침착하게 순록의 가죽을 벗기기 시작했다. 잠시 후, 아버지는 나를 요이 이모와 조카들에게 보내 당장 데려오도록 했다. 그들은 순록을 잡았다는 말에 무척 반가워하면서 도둑까지 죽였으니 다행이라고 했다. 하지만 그들은 아버지의 물린 상처를 걱정했고, 더구나 훌륭한 모자가 될 수 있었던 오소리 가죽을 버리게 되어서 아깝다고도 했다.

우리는 아버지가 불가에 앉아 숯 위에 간을 여러 조각으로 잘라내어 굽고 있는 것을 보았다. 우리는 혀를 내밀고 죽은 오소리와, 피에 젖은 털이 눈에 얼어붙은 채 있는 것을 내려다보았다. 스틱이 오소리의 목에 창을 찔러 넣고는 가죽을 벗기기 시작했다.

간이 다 익자, 우리는 모두 일손을 멈췄다. 먹을 것이 너무 훌륭하고 반가워서 우리는 즐거웠다. 모처럼 웃으며 서로를 칭찬했고, 요이 이모는 어쩌면 난생 처음으로 나의 용기를 칭찬했다.

간을 다 먹은 다음에는 재빠른 손놀림으로 고기를 자르고, 오두막에 옮기는 일까지 단숨에 마쳤다. 고기가 너무 많아서 모두 두 번씩 다녀와야 했으나 하나도 힘들지 않았다. 아버지는 순록이 씹어 삼킨 뒤 혹위(반추동물의 첫째 위 –역자주)에 들어가 있는 가문비나무 가지와 고사리도 마저 가지고 왔다. 아버지는 그것을 '겨울 채소'라고 불렀다.

두 번째 고기를 가지러 갔을 때, 우리는 마지막 한 조각까지 심지어 오소리의 찢어진 가죽까지 모조리 그러모아 들고 왔다. 프록은 오소리 시체 앞에서 잠시 망설이더니, 그것도 집어 들었다. 나무에 앉아 있던 까마귀들이 피 묻은 눈을 먹으려고 날아 내려왔다.

오두막에서 간을 더 굽고 문에다 고기를 말리면서, 프록과 아버지는 물린 상처를 다시 살펴보았다. 아버지는 몹시 쓰라려 했지만, 그나마 피는 멎어 있었다.

우리는 먹고, 쉬고, 또 먹고, 배가 너무 불러 움직일 수 없을 때까지 또 먹었다. 밤새 늑대들이 오두막의 지붕 위에 올라가 좋은 고기 냄새를 맡느라 굴뚝에다 대고 킁킁거렸다. 이따금 늑대 한 마리가 굴뚝을 긁으며 울음소리를 냈다. 아침이 되어 나가 보니 늑대들이 오두막 주위의 눈을 짓밟아 놓았고, 눈 위에는 똥과 오줌 등이 어지러이 널려 있었다.

아침 일찍 남자들이 다시 덫을 찾아가 보았다. 그래서 알게 된 사실인데, 이제는 늑대들이 덫에 걸린 사냥감을 먼저 훔치고 있었다. 그냥 놔둬선 안 되었다. 어떻게든 늑대를 물리치고 더 많은 식량을 확보해야 했다. 그래서 이 문제를 의논해야 했지만, 우리는 그러지 못했다. 아버지 때문이었다.

아버지는 손이 아프고 팔뚝까지 통증이 올라온다고 했다. 프록이 아버지의 손을 살피는 동안, 우리는 고기를 굽기 위해 모닥불을 피웠다. 스틱도 아버지의 상처 부위를 살펴보았고, 요이 이모까지 아버지의 손을 잡고 앞뒤로 뒤집어보았다. 그러다가 프록이 손에 필경 독이 있는 것 같으니 상처를 열어야 한다고 말했다.

부싯돌 칼을 꺼내어 날을 시험해 본 뒤, 프록은 순록의 뿔과 모닥불에서 나온 돌로 칼끝을 아주 작고 날카롭게 만든 다음에 오소리가 남긴 이빨 자국을 훑었다.

아버지는 눈도 깜빡이지 않고 그것을 보았다. 피가 좀 나오자 프록은 모닥불에 돌을 데운 다음, 아버지에게 그것을 들고서 통증을 쫓아내라고 말했다. 나는 밤새 아버지가 돌을 다시 데우며 불가에 앉아 있는 것을 보았다.

이튿날 오후, 아침 일찍 사냥을 나갔던 아버지가 오두막으로 돌아왔을 때는 파카도 잘 벗지 못했다. 소매를 빼내자 손이 너무 크게 부어오른 게 보였고, 손목에는 아기 손목처럼 잔주름이 잡혀 있었다. 그날 밤 아버지는 또 일어나 앉아 있었고, 아침이 되자 열이 나서 땀을 흘리고 있었다. 아버지는 아무 말도 하지 않았지만, 우리는 아버지가 화가 나 있다는 것을 알고 슬슬 피했다.

"오소리의 영혼이 숙부를 아프게 하는 거야."

아침에 프록이 아버지에게 이렇게 말하더니 문 앞에 얼려놓은 오소리의 시체를 떼어내어 가죽으로 다시 싸놓았다. 그리고 그는 순록의 눈알 뒤에서 기름을 조금 떼어 놓았다. 그것은 겨울에 제대로 먹지 못하고 멀리 이동하는 순록에게 남은 얼마 안 되는 지방이었다. 프록은 그 기름을 오소리의 부러진 이빨 사이로 밀어 넣었다. 그리고 오소리를 밖으로 가지고 나가 나뭇가지 사이에 올려놓고 말했다.

"우리가 이렇게 슬퍼한다. 우리를 용서해라."

아버지를 돕기 위해, 프록은 부어오른 팔에 여러 군데를 칼로 긋고 체열을 내리기 위해 눈을 덮어 주었다. 하지만 그러는 바람에 아버지는 열이 나면서 동시에 추워졌다. 아버지는 땀을 흘리면서도 또 한편으로는 덜덜 떨고 있었다.

그러다가 그만 모닥불을 꺼뜨리고 말았다. 메리와 나는 땔감을 주우러 나갔다. 아버지가 너무 화가 난 것 같아서 오두막에 있고 싶지 않았다. 그래서 메리와 나는 최대한 천천히 오두막으로 돌아왔다. 문 앞에서 아버지 목소리가 들려서 프록이 오두막 안에 함께 있는 줄 알고 들어갔지만, 아버지 혼자였다.

아버지는 오두막 벽에 등을 기댄 채 다리를 뻗고 앉아 있었는데, 몸에 두른 순록 가죽 말고는 아무것도 입지 않은 채였다. 모닥불에 불씨 하나 남지 않아서, 아버지가 숨을 쉴 때마다 구름 같은 입김이 나오고 있었다. 아버지가 누군가에게 말하고 있었다.

"이렇게 와주셔서 감사합니다. 모두에게 인사드립니다. 여기 불가에 앉아서 드십시오."

오두막 중간쯤의 허공을 응시하고 있는 아버지는 문간에 서 있는 나를 알아보지 못한 것 같았다. 아버지를 멍하니 바라보다가, 목덜미와 어깨가 아플 정도로 따끔해져서 재빨리 뒤로 물러섰다. 메리가 나에게 물었다.

"뭐 하는 거야?"

나는 대답할 수 없었다. 나도 영문을 모르기 때문이었다. 메리는 문가에 쪼그리고 앉아 손가락을 빨았다. 나도 그 옆에 앉아서 메리의 손을 잡고 아버지가 무슨 말을 하는지 이해하려고 했다. 아버지의 목소리가 따뜻해지더니 상냥해졌다. 아버지는 혼자 웃음을 터뜨리기도 했다. 아버지의 웃음소리를 듣더니 메리가 나에게 살짝 미소를 지었다. 하지만 내가 메리의 손을 하도 꽉 쥐는 바람에 재빨리 손을 빼냈고, 우리는 한동안 추위에 이를 딱딱 부딪치며 따로 앉아 있었다.

해는 지평선 가까이 떨어졌지만 하늘 꼭대기는 아직 밝았다. 초봄의 길고 추운 낮이 찾아오면서 햇빛이 오래 머물기 때문이었다. 요이 이모와 스틱, 그리고 프록은 아직 멀리 나가 있을 것이다. 빙하 꼭대기에서 한 줄기 가느다란 눈바람이 불어오는 것으로 보아 북풍임을 알 수 있었다. 그 바람이 나뭇가지를 마구 흔들어 요란한 소리가 났고, 우리의 얼굴은 더욱 얼얼해졌다.

메리가 울기 시작했다. 눈물이 뺨과 코밑에서 얼어붙는 게 보였다. 나는 기다리라고 하고는 소리 없이 오두막으로 기어 들어가 불붙이는 막대기를 놓아둔 곳으로 갔다. 오두막이 너무 어두워 아버지를 볼 수는 없었지만, 아버지가 나를 쳐다보고 있는 것은 분명히 느낄 수 있었다.

나는 다시 조용히 기어 나와 불을 피우고, 우리가 가져온 땔감을 넣었다. 메리는 주변이 좀 따뜻해지자 이내 잠들었지만, 어머니를 부르는 잠꼬대를 계속해서 나를 더욱 심란하게 만들었다. 어머니는 왜 그렇게도 일찍 죽은 것일까? 내 힘으로 풀기엔 너무 막막한 문제라서 아무것도 생각나지 않을 때마다, 나는 잠꼬대가 아니라 실제로 입 밖으로 어머니를 부르곤 한다.

빙하 위로 하루의 마지막 햇빛이 비추어, 어두워지는 숲 위로 보이는 빙하의 얼음이 밝은 분홍색으로 변할 때쯤 요이 이모와 아버지의 조카들이 들꿩을 잡아가지고 돌아왔다. 그들은 굴뚝에 연기가 나지 않고, 우리가 바깥에 불을 피우고 앉아 있는 것을 보고 깜짝 놀랐다. 요이 이모가 화난 목소리로 물었다.

"아버지를 불도 없이 혼자 남겨두었어? 이러라고 내가 땔감을 모아 오라고 보냈니?"

메리는 잘못을 저지른 아이처럼 겁먹은 표정으로 고개를 숙였지만, 내 표정은 바뀌지 않았다. 요이 이모보다 사려 깊을 때가 더 많은 스틱이 내게 밖에 앉아 있는 연유를 물었다. 나는 문 쪽을 쳐다보았다. 뭐라고 대답해야 할지 몰라서였지만, 가만히 있노라면 아버지가 다시 말을 할 거라고 생각했다. 예상대로 아버지가 곧 다시 말을 했다. 스틱과 프록이 놀란 표정을 짓더니 안에 낯선 사람들이 있다고 여긴 듯 창을 나무에 기대어 세워 두었다. 프록이 대뜸 물었다.

"왜 사람들이 왔다고 말하지 않았어?"

프록이 입구로 기어 들어가기 시작했을 때, 나는 이렇게 말했다.

"사람들은 없어, 아무도 없어."

그 말에 프록이 재빨리 물러나왔다. 프록과 스틱은 한동안 걱정스런 눈짓을 나누더니 용감하게 안으로 들어갔다. 요이 이모는 모자를 벗어 뒤로 젖히고, 눈을 휘둥그레 뜨고서 모닥불 옆에 쭈그리고 앉아 있었다. 요이 이모는 파카에 쌓인 눈을 털어내지도 않았고, 그래서 앞자락이 천천히 젖어들고 있는 것도 알아차리지 못했다.

프록과 스틱은 오두막 주변이 완전히 어두워진 뒤에야 밖으로 나왔다. 그들은 요이 이모에게 무슨 영문인지 모르겠다는 표정을 지으며 한동안 어찌할 바를 모르더니, 일단 불을 피워야 한다며 땔감을 가지고 다시 안으로 들어갔다. 금세 굴뚝에서 불꽃이 튀어나왔다. 아버지는 말을 멈추었고, 우리는 불이 타는 소리를 들었다. 스틱과 프록이 다시 나와 창은 밖에 놔두고 고기만 들고 들어가자 우리도 따라 들어갔다.

아버지는 순록 가죽을 덮고 잠들어 있었다. 새로 붙인 불이 환하게 타고 있었다. 프록이 불 위에 순록 고기 조각을 올려놓자, 지글지글 타는 소리와 맛있는 고기 냄새가 났다. 오두막이 따뜻하고 아늑해 보여서 기분이 한결 나아졌다.

하지만 고기를 뒤집어놓은 뒤, 아버지의 조카들이 좀 뻣뻣한 태도로 잠시 나갔다 오겠다고 했다. 그들은 아주 오랫동안 우리가 들 수 없을 만큼 낮은 소리로 이야기를 나누었다. 고기가 다 익자, 요이 이모는 허겁지겁 먹기 시작했다. 그때 아버지가 일어나 고기 좀 달라고 하자, 요이 이모가 아버지에게 고기를 갖다 주었다. 아버지는 아주 조금 맛만 보더니 고맙다고 하고는 다시 누우며 말했다.

"오두막이 꽤 덥군. 조카들이 뭘 잡았지?"

"들꿩을 잡았어요, 아히."

요이 이모의 대답에, 아버지가 꾸벅꾸벅 졸면서 말했다.

"고마운 일이군. 들꿩이 순록 고기보다 맛있다니, 놀랍군."

프록과 스틱이 들어와 불가에 쭈그리고 앉았을 때, 우리는 그들의 표정에서 무슨 이야기를 나눴는지 알아내보려고 했지만 무표정한 얼굴이어서 어떤 낌새도 알아차릴 수 없었다. 생각을 감추고 있었지만, 뭔가 몹시 불길한 생각을 하고 있다는 사실은 알 수 있었다.

요이 이모가 아버지와 대화를 나누던 사람이 누군지 묻자, 프록이 말하려고 하다가 갑자기 입을 다물고는 오두막 주위를 둘러보았다. 그러다가 마침내 몸을 숙이고는 나지막하게 속삭였다.

"우리 눈엔 보이지 않지만, 오두막 안에 사람들이 많은 것 같아. 아히는 누군가와 곰 사냥을 계획하고 있었어. 그 사람을 삼촌이라고 불렀어. 아마 소나무 강 사람들이 여기 와 있나봐."

"지금? 여기에?"

프록은 불안한 목소리로 계속 속삭였다.

"그래. 하지만 내가 모르는 사람들이야. 아히 숙부나 우리 어머니는 여기서 자랐으니 아는 사람들이겠지만, 우리 형제는 이 오두막에 와본 적이 없으니……."

그러다가 프록이 뒤늦게 생각이 났다는 듯이 벌떡 일어서더니, 허공을 향해 고개를 숙이곤 상냥하게 말했다.

"여기, 야난 쪽으로 와서 앉으세요. 이 불가에 손님 자리를 남겨놨거든요. 그리고 고기를 좀 더 잘라 놓을 테니 마음껏 드세요."

그가 불가의 빈자리를 향해 예의 바르게 고개를 숙이자, 그 괴이한 몸짓에 메리가 내게 더욱 가까이 달라붙었다. 그가 빈자리를 향해 또 말했다.

"우리는 당신들의 손님입니다. 아히가 데리고 왔습니다. 우리는 아히 누이의 아들들입니다. 살 곳을 주셔서 감사합니다. 우린 여기에 친구로서 평화롭게 왔습니다. 저 창은 아히의 것입니다. 우리 창은 밖에 세워 두었습니다."

그가 대답을 기다리는 듯 커다란 얼굴에 주름을 잡으며 미소를 지었다. 그렇지만 아무 대답도 들리지 않았다. 불이 타면서 작은 소리를 내었다. 연기가 피어오르고 있는 굴뚝

바로 아래에 아치형으로 놓여 있는 빛바랜 순록 뿔이 희미하게 보였다. 그 사람들이 거기 있는 것일까? 스틱이 말했다.

"먼 길을 오시느라 지치셨지요? 이 맛 좋은 고기를 여러분을 위해 구웠습니다. 부디 배불리 드시지요. 호나."

그러고 난 뒤에 그들은 먹기 시작했고, 고기 여러 조각을 불 속에 던져 놓자 새카맣게 타서 불이 붙었다. 한참 먹고 난 뒤에, 프록이 할 말을 세심하게 골라가며 영혼들에게 다시 이야기를 했다.

"오두막의 주인님들, 우리를 맞아 주러 오셔서 감사합니다. 호나."

"호나."

스틱도 예의 바르게 덧붙였다. 그렇지만 메리와 나는 고사하고 요이 이모조차도 그들이 누구에게 말을 건네고 있는지 알 길이 없었다. 그날 밤, 아버지를 제외하고 우리 모두는 오두막 안쪽, 가장 따뜻한 곳을 그곳의 원래 주인이 차지하도록 내버려 두고서 문가에 순록 가죽을 펼치고 잠자리를 만들었다.

메리가 까닭을 묻자, 나는 차르 강의 오두막을 일깨워 주면서 그레이랙과 그의 가족이 주인이었기에 항상 오두막 안쪽에서 잤던 일을 상기시켜 주었다. 그러자 메리는 기대하는 표정을 지었다.

"그레이랙이 오고 있어?"

"그레이랙이 아니고 이 오두막의 주인 말이야. 아버지는 지금 그들과 이야기를 하고 있으니까, 조용히 해."

나는 잠들지 않고 스틱과 프록, 그리고 요이 이모가 속삭이는 소리를 들으려고 했지만 너무 목소리가 작아서 도저히 알아들을 수가 없었다. 그러는 사이에도 아버지는 다시 깨어나 누군가와 계속 이야기를 나누었다. 어머니가 불의 강에서 친척들과 함께 있다고 거짓말을 하는 것을 보니, 오두막의 주인들이 어머니에 대해 묻는 모양이었다. 아버지가 큰 목소리로 옛날 일을 말하기 시작했다. 이번엔 옛날 일을 물은 것 같았다.

그들이 아버지에게 빙하에서 불어오는 바람이 잦아들면 곧바로 찾아오는 초봄에는 많은 동물들이 제비 강 너머 평야에서 살게 된다고 말해 주는 것 같았다. 아버지도 이곳 지리를 아주 잘 아는 모양이었다. 아버지는 그들의 말을 다시 반복하며 동의를 표시했다.

"그렇죠, 북쪽이 막혀 있습니다. 아주 좋지요. 나도 기억합니다. 네, 동물이 많지요, 아주 많습니다. 늑대 가죽이라구요? 그것도 얻었지요. 붉은 사슴도요. 아, 기억납니다. 그렇게 했지요. 그렇지요, 들소도 잡았지요. 그렇습니다, 우리 모두가."

아침이 되자, 아버지는 옷을 입고 사냥을 나갔다. 프록이 오두막의 원래 주인들에게 무슨 이야기를 들었는지 묻자, 아버지는 무슨 말을 하는 거냐고 묻는 듯한 표정을 지었다.

"사람들이 나한테 말을 했다고? 나는 내내 자고 있었어."

아버지가 그들의 안색을 유심히 살피다가 이렇게 덧붙였다.

"강둑으로 사냥을 갈 테다. 어제는 뭘 잡았나?"

"어젯밤에 말씀드렸잖아요. 스틱이 들꿩을 잡았다고."

요이 이모의 말에, 아버지는 굉장히 혼란스러운 표정을 지었다. 그러다가 아버지가 큰 고기 조각 하나를 불에 던져 넣고 이렇게 말했다.

"오늘은 멀리 갈 거야. 야난, 땔감을 많이 가져오너라."

아버지는 이번에는 스틱과 프록에게 말을 했다.

"나가서 숲에 들어가거든 맨 먼저 덫에 가봐라. 가장 멀리 있는 덫까지 요이를 데려가거라. 그러면 요이가 땔감을 많이 구할 수 있을 테니까."

하지만 스틱과 프록은 대답하지 않았다. 그들은 대신 오두막 안쪽으로 가서 짐을 꾸리기 시작했다. 그런 다음, 그들은 진지한 표정으로 아버지 옆에 다가와 쭈그리고 앉았다. 스틱이 말했다.

"그레이랙을 찾아갈 거예요. 이 오두막은 숙부 친척의 것이에요. 우리가 여기에 더 머물 수는 없어요."

아버지가 고기를 씹는 걸 멈추곤 스틱의 얼굴을 뚫어져라 응시했다.

"그레이랙을? 내 친척이라니? 누굴 말하는 건가?"

그 물음에 대답한 사람은 요이 이모였다.

"당신이 어제 이야기를 나눈 사람들 말이에요, 아히. 그들이 여기 와 있었어요. 그것도 아주 여럿이."

아버지는 곤란한 표정을 지으며 먹던 것을 삼켰다.

"내 친척들은 죽거나, 오래 전에 이곳을 떠났어. 이 오두막은 나의 아버지 것이었고, 이제 내가 아니면 누구의 소유도 아니야."

"당신은 어제 분명히 그들과 이야기를 했어요. 어떻게 기억을 못하세요?"

아버지는 한참 동안 생각하다가 나직하게 말했다.

"영혼들이 왔었나? 그렇군, 모두 영혼들이었군."

아버지가 슬픈 표정으로 바라보는 것을 애써 외면하자, 스틱이 허공에다 말을 했다.

"우리 말을 듣고 계시지요, 오두막의 주인님들. 이제 고기는 당신들의 것이고, 오두막도 당신들의 것입니다. 그동안의 환대에 감사드립니다. 이제 우리는 떠날 겁니다."

아버지가 종잡을 수 없다는 듯 잔뜩 미간을 찌푸리고는 차갑게 물었다.

"어디로 갈 텐가?"

"그레이랙의 오두막으로 갈 거예요."

"거긴 지금 아무도 없어."

"지금쯤이면 와 있을지도 몰라요. 아니면 아직 검은 강에 있거나, 전처럼 풀의 강으로 가고 있을지도 모르지요."

그때였다. 요이 이모가 일어서며 아버지에게 말했다.

"당신도 우리와 함께 가야 해요. 내가 당신 짐을 들어 줄 게요."

"뭐라고?"

아버지가 화난 표정으로 요이 이모를 노려보다가 착 가라 앉은 목소리로 말했다.

"당신도 떠나는 거야?"

"그래요, 여기서 지낼 수는 없어요. 난 떠나야 해요. 당신도 떠나야 해요."

아버지는 한동안 생각에 잠긴 얼굴로 앉아 있었다. 아버지가 고기를 한 입 더 먹었지만 익힌 고기는 대부분 불가에 그대로 놓인 채 식고 있었다. 마침내 아버지가 결론을 내렸다.

"오늘은 기운이 없어 떠날 수 없어. 짐이 아무리 적어도 들 수 없을 테고, 아직도 일어서면 다리가 떨리니까. 강으로 사냥을 나가서 뭘 좀 먹고 기운을 차리면 따라가겠어. 그러니 먼저들 떠나. 검은 강을 따라가게 되면 내게 신호를 남겨

줘. 그건 그렇고, 덫은 어쩌지?"

"가는 길에 우리 몫은 걷어 갈게요."

프록이 공손하게 말했다.

"그러면 아침에 야난이 내 덫을 찾아가 보면 되겠군. 나는 그쪽으로는 가지 않을 테니까. 야난, 큰 놈이 잡혔거든 먼저 네가 들고 올 수 있는 만큼만 가져오고, 곧장 나를 불러라."

프록이 고기를 더 잘라 불에 놓고는 진지한 표정으로 말했다.

"이제 우리는 떠납니다. 이 고기를 받아 주십시오."

어젯밤보다 양이 훨씬 적은 고기가 바짝 타도록 기다렸다가, 스틱이 '호나!'라고 말하고는 짐을 들고 문 쪽으로 갔다. 프록이 뒤를 따랐고, 요이 이모도 재빨리 걸음을 옮겼다. 스틱과 프록이 문가에 서서 아버지에게 인사를 하고 나가자 요이 이모는 뒤도 돌아보지 않고 뛰어나갔다.

햇살이 연기 구멍을 통해 들어와 오두막 안을 동그란 모양으로 비추고 있었다. 우리는 모닥불이 거의 재가 되어 땔감이 얼마 남지 않았음을 알 수 있을 때까지 불가에 앉아 있었다. 나는 불씨 몇 개를 살려 보려고 숯 위에 재를 쌓아 올렸다.

아버지는 말 없이 쭈그리고 앉아 있었다. 아버지의 숨소리는 빠르고 얕았다. 아버지의 시선은 작은 얼음 조각이 녹아 떨어지는 굴뚝을 향하고 있었다. 바깥의 공기는 부드럽고 햇볕이 따사로웠지만, 오두막 안은 다시 싸늘해졌다.

나는 요이 이모와 아버지의 조카들이 고기를 얼마나 가져가고, 무엇을 남겨놓았는지 알아보려고 문 쪽에 가볼 생각을 했다. 순록은 아버지의 덫으로 잡았으니, 그 고기 가운데 얼마만큼은 아버지의 몫이었다. 뒷다리 하나와 앞다리 하나는 요이 이모 몫이고, 다른 뒷다리는 스틱과 프록의 몫이었다.

그것들과 들꿩은 가져가고 없었다. 앞다리 하나는 아버지 몫이었으므로 대부분 먹고 얼마 남지는 않았지만 거기 있었고, 보통 영혼들의 몫인 뱃살 한 조각도 오두막 주인들을 위해 남겨놓았다. 머리와 발, 아직 고기가 달린 가죽도 남아 있었다. 우리 가족이 한동안 먹을 양식은 되어 안심했다.

문 바로 밖에서 아버지의 조카들이 고기를 쉽게 싸들고 갈 수 있도록 뼈에서 벗겨낸 흔적이 보였다. 어젯밤 둘이서만 의논하러 나갔을 때 그렇게 해둔 게 틀림없었다. 나는 골수를 먹기 위해 흩어진 뼈를 주워서 안으로 들고 들어왔다. 그것을 내보였지만, 아버지는 관심을 보이지 않았다.

이제 어쩌면 좋을지 아버지한테 묻고 싶었다. 봄이 다 되도록 여기서 기다려야 할 것인가? 차르 강으로 돌아갈 것인가? 아니면 검은 강으로 갈 것인가? 아버지의 조카들은 우리에게 어떤 신호를 남겨놓았을까?

사람들은 신호를 남기기 위해 자기들이 간 방향으로 풀을 한 묶음 나무에 묶어놓기도 한다. 어떤 때는 어린 나무를 꺾어두거나, 작은 돌 더미, 중간 크기의 돌 더미, 큰 돌 더미를 한 줄로 세워놓기도 한다. 스틱과 프록은 어디에 어떤 신호를 남길까?

아버지는 슬퍼하고 있었다. 예전에 살던 집에, 옛날 사람들 외에는 아무도 없이 혼자 남았으니 아버지의 외로움은 무척 커 보였다. 땔감을 구하러 가려고 일어나니, 메리가 내 바로 뒤에서 따라 나왔다. 메리는 내가 파카와 바지를 입혀주는 것에 군소리를 하지 않고 고분고분 숲까지 따라왔다. 오두막에서 멀리 나오자 메리가 물었다.

"요이 이모는 어디 있어?"

"덫을 살펴보러 갔어. 나중에 올 거야."

"그런데 왜 짐을 가져갔어?"

"덫이 멀리 있어서."

메리는 내 발자국을 따라와서 함께 찾은 마른 나뭇가지를 꺾었다. 아버지의 덫을 찾아볼 생각이 들어 제일 가까운 곳에 가보았는데, 순록을 잡을 만큼 큰 덫이었지만 텅 비어 있었다. 더 멀리 둘째 덫도 가보았지만 마찬가지였다.

하지만 향나무 쪽으로 이어지는 아주 작은 길에 설치해놓은 셋째 덫에는 작은 들꿩 한 마리가 잡혀 있었다. 나는 들꿩을 꺼내고 다시 덫을 놓았다. 매듭을 고리에 잘 펼쳐놓고, 줄은 눈으로 덮어 놓고, 가운데에는 말린 열매 세 알을 놓아 두었다.

그러고는 강의 언 곳을 건너 반대편 숲에 땔감을 찾으러 갔다가 눈 속에서 발자국 한 줄을 보았다. 요이 이모와 스틱, 그리고 프록이 제비 강을 향해 서쪽으로 한 줄로 서서 걸어가며 남긴 발자국이었다. 흩날리는 눈이 반쯤 채워져 있는 발자국들을 보고 있노라니, 나는 울고 싶어졌다. 어머니는 왜 그렇게 서둘러 죽은 것일까?

땔감 모은 것이 집으로 가져갈 만큼 되자, 메리와 나는 숲에서 나와 강가로 나갔다. 거기서 북쪽을 향해 평원을 건너 오두막으로 가던 중에 평원 한가운데 눈 속에 앉아 있는 조그만 물체가 보였다. 그것은 모자 달린 파카를 입고, 바람을 등지고 있었다.

우리는 놀라서 걸음을 멈추고 한참 동안 기척을 살폈다. 어쩌면, 무슨 연유에서인지는 모르지만, 스틱이나 프록이 돌아온 것일지도 모른다는 생각이 들었다. 그래서 서둘러 달려갔는데, 그 사람은 아버지였다.

우리가 등 뒤에서 다가가자, 아버지가 느릿느릿 고개를 돌리더니 고개를 끄덕였다. 아버지 곁에 앉으려고 하자, 창에 몸을 무겁게 기대고 있던 아버지가 먼저 일어나더니 우리를 데리고 오두막으로 향했다. 아버지의 발자국을 따라가

다가, 아버지의 보폭이 나보다도 훨씬 짧다는 사실을 깨달았다. 전에는 항상 아버지의 보폭을 따라가려고 다리를 멀리 뻗어야 했는데…….

하지만 나는 아버지를 따라잡고 싶지 않았다. 메리가 내 뒤를 따르듯 나도 아버지 뒤를 따라갔고, 그래서 집까지 가는 데에는 너무 오랜 시간이 걸렸다. 아버지는 먹을 것을 잡았는지 묻지 않았다.

오두막에 도착하자, 아버지가 먼저 안으로 들어가더니 파카도 벗지 않고 곧장 순록 가죽으로 가서 누웠다. 나는 파카를 벗고, 메리를 도와준 다음 우리 옷을 지붕에 걸어 말렸다. 아버지 옆에 앉아 손을 잡아보니 바짝 마른 손은 무척 따뜻했다. 아버지의 손이 부드럽게 내 손을 잡았다.

"불을 피우렴."

아버지의 말에, 나는 얼른 일어났다. 불이 잘 타자, 나는 다시 아버지 곁에 앉았다.

"파카 벗는 것을 도와줄게요, 아버지."

"춥구나. 나중에 벗으마. 지금은 좀 쉬게 해주렴."

"그래도, 아버지…….."

"나는 괜찮다. 그냥 쉬면 돼. 가서 먹을 것을 좀 만들어라. 들꿩을 구워라."

하지만 아버지가 말한 들꿩은 요이 이모와 사촌들이 전부 가져가고 없었다. 그래서 나는 오늘 잡아온 들꿩의 털을 뽑아서 불에 올려놓았다. 다 구워지자 한 조각을 가져갔지만 아버지는 이미 잠들어 있었다. 너무 많이 먹어치우지 않으려고 했지만 배가 몹시 고픈 탓에, 우리 몫을 다 먹고 났을 때까지 아버지가 일어나지 않아서 그것까지 전부 먹어치웠다.

잠시 후 아버지가 깨어나 먹을 것을 달라고 했다. 순록 고기를 조금 잘라 불에 얹어놓고 있는데, 아버지의 성난 목소리가 들렸다.

"야냔! 왜 이렇게 오래 기다리게 하느냐?"

"죄송해요, 아버지. 지금 익히고 있어요."

"당장 가져와라."

시키는 대로 했지만, 고기는 아직 따뜻해지지도 않은 날고기였다. 곧이어 아버지의 성난 목소리가 또 이어졌다.

"이건 날고기잖아! 내가 일일이 다 해야 되겠니? 너는 할 줄 아는 게 아무것도 없어?"

아버지는 무겁게 젖어버린 옷을 그대로 입은 채로 겨우 일어나 고기를 다시 불 속에 던졌다. 그러고는 덧신을 벗으려고 했지만 끈이 푹 젖어 있는 데다가 매듭까지 단단해서 한 손밖에 쓸 수 없는 아버지로선 쉽사리 벗을 수 없었다. 내가 도와주려고 하자 아버지가 느닷없이 내 얼굴을 세게 후려치는 바람에 뒤로 나자빠지고 말았다.

아버지가 나를 때린 적은 한 번도 없었기 때문에 큰 충격을 받은 나는 숨을 쉴 수가 없었다. 메리가 난데없는 소동에 울음을 터뜨렸다. 아버지는 칼을 꺼내더니 덧신을 묶었던 끈을 툭 잘라버렸다. 이제 아버지가 쓸 수 있는 끈은 짐을 묶는 것밖에 없다는 사실을 알기에, 나는 울음을 터뜨릴 뻔했다.

아버지는 지금 무슨 짓을 하고 있는 것일까? 아버지는 아픈데, 아버지 자신은 그 사실을 모르는 것 같았다. 파카를 벗으려 했지만 부은 손을 빼내지 못하자 아버지가 나를 불러 소매를 빼내어 달라고 했다.

나는 그렇게 했고, 아버지가 다시 눕는 동안 파카를 걸었다. 고기가 다 익었을 무렵, 아버지는 잠들어 있었다. 그래서 나는 아버지의 고기를 머리맡에 잘 놓아 두고는 메리와 함께 우리의 순록 가죽을 덮고 누웠다. 한밤중에 아버지가 깨어나 물을 달라고 했다. 우리한테는 물이 없었다. 물통 가죽은 스틱의 것이라서 그들이 가져가 버렸다. 하지만 아버지는 계속 졸랐다.

"물 좀 갖다 다오. 목이 타는 것 같구나."

나는 밖으로 나가 재빨리 눈을 뭉쳤다. 나무 아래 그늘 어딘가에 못된 짐승이 숨어 있는 것 같아서 최대한 빠른 걸음으로 안으로 들어왔다. 아버지는 눈을 몇 입 먹더니 내려놓고 다시 잠들었다. 아버지 곁에 앉아 있는 동안, 눈뭉치는 점점 작아지더니 마침내 다 녹아 아주 적은 양의 물만 남기고 사라졌다.

깨어났을 때는, 거의 아침이었다. 벽에는 우리가 숨을 쉬어서 생긴 서리가 허옇게 덮여 있었다. 아버지와 메리는 아직 자고 있었다. 나는 불을 더 피우면서, 오늘 하루 할 일을 생각했다. 아버지가 신발 끈을 잘라버린 일은 기억하고 싶지도 않았다. 그 끈은 덫을 만들 때 쓸 수도 있었는데…….

순록 가죽에서 끈을 잘라내고 싶었지만, 아버지에게 묻지도 않고 가죽을 자르기가 두려웠다. 덫을 많이 놓아야 한다는 것은 알고 있었지만 아버지를 혼자 놔두면 다시 밖에 나갔다가 헤매고 다닐까 봐, 더구나 혹시 메리를 데리고 나갈까 봐, 오두막에 돌아왔을 때 아무도 없이 나만 남았을까 봐 두려웠다.

하지만 먹을 것이 떨어져가는 것이 더 두려웠고, 내가 태어나기 전에 이 오두막의 주인들이 굶었던 것처럼 우리도 여기서 굶게 될까 봐 더 두려웠다. 그래서 나는 덫을 살펴보고 땔감을 모아 재빨리 돌아오기로 마음먹었다. 메리를 깨우니 불안한 표정으로 얼굴을 찡그리며 나를 쳐다보았다.

"걱정 마. 곧 돌아올 거야. 아버지가 일어나면 얼음 조각이나 눈을 드려. 아버지 고기는 머리맡에 있어. 나는 잠깐 나갔다고 말해."

아버지를 따라 아무 데도 가지 말라고 일러두어야 할까 생각했지만, 그러지 않기로 했다. 아버지와 메리가 떠나면, 내가 발자국을 보고 따라갈 수 있을 테니까. 메리가 내가 무슨 말을 더 할 줄 알고 기다려서, 언젠가 어머니가 내게 해 주었던 대로 살짝 웃으며 이렇게 말해 주었다.

"머리를 빗고 있어. 돌아오면 땋아 줄게."

오두막 가까이 있는 첫째 덫은 비어 있었다. 둘째 덫 가까이로 가면서 곰자리에게 동물이 있게 해달라고 빌었는데, 뭔가 퍼덕거리고 있었다. 아니나 다를까 들꿩이 잡혀 있었다.

나는 즉시 들꿩 목을 꺾은 다음 조심해서 다시 덫을 놓고, 셋째 덫으로 갔다. 역시 비어 있었다. 빈 덫을 다른 데로 옮겨야 할지 생각했지만 다음에 아버지의 조언을 듣기로 했다. 어쩌면 아버지가 곧 나아서 새로운 자리를 찾을지도 모른다.

순록을 잡기 위해 설치한 넷째 덫 역시 비어 있었지만, 너무 밖으로 튀어 올라서 누구라도 쉽게 그것이 덫이라는 걸 알 정도였다. 순록을 잡는 덫은 내가 다시 고쳐놓기에는 너무 커서, 차라리 나뭇가지에 매달린 가죽 끈이라도 가져가려고 나무에 올랐다가 나뭇가지가 부러져 버리는 바람에 그만 땅으로 곤두박질쳤다.

오두막으로 돌아가 아버지의 도끼를 가져와 나무를 베어야 할까 생각했지만, 나무를 베기에는 너무 시간이 많이 걸릴 테고 아버지가 도끼를 잠자리 옆에 두기 때문에 함부로 가져오기도 힘들었다. 아버지가 내게 도끼를 내주지 않을지도 몰랐고, 내가 몰래 쓰려고 하면 화를 낼지도 몰랐다.

그러다가 주워갈 나무가 있어서 그것을 자르러 갔다가 더 많은 나무를 발견해서 아주 멀리까지 가게 되었다. 해가 높이 떴을 때쯤에는 땔감을 많이 모았으므로 그만 오두막으로 돌아갈 생각을 했다.

오두막으로 향하는 도중에 다시 덫을 살펴보았지만, 한낮에 사냥감이 잡힐 가능성은 거의 없었다. 짐승들은 주로 해질녘과 새벽에 돌아다니니까. 나는 오후 늦게 다시 한 번 덫을 찾아보기로 하고, 아무도 없는 적막한 숲을 가로질러 오두막으로 돌아갔다.

환한 밖에 있다가 안으로 들어가니, 오두막은 무척 어두웠다. 잠시 후에 보니, 아버지는 옷을 완전히 벗고 순록 가죽 위에 반듯하게 누워 있었다. 메리는 오두막 반대쪽, 불가에서 멀리 떨어진 곳에 머리를 풀어 헤치고 얼굴은 온통 눈물자국인 채로 웅크리고 앉아 있었다.

아버지는 눈을 반쯤 뜨고 있었지만, 나를 보는 것 같지는 않았다. 갑자기 겁이 덜컥 나서 아버지에게 달려갔다. 하지만 아버지의 부드러운 숨소리가 들렸기에 안도의 한숨을 쉬었다. 나는 아버지에게 들꿩을 보여 주며 말했다.

"보세요. 둘째 덫에서 잡혔어요."

아버지는 쳐다보지 않았다. 나는 곧바로 들꿩의 털을 뽑았는데, 바깥에 가지고 나가지 않고 불가에서 직접 했기 때문에 오두막 안에 깃털이 가득 찼다. 갑자기 너무 피곤해져서 그대로 잠들 것 같았다. 나는 메리의 손을 잡고 순록 가죽을 덮고 함께 누웠다.

처음으로 어머니 꿈을 꾸었다. 언제나 잠들기 전에 두 손 모아 기도하기를, 제발 꿈에서나마 어머니를 만나게 해달라고 했어도 한 번도 나타나지 않던 어머니가 월귤나무 숲 반대편에 서서 우리 일족 모두가 월귤을 따는 동안, 내게 말을 건네고 있었다. 하지만 무슨 말을 하는지 알아들을 수 없어 답답했다.

메리가 순록 가죽 밑으로 기어 들어와 깨우는 바람에 눈을 떴다. 아버지가 일어나서 옷을 입으려고 하고 있었다. 하지만 아버지는 아무리 애를 써도 검붉게 변해 버려 끔찍해진 팔을 윗옷에 끼우지 못했다. 마침내 아버지는 옷 입기를 그만두고 문 밖으로 기어 나갔다. 아버지는 곧 돌아와 다시 누웠고, 소변을 보거나 눈을 먹을 때만 밖으로 나갔다.

나는 굴뚝으로 비치는 빛을 보고 날이 거의 저문 것을 알고서 서둘러 덫이 있는 곳으로 가보았다. 세 개의 덫은 비어 있었고, 넷째 덫은 찾아볼 것도 없다는 생각으로 집으로 돌아왔다. 메리와 나는 들꿩을 구워 나누고서, 아버지 몫은 따로 갖다 놓고는 전나무로 문을 막고 잠자리로 돌아갔다.

한밤중에 아버지가 나지막이 내 이름을 부르는 소리가 들렸다. 곧장 일어나서 아버지 곁에 앉았는데, 아버지는 드러누워 있기는 했지만 정신은 맑은 것 같았다. 그래서 덫에 대해 이것저것 물었더니 새로 덫을 놓을 장소에 대해, 그리고 짐승이 훔쳐간 가죽 끈에 대해, 내가 궁금해하는 것들을 소상히 가르쳐 주었다.

잠시 후, 아버지는 이렇게 아파서 미안하다며 조금씩 나아지는 것 같다고 말했다. 내가 아까 구워놨던 고기를 권하자 아버지는 아주 조금 베어 먹었다. 눈덩이를 만들어 주자 그것만은 전부 먹었다.

아버지의 도끼를 써도 좋은지 묻자, 필요하면 언제든 쓰되 모든 것을 잘 간수하라고 말했다. 가죽 끈이 필요하다고 생각하면 순록 가죽을 잘라 써도 좋다고 했다. 아버지가 긴 한숨을 토하며 억지로 몸을 일으키더니 한참 동안 나를 바라보다가 부드럽게 말했다.

"이제 너도 어른이 다 되었구나. 너는 땔감을 모아 우리를 따뜻하게 해주었고, 먹을 것도 구해 왔다. 장한 일이다. 어쩌면 너도 다른 사람들과 함께 떠나야 했을지도 모르는데, 아버지와 함께 여기 남아 있구나."

아버지가 잠시 말을 멈추고는 한숨을 토했다.

"지금은 내가 아프지만, 건강해지면 우리한테 먹을 것이 충분해질 것이다. 아니면 너의 시아버지를 찾아갈 수도 있겠지."

시아버지란 그레이랙을 말하는 것이었다.

"어쨌든 곧 강의 얼음이 녹아 버릴 것이다. 지금도 거의 다 녹아서 건너기엔 너무 위험해. 다른 사람들도 이때 움직여서는 안 된다는 사실을 알고 있단다. 이제 곧 사냥하기에 좋은 시절이 올 거야. 이제 겨울이 다 끝나간단다."

내 눈에는 눈물이 고였다. 아버지는 전에 늘 말하던 것처럼 화를 내지도, 알 수 없는 소리를 하지도 않고 또박또박 이야기했다. 나는 아이처럼 아버지 품에 안겨 울고 싶었다. 무섭다고 말하고 싶고, 어머니가 보고 싶다고 말하고 싶었다. 하지만 대신 나는 아버지의 칭찬에 감사하고, 물이 더 필요한지 물었다. 아버지는 고개를 저었다.

"신발 끈을 보니 생각이 흐려진 것을 알겠더구나. 모든 게 다 열 때문이야. 처음엔 네가 잘랐다고 생각했지만, 지금은 내가 자른 것이 생각난다. 내가 제대로 생각할 수 있을 때 너한테 말하고 싶어서 깨운 것이다. 몸이 완전히 낫기 전에 또 다시 생각이 흐려질지도 모르니, 설사 그리 된다 해도 신경 쓰지 말아라. 너는 좋은 아이고, 메리도 좋은 아이다. 내가 아픈 동안 너는 모든 일을 잘 해냈다. 고맙구나, 정말 고맙구나. 이제 좀 쉬어야겠다."

아버지가 드러누웠고, 순록 가죽을 당겨 덮었다. 아버지는 아침까지 내내 잠들어 있었다. 메리를 데리고 나가 덫을 살펴보았는데, 모두 비어 있어서 아버지가 가르쳐 준 곳에다 두 개를 옮겨 놓았다. 땔감을 모아 집으로 돌아왔을 때까지도 아버지는 여전히 잠들어 있었다. 머리맡에는 먹지 않은 고기가 그대로 놓여 있었다. 나는 고기를 반으로 잘라 메리에게 한 쪽을 권했다.

"아버지가 저 고기를 좋아할 것 같지 않으니 우리가 먹자."

그날 밤, 아버지가 무슨 말을 하고 있는 게 들려서 곁에 가서 앉았더니, 오두막 주인들과 이야기를 나누고 있었다. 겁에 질린 나는 급히 고기 한 조각을 태웠다. 아버지는 오래 이야기하지 않았다. 아마 누군가의 이야기를 듣는 것 같았다. 나는 어둠 속에 누울 용기가 없어 메리와 손을 꼭 잡고서 불가에 앉아 있었다.

그 다음 사흘 동안, 아버지가 말한 곳에 놓은 덫에서 토끼두 마리와 들꿩 두 마리가 잡혔다. 나는 그것들을 잡아올 때마다 아버지에게 보여 줄 마음에 들떠 있었지만, 아버지는 깨어나지 않았다.

나흘째 되던 날, 오두막 안에 소중하게 보관해 두고 있던 순록의 골수를 먹으려고 뼈를 부수었다. 하지만 골수는 모두 검게 말라붙어 있었고, 기름기도 없었다. 누구나 기름기 있는 골수를 좋아해서 메리에게 먹일 생각이었는데, 그것은 이제 아무 쓸모없는 뼈다귀가 되어 있을 뿐이었다. 메리가 그것을 보고는 흐느껴 울기 시작해서 나도 함께 울었다. 아버지는 여전히 잠들어 있었다.

그날 밤, 지붕에 비치는 불빛을 바라보고 있노라니 지난 며칠 동안 아버지가 죽어간다는 사실을 내가 이미 받아들이고 있었다는 생각이 들었다. 어쩌면 아버지의 영혼은 벌써 몸에서 벗어나, 숨이 멎기를 기다리며 떠나기 시작했는지도 모른다. 내가 다시 아버지를 만날 수 있을까? 메리와 나는 여자이므로, 죽은 자들의 땅에 가면 어머니와 어머니의 친척들에게로 갈 것이다.

나는 한동안 깨어서 밤의 소음들을 듣고 있었다. 숲에 부는 바람 소리, 멀리 여우 소리, 메리의 여린 숨소리, 타닥거리는 모닥불 소리, 오두막이 부드럽게 삐걱거리는 소리, 소리, 소리들……. 하지만 그것뿐이었다. 나는 벌떡 일어나 귀를 기울여보았다. 오두막 안쪽 공간, 아버지가 누워 있는 그곳은 완벽하게 고요했다. 아버지는 이미 숨져 있었다.

나는 메리를 깨우고 아버지를 살펴보았다. 눈꺼풀이 열려 있는 아버지의 얼굴은 무척이나 수척했다. 주먹을 꽉 쥔 손을 잡아보니 몹시 차가웠다. 우리 힘으로는 아버지를 땅에 묻을 수도, 사람들이 겨울에 죽은 자들을 위해 하듯이 나무에 얹어둘 수도 없었다.

그런데 이상하게도 그래서 다행이라는 생각이 들었다. 사람을 땅속에 묻어 언제나 어둡고 추운 곳에 갇혀 있게 하는 것도 끔찍했고, 고기처럼 나무에 올려두어 얼게 하는 것도 끔찍했으며, 담비나 까마귀가 쪼아 먹게 하는 것은 더욱 끔찍했다. 나는 아버지를 그 자리에 그냥 두기로 했다.

이제 이곳에서 내가 마지막으로 할 일은 무엇일까? 오두막을 나와 요이 이모 일행이 남긴 발자취를 따라 떠나기 전에, 나는 오두막 안에 있던 땔감을 모닥불에 전부 넣었다. 내가 여태까지 한 번도 본 적이 없을 정도로 환하게 오두막을 밝히고, 아주 뜨겁게 데웠다.

나무가 타는 동안, 나는 문 앞에서 고기를 잘라 세 더미로 나누었다. 가장 작은 더미는 메리에게 주고, 그 다음 더미는 내가 들고 떠나기로 했다. 그리고 가장 큰 더미는 모닥불에 던져 넣어 아버지와, 아버지가 함께하는 이들이 그들의 여로에 가지고 가도록 했다.

제 **2** 부

늑대

5

영혼이 되던 해, 나는 밤낮 없이 정신을 차리고 있을 때면 늘 아버지를 생각했다. 어느 봄날 저녁, 하늘에서 기러기 소리가 들려올 때 나는 소나무 강의 오두막을 찾아가 아버지의 흔적이 있는지, 혹시 아버지 영혼의 흔적이라도 남아 있는지 살펴보기로 했다.

소나무 강은 너무 먼 것 같아서 마못이 함께 가주기를 바라는 마음에, 나는 늑대의 모습을 하고서 빈터 가장자리에서 깡충거리며 그를 불렀다. 하지만 마못은 다른 것을 기다리는 모양이었다. 나랑 같이 가는 대신 지붕 위에 앉아서 아무 말 없이 하늘만 바라보고 있어서, 나는 결국 포기하고 혼자 떠났다.

곧 마못에 대해서는 모두 잊어버렸다. 봄날의 노을 속에서 자유롭고 희망에 부푼 나는 차르 강의 북쪽 강둑 옆을 걸어 사슴뿔의 강 옆의 평원으로 향했다. 히스와 햄스터의 냄새를 잔뜩 담은 바람이 상쾌하게 불어왔다. 덤불 옆에서 하얀색과 주황색이 얼핏 보이기에 나는 와락 달려들었고, 작은 생물이 내 이빨 사이에서 열심히 버둥거리는 것을 즐거운 기분으로 느꼈다.

나는 먼 길을 가야 했기 때문에 들쥐 몇 마리를 잡는 것 외에는 사냥에 시간을 들이지 않았다. 대신 나는 지칠 때까지 달렸고, 얼마쯤 가니 이미 제비 강이 시작되는 산꼭대기까지 올라가 있었고 벌써 이튿날 아침이었다.

동쪽 산비탈에서, 나는 향나무에서 벗어나와 완만한 구덩이가 있는 널따란 바위로 올라갔다. 그 구덩이를 누가 쓰고 있지는 않은지 세심히 살펴본 뒤, 그 안에 들어갈 수 있게 몸을 최대한 작게 말았다. 나는 고마운 마음으로 얼굴을 꼬리에 묻고, 귀는 쫑긋 세우고서 누웠다. 내가 무슨 짓을 하는지 살펴보려고 공중을 날아다니는 까마귀와 축축한 냄새가 잔뜩 묻어나는 남풍을 무시하고, 잠을 청했다.

한참 쉬고 난 뒤에 일어나서 처음에는 등을, 그리고는 앞다리를 뻗었다. 길게 하품을 하며 혓바닥과 턱을 뻗어 본 다음, 뒷다리를 쭉 뻗었다. 발가락까지 쭉 뻗으려고 뒷발을 오므리기까지 했다. 그런 다음 나는 온몸을 털고 주위를 돌아보았다. 동쪽으로 햇빛에 물이 튀는 게 보였다. 소나무 강이었다.

그 강에 돌다리가 있었던 것을 기억해 내고 곧장 그곳으로 향했다. 돌다리 덕분에 강을 건너는 데 지체할 일은 거의 없었다. 나는 기분 좋게 소나무 강의 둑을 달렸다. 그러다가 나무 사이에서 발견한 순록 한 마리한테 정신이 팔렸다. 녀석은 요란한 어치 때문에 내가 오고 있다는 사실을 알아차리고는 잽싸게 달아났다.

바로 그때, 그 오두막이 보였다. 그제야 내가 왜 그곳에 왔는지 생각이 났다. 차가운 바람을 맞으며 오두막으로 곧장 달려간 나는, 조심스럽게 문 주위의 냄새를 맡았다. 오소리나 그 밖의 다른 누군가가 그곳을 사용한 것 같지는 않았다. 그렇다 하더라도 나는 찬찬히 더 공기 냄새를 맡고, 한참 동안 주변의 크고 작은 소음에 귀를 기울이다가 안으로 들어갔다.

지붕이 부서진 곳으로 햇빛이 들어오고 있었지만 오두막은 어두침침했다. 불 피우는 자리에는 먼지가 쌓였고, 부서진 깃털과 오소리 똥이 수북이 쌓여 있었다. 벽 옆에는 녹암한 덩어리와 거기서 떨어져 나온 가루가 놓여 있었다. 벽에는 남자의 뼈가 놓여 있었는데 오소리가 마구 흐트러뜨려 놓아서 제 형상을 잃고 있었다.

하지만 나는 대번에 그것이 누구인지 알아보았다. 아버지 손가락 하나에서 나온 섬세한 뼈 두 개와 허벅지 뼈, 그리고 갈비뼈를 찾아낼 수 있었다. 아버지의 두개골은 저만치 구석에 뒤집힌 채로 놓여 있었다.

마치 아버지가 자신의 물건 모두를 가지고 무덤에 묻혀 버린 것처럼, 아버지를 기억해 내는 데 도움이 될 만한 것은 별로 없었다. 아버지가 갖고 있던 몇 안 되는 도구들은 바닥에 흩어져 있었는데, 오두막 주위에 잊힌 채로 놓여 있다가 겨울이 지나고 눈이 녹으면서 드러나게 되는 부서진 도구와 비슷했다.

살아 있는 사람의 뼈를 보는 경우는 드물기 때문에 아버지의 뼈는 희미한 시체 냄새와 함께 흔히 보는 다른 뼈를 떠올리게 할 따름이었다. 하지만 문득 아버지의 모습이 오두막에 함께 있는 것처럼 또렷하게 떠올랐다. 아버지의 체취도 느껴졌다. 나는 설마 하는 마음으로 냄새의 근원을 찾아보았는데, 그것은 아버지의 순록 가죽에 희미하게나마 남아 있는 냄새였다.

쥐와 오소리와 곰팡이 냄새도 함께 났다. 순록 뿔의 끝에 여전히 매달려 있는 파카에서도 아버지 냄새가 났다. 그러니 어찌 보면 아버지의 일부가 결국 그곳에 남아 있는 셈이었다. 그렇게 생각하자 묘한 느낌이 들어 몸의 털이 약간 곤두섰다. 내가 목소리를 들을 수도, 모습을 볼 수도 없는 누군가가 오두막 안에 함께 있는 것 같았다.

마못에게 내가 발견한 것을 알리고 싶어서, 나는 머리 양

쪽을 아버지의 순록 가죽에 열심히 문지른 뒤에 몸의 털에
도 그 냄새를 묻히기 위해서 가죽 위를 구르기도 했다. 따
라서 마못이 나를 늑대의 모습으로 만나 습관대로 내 몸에
코를 갖다 대면 내가 발견한 것이 무엇인지 알 수 있을 것
이다.

그곳에 오래 머무르고 싶지는 않았지만, 그렇다고 떠나고
싶지도 않아서 한때는 입구를 막는 데 썼던 부서진 전나무
옆에 엎드려 있었다. 거기서는 시야 가득 하늘이 펼쳐져 있
어서 좋았다. 영혼들이 지나다닐 시간이었지만, 그곳에 영
혼은 없었다. 나뭇가지를 흔드는 바람과 하늘 높이 줄지어
날아가는 기러기 떼뿐이었다.

그러다가 잠들었고, 무리 속의 늑대가 되어 어디론가 한
없이 달리는 꿈을 꾸다가 숲의 그늘이 길어지고 공기가 차
가워졌을 때 깨어났다. 달이 떠올라 있었다. 나는 일어나서
몸을 털고 온 길을 되돌아 달려갔다. 처음에 내 등 뒤에 있
던 달이 머리 위로 따라오더니 어느 순간 앞에 있었고, 새벽
이 되자 저물었다.

바람이 차르 강을 따라 서쪽에서 불어왔는데, 고기 냄새
를 담고 있었다. 내가 떠나 있던 사이에 사람들이 뭔가를 잡
은 모양이었다. 오두막이 보일 때, 과연 순록의 뿔에 매달려
있는 고기 조각이 보였다. 우리도 오늘 밤에는 맘껏 기름 맛

을 볼 수 있을 것이다.

나는 오두막 지붕 위로 뛰어올라가 마못에게 내가 알아낸 것을 이야기해 주고, 기름이 올라올 때까지 쉬려고 했다. 하지만 놀랍게도 마못은 그레이랙의 굴뚝 위에서 낯선 남자의 영혼과 나란히 앉아 있었다.

그들이 그렇게 가까이 앉아 있다는 사실에서 서로 잘 아는 사이라는 걸 알 수 있었다. 낯선 남자의 강인하고 각진 몸매를 보니 마못의 친척일지도 모른다는 생각이 들었다. 마못이 입술을 내밀어 나를 가리키면서 낯선 남자에게 말했다.

"저 애가 바로 야난이야. 래프윙의 딸이지."

"그렇군요!"

낯선 남자가 말했다. 그가 눈으로 나를 살피는 모습을 보니, 내가 늑대의 모습을 하고 있지는 않다는 것을 알 수 있었다. 그가 웃으면서 말했다.

"야난을 모두가 기억하고 있지요. 야난이 나를 기억할까?"

그는 젊어 보였지만, 나보다는 나이가 많을 것 같아서 예의를 갖추어 대답했다.

"아니오, 아저씨."

그의 이름은 골든아이라고 했다. 그는 이 오두막을 지은 네 형제 가운데 막내였는데, 살아서는 틸의 첫 남편이었다고 한다. 틸이 마못의 영혼을 잡았을 때 그의 영혼도 잡았지만, 그는 그 뒤로 오두막 사람들을 돕는 데 시간을 많이 보내지 않았다. 대신 그는 여름을 보내는 기러기 떼와 함께 멀리까지 돌아다녔다고 했다. 마못이 바라보고 있던 기러기가 바로 그들이었다.

해가 뜨자마자, 오두막 높이 기러기들이 한 줄로 지나갈 때 수컷 한 마리가 하늘에서 내려왔다. 그 수컷이 다름 아닌 마못의 막내 동생인 골든아이였다. 마못은 그를 만나서 무척 반가운 모양이었다.

골든아이는 마못에게 기러기 무리와 함께 여행한 이야기를 해주며 그날을 보냈다. 나도 이야기를 들었는데, 이따금 마못은 이미 답을 알고 있는 질문을 던지기도 했다. 내가 궁금한 것은, 기러기가 과연 어떤 존재이기에 골든아이처럼 낯선 존재도 순순히 받아들여 주는가 하는 것이었다.

골든아이는 기러기들이 함부로 낯선 기러기를 맞아들이지 않는다고 대답했다. 골든아이가 그들의 일원이 되기까지는 거의 일 년이 걸렸다고 했다. 그가 처음 검은 강의 늪지대에서 그 기러기들을 만났을 때는 대부분의 기러기 떼가 가을을 맞아 막 이동하려던 참이었다. 그래서 골든아이는 기러기 모습을 하고 따라갔다.

겨우내 멀리 따뜻하고 햇볕이 잘 드는 강가의 달콤한 풀속에서 지내는 동안 그 기러기들은 골든아이가 그들 가까이에 있거나 풀을 뜯는 것에 익숙해졌고, 봄이 되자 기러기 과부 하나가 그와 짝을 짓게 되었다.

그 후 그는 짝과 함께 날아다녔고 그 짝의 다 자란 새끼들, 그 새끼들의 짝들이 그의 뒤를 따랐다. 그해 여름, 골든아이가 이끄는 크고 강력한 기러기 떼는 늪지대에서 어디에 둥지를 지을지 제일 먼저 선택할 권리를 얻었다.

여름이 끝날 무렵, 물이 줄어들어 늪이 썩어서 많은 기러기들이 병들었다. 골든아이의 짝이 병에 걸려 죽자, 그는 자신의 지위를 유지하기 위해 날개를 퍼덕이고, 밀치고, 소리를 지르고, 노려보는 일을 할 마음이 없어졌다.

그 무렵, 골든아이의 존재는 중요성이 떨어졌지만 처음 무리에 속했을 때만큼 아주 낮아진 것은 아니었다. 하지만 과부 기러기와 함께 지낼 때보다는 낮아진 것이 사실이었다.

골든아이는 살아서도 체격이 중간 정도 되었으므로 기러기 수컷으로도 중간 정도의 크기였다. 그런 체격 탓에 몸집이 크고 지위가 높은 수컷이라면 누구든지 그를 이길 수 있었고, 모든 기러기들이 그 사실을 알고 있었다.

가을에 남쪽으로 가는 긴 여행 동안에 다른 기러기들이 그의 뒤로 계속 처져서 날아가는 바람에 골든아이는 자신의 몫 이상으로 길을 찾는 일을 해야 했다. 그들은 북쪽으로 이동하는 긴 여행에서도 똑같이 행동했다. 이제 골든아이는 너무나 이기적인 그들이 지겨워졌다. 그래서 형을 만나러 왔던 것이다.

기러기 떼를 따라간 까닭이 무엇이냐고 내가 묻자, 골든아이는 그들이 강하기 때문이라고 했다. 그가 늪에 처음 간 것은 기러기가 있는지 알아보기 위해서였는데, 기러기들이 떠나는 것을 보고 무심코 따라갔더니 단지 하루만 날고도 여자 호수의 남동쪽 끝에 다다른 것을 알 수 있었다.

그 속도와 거리에 골든아이는 크게 만족했다. 그래서 집에 돌아가고 싶지도 않고, 혼자 가기에는 너무 멀어서 계속 그들을 따라다녔다. 그런 다음에는 어쩌다 보니 일이 그렇게 돌아가 지금까지 살아왔다.

그와 마못의 이야기를 듣고 있으니 그가 기러기 떼를 따라간 후에 이곳에 찾아온 것이 이번이 처음은 아님을 알 수 있었다. 분명 틸은 그가 찾아온 것을 알았을 텐데, 왜 그를 붙잡아 두어 오두막을 돕게 하지 않았을까? 골든아이가 이 의문에 답을 주었다.

"내 영혼을 잡아서 죽은 자들의 땅을 찾지 못하게 하자마자, 틸은 곧바로 우리 형과 결혼해서 새 아이를 가졌어. 엘로 말이야. 그러니 내가 틸에게 할 수 없는 말을, 틸이 나한테 어떻게 하겠어?"

사람들이 고기를 굽는 연기가 피어오르는 것을 보고서 해질 때가 된 것을 안 우리는, 이번에는 배고픔과 살아내기 힘든 겨울에 대해 이야기하기 시작했다. 그제야 마못은 그날 내가 어딜 갔었는지 기억해 내고서 무엇을 찾았는지 물었다. 나는 여러 해가 지났지만 옛 오두막에 있던 순록 가죽에 아직도 아버지의 냄새가 희미하게 남아 있더라고 했다.

빛이 바랜 추억에 울적해진 우리 셋은 한참 동안 아무 말 없이 앉아 있었다. 나는 아버지를 생각했지만, 마못과 골든아이는 우리 친척들을 그렇게 많이 죽게 한 힘든 겨울을 생각하고 있었을 것이다. 한참 만에 골든아이가 이렇게 말했기 때문이다.

"겨울에는 모든 것이 살아남으려고 해. 기러기들이 남쪽으로 날아갈 때면, 아래 땅 위에서는 동물들과 사람들도 긴 줄을 지어 겨울 사냥터로 가는 게 보이거든. 다리가 짧은 동물들은 눈 밑에 오두막을 짓지. 붉은 담비는 나무뿌리 사이에 둥근 굴을 파고, 굴쥐는 땅에 길고 좁은 굴을 파. 햄스터도 겨울을 두려워해서 봄이 되면 최대한 일찍감치 겨울에 대비해서 먹을 것을 모으기 시작해. 벌레만이 너무 작아서 겨울에 살아남으려고 하지 못하지."

문득 아래 오두막의 누군가가 좀 큰 소리로 '호나'라고 말했다. 우리는 그 말에 정신을 빼앗겼다. 골든아이는 말을 멈추었고, 우리 모두는 잠자코 기다렸다. 과연 연기와 함께 기름이 올라왔고, 우리는 혀와 손가락으로 기름을 붙잡았다. 순록의 기름이었는데, 아마도 겨울 사냥터를 떠나는 마지막 암컷이었을 것이다. 몸집이 작은 암컷이라 강물이 너무 깊어 건너지 못했을 것이다. 입술과 손가락을 핥은 다음, 골든아이가 자기 생각을 더 이야기해 주었다.

"자, 힘든 겨울은 우리를 슬프게 만들어. 나는 해가 뜨자마자 바로 지는 것이 보기 싫어. 얼어붙은 강물이나 차가운 숲에 눈보라 말고는 아무것도 움직이지 않는 것도 싫어. 나무들은 다리를 땅에 묻고서 기다려야 하지만, 기러기들은 기다리지 않아. 지금은 봄이지만, 또 겨울이 다가오고 있어. 형, 이번 여름에는 형이랑 함께 지낼 테지만 가을이 되면 형도 나랑 함께 가요."

"그러든지. 하지만 겨울은 늘 있지 않았나?"

골든아이가 내게 말했다.

"마못은 떠나지 않을 거야. 마못은 우리 가운데 맏이였어. 형은 모두를 돌보는 일에 익숙했지. 처음부터 그는 자식들을 떠나지 않으려고 했어. 하지만 나는 두고 떠날 아이들도 없었어. 그래서 형은 남고, 나는 떠난 거야."

마못은 멀리 떠나고 싶지 않을지 모르지만, 나는 어떨까? 겨울 동안만이라도 떠나면 안 될까? 나는 골든아이에게 말했다.

"아저씨. 나는 함께 가고 싶어요."

마못과 골든아이가 서로 쳐다보았다.

"틸이 보내 주지 않을 거야. 골든아이는 틸의 남편이었고, 게다가 오두막에서 살 때는 틸보다 나이도 많았어. 틸이 골든아이의 뜻을 거역하는 것은 어렵지. 하지만 너한테는 다를 거다. 내가 너라면 멀리 가거나 오래 떠나 있지 않을 거야."

"무슨 일이 일어나는데요?"

"샤먼들은 하늘의 주인이야. 무슨 일이 일어날지 누가 알겠어?"

6

메리와 내가 아버지를 위해 피워놓은 불에서 나오는 노란 연기에서 미처 멀리 걸어가지도 못했을 때, 우리는 짐이 너무 무겁다는 것을 알았다. 순록 가죽에 싼 내 짐에는 불붙이는 막대기와 고기 대부분이 들어 있었는데, 거기다 단 둘이서 길을 떠나는 두려움에 아버지에게서 가져온 도끼, 부싯깃이 가득 든 들소 뿔, 무거운 녹암 칼도 함께 들어 있었다.

메리는 닥치는 대로 전부 순록 가죽 조각에 말아 넣었다. 잠 자던 자리에서 뽑은 풀 약간, 솔방울로 만든 인형 세 개, 아버지가 버렸다가 장난감으로 준 부서진 털개가 그것이었다. 나는 메리 몫의 고기와 덫을 만들 때 쓰려고 길게 자른 가죽끈과 순록 뒷다리 조각을 메리의 짐에 넣었다.

오두막이 보이는 곳에서 나는 메리를 옆에 앉히고 풀과 인형, 털개를 짐에서 빼냈다. 메리는 울음을 터뜨렸지만, 결국 내가 시키는 대로 했다. 문득 메리가 그렇게 울면서도 말을 잘 듣는 것이 보기 싫어서 인형 하나는 갖게 했다. 그러다가 눈 속에 버려진 인형 두 개를 보니 너무나 슬퍼져서, 결국엔 둘이 하나씩 나누어 손에 들었다.

우리는 멍한 상태로 터덜터덜 걸으며 덫을 둘러보았다. 두 개는 비어 있었고, 셋째 덫에는 토끼 몸뚱이의 앞부분이 얼어붙은 채로 있었다. 주위에 여우 발자국이 있었는데, 뒷다리가 있던 자리의 눈 위에 피가 흥건했다.

나는 덫과 토끼 조각을 걷은 다음, 요이 이모 일행이 남긴 발자국을 찾아보았다. 그들이 떠난 직후에는 발자국이 보였는데, 그 뒤로 여러 번 눈이 왔고 바람도 불었기 때문에 좀처럼 찾을 수 없었다. 그래서 메리와 나는 둥그렇게 원을 그리며 걸어 좀 더 많은 지역을 수색하면서 발자국을 찾기를 바랐다.

그러는 동안 해가 중천에 떠올랐지만 우리는 거의 제자리걸음이었다. 오두막에서는 더 이상 연기가 나오지 않았다. 우리가 아버지를 위해 피운 불이 꺼진 것이었다. 메리는 벌써 지쳐버렸고, 게다가 허기까지 느꼈다. 고기를 싸기 전에 충분히 익혀서 무게도 줄이고 언제든지 먹을 수 있게 했어야 한다는 사실을 나는 그제야 깨달았다.

"눈을 좀 먹어."

내가 말하자, 메리가 눈을 한 줌 퍼 올렸다. 발자국이 있을 거라고 생각한 곳을 두어 바퀴 돌고 나서야 겨우 눈 위에 아주 희미하게 남아 있는 자국을 찾아내었다. 우리는 그 발자국을 따라갔다.

좀 지나자 메리가 한참 뒤처져서, 나는 메리가 따라올 때까지 걸음을 쉬었다가 다시 걸었다. 그런 일이 두 번이나 일어나자, 문득 메리에게 전혀 쉴 사이가 없었다는 생각이 들었다. 우리는 평원과 이어지는 숲 가장자리에서 자작나무에 기대앉아 눈을 뭉쳐서 먹었다. 메리는 무척 힘들어하긴 했지만 불평하지는 않았다.

"착하구나, 메리."

"어디로 가는 거야?"

"요이 이모랑 스틱과 프록을 따라서."

"그게 어딘데?"

물론 나도 잘 몰랐지만, 그렇게 말하고 싶지는 않아서 그레이랙의 오두막이라고 대답해 주었다.

"거긴 너무 멀어."

메리가 그렇게 말하고는 문득 생각났다는 듯이 물었다.

"아버지가 죽은 게 확실해?"

"응, 확실해."

"하지만 안 죽었으면 어떻게 하지? 아버지가 일어났는데 아무도 없으면 어떻게 해. 그러니 돌아가자."

"돌아갈 수 없어. 아버지는 죽었어. 분명해. 그리고 거기엔 영혼들도 있어. 그들은 우리를 도와주지 않을 거야. 먹을 것을 어떻게 구하겠니? 작년 가을에 여기 오다가 들른 제비 강가의 오두막 생각나지?"

메리는 기억하지 못했다.

"여기 오기 전에 거기 잠깐 들어갔었잖아. 아버지가 태어난 곳이라고."

"정코가 거기 살아?"

"아니. 정코는 자기 부모랑 그레이랙과 함께 살아."

"그렇구나."

"오늘은 제비 강의 오두막까지 갈 거야. 요이 이모랑 사촌들도 그쪽으로 갔어. 어쩌면 아직 거기 있을지도 몰라. 이제 일어나야 해. 아주 멀거든."

"아직도 이거 들고 가야 해?"

메리가 자기의 짐을 내려다보며 물었다.

"당연하지, 그건 네 짐이니까."

"싫어."

"꼭 가지고 가야 해, 끝까지. 이제 가자."

나는 일어섰지만, 메리는 그냥 그대로였다.

"못 가겠어."

"그럼 너 혼자 두고 갈 거야, 안녕."

내가 말하자, 메리가 마지못해 몸을 일으켰다. 요이 이모와 사촌들의 발자국이 여우 발자국처럼 드문드문 눈에 덮이기는 했어도 시선이 닿는 가장 먼 곳까지 곧게 뻗어 있었다. 그 광활한 평원으로 걸어가는 동안 메리는 지치고 힘들 텐데도 군소리 없이 따라왔다.

평원의 적막함, 거센 바람 소리와 멀리서 들려오는 온갖 짐승들의 울음소리가 메리를 두렵게 했을 것이다. 눈이 쌓인 곳에서는 걸음을 옮길 때마다 무릎까지 빠졌으니 메리한테는 특히 힘겨운 일이었을 것이다. 몇 발자국만 앞서 걸으면 메리가 내게 기다려 달라고 말했지만, 나는 서두르라고 재촉할 수밖에 없었다.

말, 영양, 들소들의 여러 무리가 북풍을 향해 엉덩이를 돌리고 고개를 숙인 채 서 있었다. 멀리서 매머드 한 무리도 우리가 가는 쪽으로 천천히 움직이고 있었다. 그들은 가까이 붙은 채로 이따금 코로 서로 건드려 보고는 했다. 그런 모습은 마치 서로 잘 아는 사람들이 나란히 걸어가면서 이야기를 나누는 것 같았다. 손가락으로 꼽아보니 열 마리였고, 그것 말고도 몇 마리가 더 있었다.

앞다리 사이로 젖이 보이는 것으로 보아 모두 암컷이었고, 새끼도 몇 마리 있었다. 그 가운데 가장 큰 매머드가 우리 쪽을 바라보더니 갑자기 귀와 코로 우리를 가리키면서 우렁우렁 소리를 냈다. 나는 깜짝 놀랐다. 제발 우리가 있다는 사실을 알아차리지 않았으면 하면서, 메리와 나는 발만 보며 열심히 걸었다.

그 후 우리는 말 다섯 마리가 풀을 뜯는 곳을 지나갔다. 종마, 망아지, 그리고 새끼를 배서 옆구리가 불룩한 암말 세 마리였다. 우리를 피할 거라고 생각했는데 그들은 오히려 고개를 반짝 들고는 이상하다는 듯이 쳐다보았다. 그러다가 우리가 누군지 알아보려는 듯이 고개를 쭉 빼고 귀를 쫑긋 세우고서 우리에게 다가왔다. 그 모습에 나는 몹시 불안해졌다. 메리가 내 뒤에 바짝 붙은 순간, 나는 최대한 몸을 크게 뻗어 키가 큰 척하면서 예의 바르게 말했다.

"멈추시오! 우리는 사람이오! 저리 비키시오."

어른들이 짐승들에게 흔히 덧붙이는 '우리가 다치게 할 거요'라는 말은 뺐다. 귀를 쫑긋 세우고 목을 길게 뻗은 종마가 내 파카에 코를 들이밀고 있었기 때문이다. 암말 한 마리는 목을 길게 뻗어 메리의 냄새를 맡았는데, 불쌍한 메리는 내 뒤에서 몸을 잔뜩 웅크린 채로 내 손을 꽉 잡고 있었다.

"가만히 있어."

내가 속삭이자 메리는 그렇게 했다. 그들은 우리 바로 뒤에 있으면서도 우리를 하나도 무서워하지 않았다. 우리가 그렇게 만만해 보인단 말인가? 곧 다른 암말들과 새끼까지 우리의 냄새를 맡아 보더니, 이내 관심을 끊고는 발걸음을 돌려 눈을 헤치고 풀을 뜯거나 계속 아무렇지도 않게 걸어가 버렸다. 하지만 망아지는 메리 근처에서 깡충깡충 뛰어 다녔다. 말들은 우리가 해를 끼치지 않을 줄 안 것이 틀림없지만, 우리가 어리다는 것도 알았을까? 망아지는 우리랑 어울려 놀고 싶었던 것일까?

평원 끝자락에 다다르자 해가 저물고 눈은 푸르스름한 빛으로 바뀌었다. 구름 아래로 노을빛이 길게 비추고 있었다. 숲이 무서웠지만, 감히 무섭다는 생각을 하지도 못했다. 내가 느끼고 있는 공포의 크기조차도 두려웠던 것이다.

요이 이모 일행의 발자국을 이제 더 이상 찾기 어려웠기 때문에 우리는 아주 느릿느릿 걸었다. 메리의 얼굴은 굳어 있고, 입술은 추위에 파랗게 질려 있었지만 불평은 오래전에 그쳤다. 메리가 신발에 솔잎이 들어왔다고 말해서 나는 그 애의 발이 무감각해진 것을 알았다.

나도 몹시 춥고 배가 고파서 오두막에서 아버지와 다른 영혼들에게 바친 고기가 자꾸만 생각났다. 아직도 그 냄새가 나는 것 같았고, 고기가 타면서 지글거리는 소리가 들리는 것 같았다. 걸음을 멈추고 불을 피워 고기를 먹을까 생각했지만 숲이 너무 무서워 계속 걸었다. 어른들 없이 숲에서 밤을 지낸 적이 한 번도 없었기 때문이었다.

그때, 저 앞에 있는 작은 나무 몇 그루 사이에서 느닷없이 곰의 등과 어깨가 보였다. 메리의 팔을 잡아끌어 웅크리게 한 후에, 나는 눈을 질끈 감고 메리의 입을 손으로 막아서 말을 못하게 했다. 털이 잔뜩 난 어깨가 나무 위로 불쑥 튀어나온 곰은 뭔가를 찾아 코를 킁킁거리는 것 같았다.

곰 중에서도 덩치가 큰 수컷은 주린 배를 채우려고 다른 놈보다 더 일찍 굴에서 나오는데, 이때가 가장 위험하다고 아버지는 늘 말했다. 아버지는 또 위험한 동물을 만났을 때 뛰어서 도망치면 쫓기기 때문에 더 위험하다는 말도 했었다. 그래서 나는 최대한 가만히 있어야 한다고 생각했다. 나는 메리에게 속삭였다.

"움직이지 마. 말하지도 말고."

곰이 너무 가까이까지 와서 털 냄새도 맡을 수 있었고, 혀로 이빨을 문지르는 소리까지 들을 수 있었다. 곰의 어깨는 내 머리보다 높았고, 지는 해를 가리자 우리한테까지 그림자가 드리웠다. 곰은 마치 일을 하면서 귀찮다고 생각하는 사람처럼 이따금 뭐라고 투덜거렸다.

메리와 나는 곰이 지나간 다음에도 한참 동안 그곳에 있다가 걸음을 서둘렀다. 초저녁에 숲 한가운데 닿았을 때, 눈이 가늘게 떨어지기 시작해서 메리를 더욱 재촉할 수밖에 없었다. 그러나 눈으로는 땅과 해의 위치를 확인하면서 나는 내게 묻지 않을 수 없었다. 나는 어떻게 이렇게 희미한 발자국만을 더듬어서 멀리까지 갈 생각을 했을까?

이제 나는 쏟아지는 눈이 길을 완전히 덮어도 똑같은 방향으로 갈 수 있도록 왼쪽 어깨 쪽으로는 멀리 산들이 있도록, 오른쪽 어깨 쪽으로는 구름 너머로 해가 지며 생기는 노란 빛이 있도록 했다. 하지만 숲속에 들어가면 해와 산이 항시 보이는 것이 아니므로 우리는 아주 느리게 움직일 수밖에 없었다.

언덕 꼭대기에서, 이제 땅은 얼어버린 강이 흐르는 넓은 계곡으로 이어지고 있었다. 나는 그것이 바로 제비 강이라고 확신했고, 가까운 쪽 강둑을 내처 따라가면 밤이 아무리 어둡고 눈이 아무리 많이 와도 계곡의 비탈이 강과 만나는 곳에서 그 오두막을 찾을 수 있으리라고 믿었다. 물론 거길 지나치지 않는다면 말이다. 나는 메리에게 말해 주었다.

"이제 거의 다 왔어."

하지만 가엾은 메리는 대답조차 하지 못했다. 돌아보니 어둠 속에서 메리가 휘청거리고 있었다. 너무 지쳐서 발을 들 힘도 없었던 것이다. 메리가 제대로 섰을 때 보니 콧물이 흐르고 얼굴에는 눈이 가득 묻어 있었다. 나는 꿇어앉아 내 짐을 허리에 묶었다.

"나한테 업혀."

내 말에 메리가 천천히 내 등으로 기어올랐다. 메리의 솔방울 인형이 없어졌다. 메리는 놀라울 만큼 무거웠지만, 따지고 보면 나도 지쳐 있었으므로 무거운 건 너무도 당연했다.

눈은 이제 폭설로 변해 버렸다. 그렇지만 나는 마침내 계곡의 비탈이 강과 만나는 곳을 찾아냈고, 거기서부터 한참 더 걸어올라 눈 덮인 오두막의 지붕과 문이었던 검은 구멍을 찾아낼 수 있었다.

하지만 어둡고 조용한 것을 보니 요이 이모 일행이 안에 없다는 것을 알 수 있었다. 그때 나는 오히려 눈 덕분에 우리가 목숨을 구했다는 사실을 알았다. 만약 눈이 발자국을 덮지 않았다면, 우리는 그것을 따라 가느라 오두막에서 멀어졌을 테고, 결국 캄캄한 밤에 길을 잃고 말았을 것이다.

요이 이모와 사촌들이 거기서 지내지 않은 것이 분명했다. 메리와 내가 그곳에 반나절 만에 갔다면, 빠른 걸음으로 간 어른 셋은 오전 중에 거기에 도착했을 테고, 훨씬 더 멀리 가서 밤을 보냈을 것이다. 어쩌면 그들은 이 계곡으로 아예 오지도 않았는지 모른다. 나는 그들의 발자국을 착각했을지도 모른다.

나는 조심스럽게 입구로 기어 들어가면서 안에 오소리 같은 동물이 있는지 냄새도 맡아 보고 소리도 들어 보았다. 아무 소리도 들리지 않고 빈 오두막의 퀴퀴한 냄새만 나는 것을 확인하고서, 나는 짐을 끌고 들어가 메리를 불렀다.

메리는 그 춥고 텅 빈 곳에 들어오더니, 내가 불쏘시개를 가지러 잠시 밖에 나가도 불평 한 마디 하지 않았다. 나는 어둠 속에서 손을 더듬어 짐의 매듭을 풀고, 불붙이는 막대기를 꺼내어 불을 피웠다. 손이 추위에 얼어서 불을 피우기가 힘들었지만, 간신히 불을 피우자 오두막이 환해졌다. 거기에도 벽에는 매머드의 다리뼈가 서 있었고, 큰 돌과 매머드의 해골이 벽을 받치고 있었다. 천장도 그레이랙의 오두막과 똑같이 순록 뿔을 얽어 놓았다.

메리의 뺨에는 눈물이 얼어붙어 있었고, 땋은 머리에는 눈이 덕지덕지 얼어 있었다. 나는 이를 딱딱 부딪치고 있는 메리를 혼자 놔두고 땔감을 모으러 밖에 나가고 싶지 않았다. 하지만 오늘 밤을 이곳에서 지내려면 땔감이 반드시 필요했다.

오두막에서 멀리 걸어 나오자, 메리가 부르는 소리가 들렸다. 혼자 남은 것이 무서워서 그러는 것이라 생각하고 지칠 대로 지친 나는 겨우겨우 걸음을 옮기며 못 들은 척했다. 마침내 바람에 쓰러진 좀 작은 나무 두 그루를 발견했는데, 앞으로 필요할 때 여러 날 동안 땔감을 삼을 수 있을 것 같았다.

그 땔감은 우리가 가져온 고기보다도 더 오래 쓸 수 있을 것 같았다. 이대로라면 요이 이모 일행을 따라잡을 방법이 없는 것 같은데, 그렇다면 한동안 이곳에서 머무르는 수밖에 달리 도리가 없을 듯했다. 하지만 쓰러진 나무들을 발견한 것이 우리가 무사하리라는 조짐처럼 느껴져서 안도와 감사를 느끼며 나는 나뭇가지를 힘껏 부러뜨렸다.

메리가 급하게 부르는 소리가 또 들렸는데, 목소리가 또렷하게 들리는 것을 보아 밖으로 나온 모양이다. 나뭇가지를 가죽 줄로 둘러 묶은 뒤 질질 끌며 돌아가 보니 메리가 눈 속에 서 있었다.

"왜 그래? 내가 안 올까 봐 그랬어?"

"안에 뭐가 있어! 무서워. 이제 가지 마."

퍼뜩 짐과 불 피우는 막대기가 안에 있다는 생각이 났다.

"뭐가 있는데?"

"몰라. 그렇지만 움직이고 있어."

"큰 거야? 작아? 영혼이야?"

내가 물었지만, 메리는 내 손을 꽉 붙잡은 채 두려운 표정으로 오두막 안쪽을 응시할 뿐이었다. 나는 조심스럽게 기어서 안으로 들어갔다. 메리가 내 뒤를 따라 들어오는 소리가 나기에, 무엇인지 몰라도 메리가 혼자 밖에 있는 것보다는 덜 무서운 것이라는 생각이 들어서 마음이 좀 놓였다.

처음에는 아무것도 보이지 않았다. 그래서 불에 나무를 던져 넣었더니, 그 불빛에 벽과 바닥이 만나는 모서리에서 조그만 물체가 꼼지락거리는 게 보였다. 족제비구나! 마음이 놓여서 안도의 한숨을 내쉬었는데, 불빛에 그 눈이 연한 녹색으로 반짝이는 게 보였다. 족제비의 눈은 대부분 노란색이다. 자세히 살펴보니 그 동물의 귀가 갈색 털에 반쯤 접혀 있었다. 그렇다면 여우일까?

다가가서 자세히 보았다. 돌멩이 하나와 벽을 받치고 있는 매머드 해골 사이 빈 틈에 새끼 네 마리가 있었다. 셋은 입을 벌리고 하얀 혀를 내민 채로 얼어 죽어 있었지만, 한 마리는 웅크린 채 나를 보고 있었다. 짧고 두꺼운 털은 여우 새끼처럼 흙색이었지만, 몸뚱이가 여우라고 하기엔 너무 컸다. 늑대였다.

그 가련한 새끼와 죽어 있는 세 마리를 보니 마음이 아팠다. 어쩌면 그들의 부모도 우리처럼 죽었을지 모른다. 어쩌면 그들의 무리도 우리처럼 떠났을지 모른다. 그때 문득 떠올랐다. 저 놈을 먹을 수 있다! 하지만 어디다 넣을까? 어린 동물의 고기는 나이 든 동물의 고기보다 빨리 상하기 때문에 덫으로 잡은 토끼와 순록 고기가 있는 동안에는 그것을 얼려놔야 했다.

나는 죽은 새끼들을 모닥불의 열기가 닿지 않고 쥐나 족제비가 훔치지 못하도록 매머드 해골 뒤의 두꺼운 서리 속에 파묻어 두었다. 다시 희망이 생겼다. 이제 덫을 놓기에 좋은 자리를 찾을 수 있는 시간을 번 셈이었다.

"저거 죽일 거야?"

메리가 살아 있는 새끼를 보며 물었다.

"겁내지 마. 너무 작아서 우리를 해치지 못해. 우리한테 있는 것을 다 먹고 나면 저걸 먹을 거야."

아직 어린 메리에게 죽음이나 어린 동물이 썩는 것에 대한 이야기를 하고 싶지 않았다. 불에 숯이 생기자 고기 조각을 얹어 구웠고, 우리는 곧 그것을 먹었다. 따뜻하고 배가 부르자 기분이 훨씬 좋아졌다. 메리도 피부가 원래 색을 되찾아 아까보다 훨씬 나아진 것 같았다.

나는 땔감더미로 문을 막고 지붕의 순록 뿔에 파카를 걸었다. 짐 속의 고기를 새끼 늑대가 건드리지 못하도록 –너무 어려서 씹지도 못할 테지만– 매머드 해골 위에 얹어둔 다음, 순록 가죽을 펴고 잠자리를 만들었다. 우리는 이내 잠들었다.

밤중에 땔감을 더 넣으려고 잠에서 깨어나니 이 막막한 대지 위에 우리 말고는 아무도 없다는 사실에 외로움이 밀려들었다. 나를 그렇게 못살게 굴던 요이 이모마저 이 밤엔 더할 나위 없이 소중하게 여겨져서, 나는 새끼 늑대를 찾아 주위를 둘러보았다. 아무 기척도 없는 것으로 보아 새끼 늑대조차 사라진 모양이었다. 어쩌면 우리한테서 달아나 밖으로 나갔을지도 모른다. 사라진 새끼 늑대를 찾고 싶지 않아서 다시 순록 가죽 속으로 깊숙이 파고 들어갔다.

그런데 새끼 늑대는 거기, 메리한테 꼭 달라붙어 자고 있었다. 그 모습이 너무 슬퍼서 나는 거의 울 뻔했다. 돌봐 줄 부모도 없는 어린것 둘이 몸을 착 붙인 채 잠들어 있었다. 어쩌면 둘 다 살고 싶은 마음조차 없을지 모른다. 어쩌면 둘 다 꿈속에서 먼저 간 부모를 만나고 있을지도 모른다. 나는 메리를 단단히 감싸안고 다시 잠들었다.

누군가 우리를 찾아내는 꿈을 꾸었다. 그 꿈 때문에 잠에서 깨어났다. 그러자 꿈이 아니라는 생각이 들었다. 어디선가 젖은 파카 냄새가 났다. 나는 순록 가죽을 들추어보았다. 메리는 여전히 잠들어 있지만, 새끼 늑대는 없었다. 새끼 늑대는 다 타고 불씨만 남은 모닥불 옆에도 없었다. 결국 꿈이었구나 생각하고 누웠지만, 냄새가 너무 실감이 나서 다시 일어나 앉았다.

그러다가 문 입구를 막고 있는 털 뭉치 같은 것을 보았다. 냄새의 근원지는 바로 그것이었다. 늑대 엉덩이었다. 어마어마하게 큰 늑대가 엉덩이를 우리 쪽으로 두고, 머리는 문 쪽으로 향한 채 앉아 있었다. 나는 겁에 질렸지만, 늑대가 덤벼들 경우에 대비해서 어둠 속을 더듬어 도끼를 잡았다. 그리고 생각해 보았다. 늑대에게 함부로 도끼를 휘두르다가는 결국 아무런 해도 입히지 못하고 우리만 죽게 될 거야.

그렇다 하더라도 도끼를 들고 있으니 훨씬 안심이 되었

다. 나는 가만히 누워 메리를 깨우지 않고 주위를 둘러보려고 했다. 굴뚝으로 희미한 빛이 들어오는 것으로 보아 눈 내리는 아침임을 알 수 있었다. 우리 머리 옆에 나 있는 커다란 발자국을 보니 늑대가 이미 우리를 살펴본 것도 알 수 있었다.

옷가지를 찾아보았다. 내 옷은 뿔에 그대로 걸려 있지만, 메리 파카는 없었다. 메리의 파카는 갈기갈기 찢긴 채로 벽 옆에 흩어져 있었다. 그것을 보자 두려움이 더욱 커졌다. 매머드 해골 위를 살펴보았다. 하지만 그곳은 텅 비어 있었다. 다음 순간, 죽은 새끼들이 오두막 한가운데로 옮겨져 일렬로 놓여 있는 것을 알아차렸다.

메리의 짐에 들어 있던 고기는 덫과 함께 순록 가죽 안에 말아 놓은 것이 생각났다. 놀랍게도 메리의 짐은 그대로였다. 나는 도끼로 그것을 내 쪽으로 끌어당겨 소리 없이 집으려고 했다. 늑대는 끌리는 소리에 귀를 쫑긋 움직였지만, 더 이상 관심을 보이지 않았다. 나는 그 짐을 내 곁에 당겨 놓고 늑대가 빼앗으려고 하면 싸울지, 아니면 포기할지 궁리해 보았다. 그러다 메리의 눈꺼풀이 움직이는 것을 보고, 메리 입을 손으로 막았다. 메리가 눈을 활짝 떴다. 내가 귀에 대고 속삭였다.

"문 앞에 늑대가 엎드려 있어. 우리가 여기 있는지 알아.

가만히 누워 있어. 나한테 도끼가 있으니까."

메리가 나를 빤히 쳐다보았다.

"늑대라고?"

"그냥 갈지도 몰라. 그냥 가만히 있어."

메리가 급하게 속삭였다.

"밖에 나가야 해. 오줌 마려워."

"안 돼."

"나가야 돼!"

"그럼 바닥에 눠. 나중에 치우면 되니까."

내가 속삭이면서 메리가 옷을 내리는 것을 도와주고 있는데, 그 소리에 늑대가 고개를 돌렸다. 메리와 나는 동시에 얼어붙었다. 하지만 늑대는 우리를 힐끗 쳐다보더니 허벅지를 들어 배 옆에 있는 뭔가를 핥았다. 거기서 젖을 빠는 소리가 들렸다. 새끼 늑대는 거기 있었다. 새끼는 버림받은 것이 아니었다. 그 큰 늑대가 어미였고, 잠시 나가 있었던 것뿐이었다.

메리가 천천히 잠자리에서 기어나가 요란한 소리로 오줌을 눈 다음 서둘러 순록 가죽 밑으로 돌아오는 동안, 나는 도끼를 꽉 쥐고 있었다. 오줌 누는 소리에 늑대가 다시 우리를 쳐다보다가 한숨을 뱉어내고는 천천히 고개를 다시 묻었다. 무슨 일이 일어나려는지 초조하게 기다렸지만 아무 일도 없었다.

낮 동안에 눈은 진눈깨비로 바뀌더니 비가 되었고, 오후에는 다시 진눈깨비가 되었다. 늑대는 한 번 자세를 바꾸더니 새끼로 하여금 자신에게 기어올라 허벅지 아래에 자리를 잡게 했다. 그것 말고는 아무런 움직임도 없었다. 늑대가 숨을 쉴 때마다 옆구리가 부드럽게 움직였다.

우리는 할 일이 없었다. 감히 일어설 용기도 없었다. 불에 땔감을 넣지 못하고 그대로 가만히 누운 채 굴뚝으로 비가 떨어져 재를 적시는 것을 보았다. 한 번은 늑대 가까이로 기어가 보려고 했지만, 늑대가 고개를 들고 으르렁거리며 이빨을 드러내기에 황급히 잠자리로 돌아왔다.

낮이 천천히 흘러가는 동안 늑대가 나갈 생각이 없다는 게 확실해졌다. 화를 돋우지만 않으면 우리 목숨을 살려 줄 것 같기도 했다. 서서히 두려움 대신 지루함이 자리잡았다. 늦은 오후가 되자, 우리는 너무 지루해서 잠이 들었다.

우리는 밤까지 자고 있었다. 늑대가 한숨을 내쉬며 두 번째로 자세를 바꾸며 입을 벌렸다 닫는 소리에 깨어나 보니, 어두워져 있었다. 그렇게 많이 자고 난 다음이라 더는 잘 수가 없어서, 나는 잠자코 누워 지붕에 떨어지는 진눈깨비 소리를 들었다. 한 번은 덩치 큰 동물이 오두막을 지나가며 내는 발자국 소리와 쿵쿵거리는 소리가 들렸다. 곰인가? 늑대가 일어났다. 하지만 소리가 사라지자, 늑대는 도로 누웠다.

아침이 되자 진눈깨비가 멈췄다. 늑대가 일어나더니 온몸을 털고 밖으로 나가려고 문 쪽으로 걸어갔다. 새끼도 따라갔다. 어미가 새끼를 도로 데려다 놓았지만, 새끼가 다시 따라 나갔다. 어미가 새끼의 머리를 집어 들어 오두막 한가운데로 가더니 바닥에 내려놓았다. 새끼가 그래도 따라가려고 하자, 어미가 이빨을 드러내며 으르렁거렸다.

하지만 새끼는 그래도 낑낑거리며 꼬리를 내리고 귀를 접고서, 어미 쪽으로 코를 갖다 대고 따라갔다. 그러자 갑자기 어미가 새끼의 머리를 송곳니 옆으로 때렸다. 새끼는 요란하게 울어대기는 했지만, 울면서도 기어코 어미를 따라 기어갔다.

그러자 놀랍게도 어미가 천천히 새끼를 우리 쪽으로 데려다 놓고는 우리 주위를 재빨리 돌아서 밖으로 나갔다. 새끼도 영문을 모르는 것 같았다. 새끼가 우리 곁에서 정신을 차렸을 때, 어미는 이미 사라지고 없었다.

이제 오두막의 주인이 누구인지 분명해졌다. 늑대는 잠시 밖에 나가 있지만 언제라도 돌아올 것이 분명했다. 늑대가 나가 있는 동안 어떻게 해볼 수 있을 거라는 생각이 들었다. 하지만 어떻게 해야 할지는 도무지 알 수 없었다. 당장 떠나고 싶었으나 날씨가 좋아질 때까지는 떠날 수 없었다. 파카

없이 메리를 데리고 나갈 수는 없기 때문이었다.

그곳에서 지내야 한다면, 나는 오두막 안에 가만히 있고 싶었다. 하지만 그렇게도 할 수 없었다. 먹을 것을 구하지 못하면 굶어 죽게 될 것이다. 소나무 강의 오두막에 그냥 머물러 있을 걸 하는 생각이 들었다. 그러면 아버지 시신을 눈과 돌멩이로 덮어 줄 수도 있었을 것이다. 그레이랙의 오두막에 살던 사람들이 우리를 구하러 와주었을지도 모른다. 아니면 우리가 차르 강을 찾아 나설 수 있었을지도 모른다.

언젠가 차르 강을 찾아볼 수 있을 테지만, 지금은 그럴 수가 없다. 이제 날씨가 따뜻해지면 강의 얼음이 전부 녹을 것이다. 강의 얼음이 녹으면 메리와 내 힘으로는 강을 건널 재간이 없다. 먹을 것 없이 춥고 비오는 날씨에 산을 넘을 수도 없다. 한데서 잘 수도 없다. 그렇다면, 여기서 죽을지도 모른다.

'어쩌면 늑대가 우리를 죽일지도 몰라. 어쩌면 굶어 죽을지도 몰라. 먹을 것을 구하지 못하면 분명히 굶어 죽을 거야.'

문득 늑대가 우리를 죽이기를 기다리는 대신 내가 도끼로 늑대를 죽일 수 있을까 궁금해졌다. 어떻게 하면 될지 계획을 세우기 전까지는 그 생각이 마음에 들었지만, 아무런 생각도 떠오르지 않았다. 내 힘으로 도끼로 서너 차례 찍는 것으로는 아버지를 공격한 오소리도 죽이지 못했다. 늑대는 그 오소리보다 훨씬 더 크다. 오소리와는 달리 늑대는 상처도 입지 않고, 우리를 물고 말고 할 것도 없이 해치울 수 있을 것이다.

머릿속에 내가 도끼를 들고 늑대 옆에 서 있는데 늑대가 깨어나 긴 이빨로 내 목덜미를 물어뜯는 장면이 그려졌다. 새끼를 죽인다면 어떻게 될까? 그러면 어미 늑대가 떠날까? 그럴지도 모르지만 자기가 당한 고통을 내게 앙갚음하느라 메리를 죽일지도 모른다. 그래서 새끼 늑대를 죽일 생각은 당장 그만두었다.

새끼를 밖으로 내보낼 수는 없을까? 쓰러진 나무로 문을 막거나 문 입구에 불을 피우면 어떨까? 하지만 문 입구에 불을 피우는 건 안 된다. 천장이 낮은 곳에 불을 피웠다가는 오두막에 불이 날 수도 있으니까. 우리가 안에 있는데 성난 늑대가 밖에서 어슬렁거리면 우리는 꼼짝없이 갇히게 될 것이다.

늑대를 화나게 하는 것이 제일 두려웠다. 늑대가 무슨 생각을 하는지 알 수 없고 어째서 그 오두막을 원하는지, 어째서 다른 늑대들과 함께 떠나지 않았는지, 어째서 우리를 죽이지 않는지도 알 수 없었다. 내가 새끼 늑대를 최후의 식량으로 아껴두려고 한 것처럼 늑대도 나중을 위해 우리를 아껴두는 것일까?

왠지 모르지만 그렇지는 않을 거라는 생각이 들었다. 곰은 깨우면 우릴 죽인다. 매머드도 사냥꾼들을 죽인다. 사자는 한데서 자는 사람들을 죽이고, 호랑이는 수풀 속에서 자기를 놀라게 하는 사람들을 죽인다. 배고픔이 우리를 죽이고, 겨울 추위가 우리를 죽이고, 여신 오헌도 우리를 죽인다.

그렇지만 늑대는 그렇지 않다. 늑대는 우리의 먹을 것과 가죽을 훔쳐가지만 순록과 들소, 영양과 말만 죽일 뿐 인간은 죽이지 않는다. 우리가 살 수 있는 방법은 오두막 안쪽에서 조용히 살면서 먹을 것을 잡기 위해 덫을 놓고, 늑대가 나가 있는 동안에만 고기를 익혀 먹는 것이다. 나는 내 파카와 메리의 파카 가운데 남은 것을 나무에 걸어두어야 할 것이고, 덫으로 잡은 것은 뭐든 감춰놔야 할 것이다.

계획이라고는 고작해야 그정도만 세우고, 나는 새로 불을 피웠다. 그리고 불 옆에 메리를 앉혀두고, 작은 사냥감이라도 잡기 위해 밖에 나가 덫을 놓았다. 오두막에 돌아와 보니 메리와 새끼 늑대가 순록 가죽 밑에 함께 들어가 모닥불 옆에서 서로의 온기를 나누고 있었다. 나는 메리의 짐에 든 순록 고기를 꺼내 구웠고, 새끼가 쳐다보고 있는 가운데 같이 먹었다.

이튿날 어미 늑대가 잠시 들어와 있다가 나갔다. 그 틈을 타서 나는 덫을 찾아가 보았다. 하지만 날씨가 매우 춥고 축

축해서 대부분의 동물들이 움직이지 않는 게 당연했다. 바람이 바뀌어 차갑고 건조한 날씨가 될 때까지 덫에는 아무것도 잡히지 않았다. 그러다 들꿩 한 마리가 잡혀서 털을 뽑아 집으로 가져와서는 파카 속에 단단히 감추어 두었다.

그 꿩을 다 먹고 뼈를 태우고 있는데 늑대가 돌아왔다. 늑대는 처음에는 의심스런 표정이더니 우리한테 곧바로 다가와 내 입에 코를 대고 킁킁거렸다. 늑대의 커다란 코가 내 입가에 다가오고, 노란 눈이 내 눈을 응시하는 동안 나는 꼼짝 않고 앉아 있었다. 늑대를 쫓아내거나 새끼를 죽일 생각을 하지 않은 게 옳은 일이었다는 생각이 들었다.

늑대는 메리의 냄새도 맡았는데, 메리는 꼼짝 않고 앉아 있었다. 심지어 늑대가 자기의 입가를 핥아도 놀라울 정도로 두려워하지 않았다. 그동안 새끼 늑대는 어미 발치에서 굴러다니며 울었다. 불에 타는 뼈 냄새를 킁킁거리며 맡아 본 뒤, 늑대는 문 쪽에 엎드려 허벅지를 들어 새끼가 들어갈 자리를 만들어 주고는 이내 잠들었다.

이튿날, 나는 어미의 따뜻한 몸뚱이에 감싸여 젖을 먹는 새끼 늑대를 부러워하며 바라보았다. 순록 고기가 떨어져서 메리와 나는 굶고 있었기 때문이었다. 내 덫에 잡히는 얼마 안 되는 들꿩은 몹시 말라 있었고, 힘든 겨울과 오랫동안 걸은 까닭에 원래 말랐던 우리는 나날이 쇠약해져 갔다. 메리는 너무 말라서 두 팔이 마치 두 개의 긴 손가락 같았다.

어느 날 늑대가 밖에 나가 있는 동안, 우리는 죽은 새끼 늑대를 구워 먹었다. 어미는 그것이 사라진 것을 모르는 것 같았다. 시간이 지나면서 나는 덫을 놓기에 더 좋은 곳을 발견했고, 서서히 조금씩 더 먹을 수 있게 되었다. 늑대가 나가 있는 동안에 고기를 구워 먹는 한, 늑대가 우리 먹을 것을 빼앗아가지 않는다는 사실을 그때 알았다.

내가 밖에 나갈 때, 파카가 없는 메리는 오두막에 있었다. 파카가 있다 하더라도 아마 메리를 두고 나갔을 테지만 말이다. 메리는 너무 약해지고 말라서 잘 걷지도 못했다. 밖에 나갈 때, 나는 메리에게 따뜻한 불 옆에서 인형을 갖고 놀고 있으라고 했다. 메리는 그렇게 했지만, 어미 늑대가 없을 때면 새끼 늑대를 껴안고 있었다.

나는 곧 집에 돌아오면 메리와 새끼 늑대가 껴안고 있을 거라고 생각하게 되었다. 그러자 어미 늑대도 메리와 자신의 새끼가 함께 있으리라고 생각한다는 사실을 알게 되었다. 어미가 새끼를 우리한테 데려와 놓고 나갈 때마다 메리한테 도움을 청하는 것 같았다.

하지만 어미는 나한테는 도통 관심이 없었다. 집에 돌아오면 문 앞 외의 장소에는 눕는 법이 없었고, 내가 지나가도 자리를 비키려고 하지 않았다. 내가 집에 있을 때 어미가 돌아오면 나는 밖에 나갈 수 없었다. 메리와 나는 가만히 누워 있거나 조용히 움직여서 늑대를 흥분시키지 않으려고 노력했다.

가끔은 이틀 내내 그렇게 지낼 때도 있었다. 우리는 한쪽 구석에서 용변을 보고, 늑대가 떠나면 치웠다. 불을 세게 피울 땔감도 없었지만, 땔감을 아껴서 써도 가끔 떨어질 때가 있었는데 더 구하러 나갈 수도 없었다. 그럴 때면 우리는 순록 가죽 속에 누워 서로의 온기에 의지해야 했다.

나는 잠으로 시간을 보내려고 했지만 영원히 잘 수는 없는 노릇이었다. 잠에서 깨면, 나는 메리에게 옛날에 살던 동물들과 사람들의 이야기를 속삭여 주면서 내 덫에 잡힌 사냥감을 훔쳐가는 여우 두 마리, 족제비 두세 마리나 담비에 대해서는 잊어보려고 했다.

때로는 오두막 안에 들어가는 것도 힘들었다. 내가 집에 돌아왔을 때, 늑대가 문 앞에 있으면 나를 안에 넣어 주지 않고 이빨을 드러내며 으르렁거렸다. 내가 다가가면, 늑대는 일어나서 털을 곤두세우고 짖어댔다.

한 번은 한낮부터 밤까지 문 밖에 앉아서 늑대가 마음을 바꾸고 나를 오두막 안에 넣어 주기를 기다린 적도 있었다. 늑대는 오랫동안 나갔다가 들어온 참이라서 깊이 잠든 터였다. 해가 진 뒤, 주위 숲에서 동물들이 돌아다니는 소리가 들려서 나는 몹시 겁이 났다. 파카 안에 덫에 잡힌 들꿩을 숨기고 있었지만 불도 없이 혼자 어둠 속에서 밤을 보내는 것이 너무 무서워서 꿩을 꺼내 늑대한테 보여 주었다.

늑대는 번쩍 눈을 뜨더니 불에 덴 것처럼 밖으로 튀어나왔다. 나는 늑대에게 꿩을 던져 주고, 녀석이 내 팔을 물기 직전에 아슬아슬하게 피했다. 늑대가 그 꿩을 먹으면서 털을 뽑느라 머리를 흔드는 틈에 나는 안으로 기어 들어갔다. 이튿날, 나는 굴뚝을 넓혀 그쪽으로 기어 나갈 수는 없어도 기어 들어올 수는 있도록 해두었다.

하지만 어느 날 밤, 곰 한 마리가 문 쪽에서 자꾸만 킁킁거려 몹시 두려웠던 이후부터는 늑대가 오히려 고마웠다. 늑대가 곰의 기척을 들을 때마다 으르렁거리며 짖었고, 그러면 곰은 어김없이 달아났다. 늑대가 망을 보는 사이에는 다른 짐승들의 공격을 걱정할 필요가 없었다. 나는 잠만 잘 수 있으면 그렇게 배고프지 않다는 사실도 알게 되었다.

그런데 가끔 메리가 나보다도 배고픔을 덜 느끼는 것 같다는 생각이 들었다. 메리의 불평은 날마다 줄어들었고, 좀 지나자 덫이 비어 있더라는 말을 듣고도 울지 않았다. 어느 날 아무것도 잡지 못했다고 하자 메리가 말했다.

"걱정 마. 늑대가 먹여 줬으니까."

"먹여 줬다고? 무슨 말이야? 젖을 먹여 줬어?"

"아니. 새끼 늑대가 먹는 걸로……."

"그게 뭔데?"

"토해 준 거……."

"그게 무슨 소리야?"

"늑대가 토해 놓은 걸 새끼가 먹고, 나도 좀 먹었어. 배가
너무 고팠거든."

메리가 미안한 표정을 지었지만, 나는 더럽다는 생각에
얼굴을 찌푸렸다.

"어떻게 토한 걸 먹을 수 있니? 아파서 토한 건지도 모르
잖아."

"그런 거 아니야. 엄마 늑대가 집에 오면 새끼가 입을 핥
아. 그러면 엄마 늑대가 새끼를 쳐다보고, 그리고 나를 쳐다
보고는 일부러 토하는 거야. 새끼가 달라고 하니까. 어쨌든
엄마 늑대는 아프지 않아. 아파서 토한 게 아니야, 절대로."

"토한 게 뭔데?"

"고기야."

"대체 무슨 짓을 한 거니? 아무리 배가 고파도 그렇지."

내 책망에 메리는 풀이 죽었지만, 위로해 줄 마음이 생기
지 않았다. 메리가 한 행동이 너무 걱정스러워서 속이 비어
있지 않았다면 나도 토했을 것이다.

얼마 뒤, 늑대는 내 발자국을 따라 숲으로 가서는 내 덫에

잡힌 사냥감을 훔쳤다. 늑대는 항상 나보다 먼저 오두막을 나서기 때문에 나보다 앞서 덫을 살펴볼 수 있었다. 그 전날 내가 만든 발자국에 늑대의 커다란 발자국이 뒤덮여 있는 것이 보이곤 했다.

새로운 장소에 덫을 놓기도 했지만, 늑대는 그것도 찾아 냈다. 마침내 나는 늑대가 내 사냥감을 훔치고 딴 곳으로 가고 나면, 새로운 장소에 재빨리 새로 덫을 놓고 빨리 찾아가 보는 방법을 터득했다. 그러면 도움이 되긴 했지만, 그다지 큰 도움은 아니었다.

그러자 곧 절대 그러고 싶지 않았음에도 불구하고, 나도 어미 늑대가 토한 것을 먹게 되었다. 씁쓰름하고 거품이 섞여 있기는 했지만 맛이 신선해서 깜짝 놀랐다. 메리의 말처럼 그것은 고기였고, 어떤 때는 사람을 굶어 죽게 만드는 말라빠진 꿩이나 토끼 고기나 추위에 얼어 죽은 짐승의 가죽이 아니라 젖을 충분히 먹어 살이 토실토실한 망아지나 새끼 순록의 고기일 때도 있었다.

어미 늑대는 덩치가 아주 커서 다리도 길고 발도 무척 컸다. 눈은 잿빛이 섞인 노란색이었다. 회색 털은 숱이 많았는데, 젖으면 냄새가 났다.

어머니가 자식을 사랑하듯이 어미 늑대가 새끼를 사랑하는 것처럼 보일 때도 있었다. 집에 돌아오면, 어미는 허벅지와 배털 속에 있는 여덟 개의 분홍색 젖가슴 사이에 새끼를 품었다. 어미는 종종 새끼의 온몸을 핥아 주었는데, 오줌이나 똥이 나오는 것까지도 깨끗이 닦아 주었다. 나는 어미가 너무 심하게 새끼를 아낀다고 생각했지만, 그 덕분에 오두막은 늘 깨끗했다.

사람처럼 늑대도 사냥을 가기 전에 밖에다 용변을 보았다. 또 한 사람처럼 보통 집에 돌아올 때 먹을 것을 가지고 왔다. 새끼가 어미를 맞으러 달려 나가면, 어미는 고개를 숙이고 등을 구부리고서 새끼와 메리가 열심히 쳐다보는 앞에서 토하기 시작했다. 먹을 것이 나오면 늑대는 한 발자국씩 뒤로 물러나 길고 가느다란 줄을 만들어 주었다. 그렇게 하면 우리 셋이 함께 먹을 수 있었다.

늑대는 우리가 먹는 것을 한동안 지켜보았다. 메리가 같이 먹는 것은 한 번도 말린 적이 없지만, 이따금 내가 먹고 있노라면 조용히 노려보기도 했다. 그럼에도 불구하고, 어미는 내가 먹는 것을 아주 막지는 않았다.

내가 먹는 걸 말릴 때면, 어미 늑대는 내 얼굴에 자기 얼굴을 바짝 대고 눈, 귀, 코를 전부 내게 향한 채로 날카롭게 짖었다. 그러면 물론 나는 재빨리 물러나곤 했다. 먹을 것을 내어 준 뒤, 어미는 문 입구에서 쉬곤 했다. 그러면 우리는 밖으로 나갈 수 없어서 함께 쉬었다.

마침내 봄이 와서 숲에서 사초 뿌리와 버섯이 보였다. 나는 배는 고프더라도 여름이 지날 때까지는 여기서 살 수 있겠다고 생각했다. 봄 날씨가 되자, 어미 늑대는 새끼를 예전처럼 그렇게 꼭 끌어안지 않았다. 어쩌면 새끼가 이빨이 자라 무는 법을 배웠기 때문인지도 모른다.

어미는 집에 돌아와서 잠시만 새끼에게 젖을 물리고, 문가에 옆으로 누워서 새끼와 따로 잤다. 새끼는 메리와 자거나 놀았고, 그들이 같이 놀면 어미 늑대는 부드러운 표정으로 바라보았다.

지난 여름, 풀의 강가 평원에서 종마 한 마리와 암말들이 순록 무리 옆에서 풀을 뜯고 있을 때, 망아지 몇 마리가 깡충거리며 장난을 치기 시작하자 새끼 순록 한 마리도 같이 놀던 일이 생각났다. 그 모습을 보았을 때, 나는 기분이 아주 좋았다. 망아지와 새끼 순록이 허락한다면, 나도 달려가서 함께 놀았을 것이다.

그렇다 하더라도, 사람과 늑대가 거의 굶고 지내면서 함께 놀 수 있을 거라고는 생각할 수 없었다. 메리와 새끼 늑대가 한데 어울려 노는 것을 볼 때 나도 함께 놀고 싶었던 것은 아니지만, 어미처럼 나도 마음이 부드러워지는 것은 어쩔 수 없었다.

7

어느 날 밤 기러기 울음소리를 듣고 잠에서 깨어났다가 다시 잠들었을 때, 꿈에서 그레이랙을 만났다. 그는 기러기들이 무리에서 벗어나지 않고 먼 길을 가는 강인함을 칭찬했다. 그 말은 내게 이렇게 들렸다.

"너는 무리에서 벗어났구나."

울면서 내게 일어난 모든 일은 어쩔 수 없었다고 설명하려 했지만, 내 목소리보다 훨씬 더 큰 날개 퍼덕이는 소리와 함께 그레이랙이 공중으로 떠오르더니 사라졌다.

다시 깨어나, 그곳이 어디였는지 생각나지 않아서 주위를 둘러보았다. 어둠과 추위, 정적, 퀴퀴한 먼지와 젖은 털 냄새에 기억이 떠올랐다. 그러자 그때쯤이면 차르 강으로 돌아가 사람들에게 메리와 내가 혼자 남아 있다고 말해 주었을 요이 이모 일행이 생각났다. 그렇다면 누군가 우리를 구하러 오지 않을까?

하지만 절대로 그럴 리는 없었고, 내가 좀 더 현명하게 생각했더라면 그런 사실 진즉에 알 수 있었을 것이다. 아버지가 살아 있다고 생각한다면, 그들은 아버지가 오기를 기다릴 것이다. 아버지가 죽었다고 생각한다면, 메리와 나도 굶어 죽었을 거라고 생각할 것이다. 그렇다 하더라도, 나는 누군가 꼭 와주리라 믿고 싶었다. 그것이 아니라면, 암만 생각해도 다른 사람들을 만날 방법이 떠오르지 않기 때문이었다. 나는 누군가의 도움 없이는 제비 강에서 차르 강으로 가는 길을 찾을 수 없을 것 같았다.

그날 밤 그 꿈을 꾼 다음에, 만일 우리를 찾으려는 사람이 있다면 소나무 강으로 갈 거라는 생각이 들었다. 아버지의 시체를 본 사람들은 메리와 내가 떠난 것은 알겠지만 어디로 갔는지는 모를 것이다. 그래서 나는 제비 강 쪽을 향하도록 풀을 꺾어두거나 돌 더미를 만들어두지 않은 것을 후회하기 시작했고, 해가 밝으면 소나무 강으로 되돌아가 흔적을 남기고 오리라고 마음먹었다.

하지만 메리를 어떻게 해야 할지 알 수 없었다. 늑대가 메리의 파카를 찢었기 때문에 오랫동안 데리고 나갈 수 없었다. 비바람이 불거나 갑자기 추워질지도 모르는데, 메리를 데리고 떠날 생각은 할 수 없었다. 그렇다고 메리만 혼자 놔두고 나갈 자신도 없었다. 우리는 이제 둘뿐이지만, 그렇더라도 기러기처럼 둘이 함께 있어야 했다.

어둠 속에서 만족스러운 숨소리가 들렸다. 늑대였다. 어미 늑대는 언제나 걱정이라곤 하나도 없어 보였다. 추위 때문인지 몰라도, 그날 밤은 드물게도 어미 늑대가 문 안에서 잤다. 그 무렵 늑대는 보통 오두막 근처 볕이 잘 드는 곳이나 오두막 꼭대기의 가장 좋아하는 자리에서 잤다. 거기서 늑대는 문을 지킬 수도 있었고, 낮에 메리와 새끼가 놀면서 지내는 빈터를 바라볼 수도 있었다.

숲에 돌아다니는 동물이 없어서 안전하다고 생각하면, 늑대는 몸을 동그랗게 말고 눈과 코, 발을 모기를 피해 감추되 귀는 최대한 쫑긋 세워서 누가 다가오는지 들으면서 잠들곤 했다. 뭔가 위험한 것이 근처에 있다고 생각되면, 늑대는 한 번 날카롭게 짖어서 새끼가 고개를 들게 한 다음 땅으로 뛰어내려 새끼를 거느리고 오두막 안으로 들어왔다.

그럴 때는 메리도 따라 들어왔다. 그러면 늑대는 위험한 것이 다가서지 못하도록 문을 막아서곤 했다. 내가 바깥에 있을 때 그렇게 되면, 늑대는 나를 안으로 들여보내 주지 않았다. 그러면 나는 지붕을 기어오르는 수밖에 없었다.

지붕 꼭대기에 올라가서도 나는 늑대가 무엇을 그리 경계하는지 알 수 없었다. 한 번은 밤중이면 나타나 우리를 성가시게 하던 곰이 낮에 숲에서 나와 늑대가 뼈를 놓아 두는 잠자리를 쿵쿵거리는 것을 보았다. 곰이 문 근처까지 오자, 늑대는 몸을 반쯤 드러내면서 털을 곤두세우고 이빨을 드러내었다.

나는 그때 늑대가 곰에게 덤벼들 거라고 생각했다. 곰도 그렇게 느꼈는지 물러났다. 늑대가 쫓아가자 곰은 잽싸게 달아났다. 그러자 문득 내가 늑대의 도움을 받고 있다면, 늑대도 나한테서 도움을 받을 수 있을지 모른다는 생각이 들었다. 메리가 새끼와 함께 있는 한, 어미 늑대는 메리를 지켜 줄 수밖에 없다. 그렇다면 메리가 할 일은 늑대의 보호를 받으면서 주변을 조금만 더 경계하면 되는 것이다.

나는 소나무 강으로 갈 계획을 세우고, 날이 밝기를 기다리며 기쁜 마음으로 잠들었다. 하지만 다시 일어났을 때, 늑대는 어디론가 가고 없었다. 늑대는 가끔 내가 짐작할 수 없을 때 훌쩍 사냥을 나가곤 했다. 사람이라면 길을 떠날 채비를 하고 짐을 챙기기 때문에 얼마나 오래 걸릴지 알 수 있지만, 늑대는 그저 사라져버린다. 늑대는 내가 자기 새끼를 돌봐 줄 거라고 믿고서 거의 이틀이나 나갔다 왔다. 나한테도 갈 곳이 있다고는 생각하지 않는 것이었다.

나에 대한 배려는 조금도 없는 이기적인 녀석이라는 생각이 들었지만, 그날 밤 늑대가 돌아와 자기가 먹은 것을 토해 주는 것을 보고는 너그럽다는 생각도 들었다. 그때 늑대가 자기 몫으로 남긴 것은 다람쥐 한 마리뿐이었다. 다람쥐 뒷다리를 토했다가 다시 삼키는 것을 보고서 그것을 알 수 있었다.

내가 돌아올 때까지는 그것으로 허기를 면할 수 있을 거라는 생각에, 메리에게 소나무 강에 다녀오겠다고 했다. 우리를 구하러 찾아올지 모르는 사람들에게 신호를 남긴 뒤에 늦어도 오늘 밤 안으로 돌아올 거라고 했다.

"늑대는 뱃속에 먹을 것이 있으니 한동안 떠나지 않을 거야. 늑대가 짖으면 오두막에 들어가. 늑대가 원하는 것이라고 생각되면 뭐든지 그렇게 해야 한다."

"잠만 자는걸."

"그럼, 자게 내버려 둬. 하지만 오두막 근처에서만 지내면서 주의해서 살펴야 한다."

"그렇잖아도 엄마 늑대는 우리한테 오두막 근처에만 있으래."

도끼를 들고, 나는 출발했다. 오두막 꼭대기의 잠자리에서 늑대가 실눈으로 나를 쳐다보았다. 어쩌면 내가 땔감을 가지러 간다고 생각했을지도 모른다. 오두막이 시야에서 사라지기 전에 돌아보았더니 늑대가 얼굴을 꼬리에 감추고 있었다. 메리와 새끼 늑대가 나를 쳐다보고 있었다.

이른 아침이었다. 작은 소나무 사이에 안개가 자욱했다. 이제 날이 길어졌고, 해는 다시 북쪽으로 움직여서 그 덕분에 길 찾기가 쉬웠다. 평원에 다다르자 산골짜기 사이로 빙하가 보였다. 그것이 나의 이정표였다. 오전 내내 나는 그 빙하를 향해 걷고 또 걸었다. 나는 도끼 외에 칼과 불을 붙이는 막대기만 들고 있었는데, 짐이 그렇게 가벼우니 빨리 움직일 수 있었다.

먹을 것은 가는 길에 구할 수 있었다. 강가에는 새순이 돋아 있었고, 평원의 잡초 사이에 지천으로 널린 게 부드럽고 쌉쌀한 잎들이었다. 덤불 속 둥지에서 갈색 점이 있는 들꿩의 붉은 알 여섯 개를 발견해서 메리에게 나머지를 가져다줄 요량으로 두 개만 먹었다.

매머드, 들소, 순록의 무리들이 초원에서 여름풀을 뜯느라 멀리 떨어져 있었고, 평원에는 순록과 말의 무리가 점점이 흩어져 있었는데, 모두 새끼와 함께였다. 암컷 순록의 작은 무리가 숲의 경계에서 풀을 뜯고 있었다. 전에는 눈에 덮여 하얗던 평원에 해바라기와 감초 꽃이 피어 꿀벌이 윙윙거리며 날아다녔다. 북쪽에서 차갑고 상쾌한 바람이 불어왔고, 햇볕이 제법 따뜻했다.

마침내 평원 너머 숲 사이로 아버지의 오두막 윤곽이 보였다. 그 문 앞에 서서 섣불리 안으로 들어가지 못하고, 사람들이 다녀간 표시를 찾아보았으나 아무것도 없었다. 나는 사람들이 내가 남긴 흔적이 강에 관한 것인지 알 수 있도록 강에서 가져온 매끄러운 돌들을 큰 것, 중간 것, 작은 것 세 더미로 쌓은 다음 제비 강을 향하게 했다.

또한 긴 풀을 모아 엮은 다음 지나가던 동물들이 돌을 흐트러뜨릴 경우에 대비하여 나무에 올려두었다. 나는 하러 온 일을 마쳤으므로 즉시 돌아갈 준비를 했다. 하지만 오두막 옆에 잠시 앉아 텅 빈 숲에서 불어오는 바람 소리를 듣고 있자니 우리 모두가 처음 이곳에 왔을 때와, 그 후로 우리의 삶이 얼마나 달라졌는지 떠올리지 않을 수 없었다.

그러자 오두막 안을 들여다보지 않으면 앞으로 항상 저 안에 어떤 것이 있었을까 궁금해하면서 꿈을 꾸게 될 거라는 생각이 들었다. 그래서 몹시 겁이 나기는 했지만 동물이 없는지 확인하고 나서 조심스레 안으로 들어갔다.

오두막은 조용했고, 연기 구멍으로 들어와 오래전의 재를 비쳐 주는 희미한 빛 외에는 아주 캄캄했다. 썩은 고기와 곰팡이 냄새가 났다. 구석의 아버지 시체는 순록 가죽 안에서 안개처럼 엷은 곰팡이에 뒤덮여 있었다. 구석에는 아버지가 차르 강에서 가져온 녹암 조각이 있었는데, 조각 사이에 감춰져 있는 댕기물떼새 모양의 순록 뿔 한 조각이 눈에 띄었다.

그 조각을 보고 있으려니 아버지가 저녁때마다 조금씩 뿔을 깎던 모습이 떠올랐고, 문득 그 조각이 무슨 의미인지 알 수 있을 것 같았다. 아버지는 저녁마다 어머니를 그리워한 것이었다. 나는 그것에 손을 대지 않았다. 다른 것에도 손을 대면 안 된다는 것을 알지만, 갑자기 손이 저절로 뻗어나가 아버지의 불붙이는 막대기와 창을 잡았다. 그러다가 아버지의 영혼이 지켜보고 있는 것 같아서 두려움에 떨며 재빨리 도로 놓았다.

하지만 나는 끝내 두려움을 이겨내고 그것을 다시 집어 들었다. 내 칼에 무슨 일이 생기면 아버지의 날카로운 창이 필요할 것이고, 내가 가진 불붙이는 막대기가 부러지면 아버지의 것이 필요할 것이다. 질질 끄는 소리가 나지 않도록 창을 위로 번쩍 치켜들고, 나는 뒤를 돌아보지 않고 밖으로 나와 재빨리 숲을 지나 제비 강으로 향했다.

오는 길에 창을 어떻게 사용할지 계획을 세웠다. 살을 먹으면 힘이 나는 동물들은 절대 덫으로는 잡을 수 없다. 나는 이 창으로 지금 위험할 정도로 비쩍 마른 메리를 살찌울 수 있을 것이다. 창을 던지는 일에는 아직 능숙하지 못하고 더구나 창이 몹시 무겁게 느껴졌지만, 달빛 비치는 밤에 강어귀 어딘가에 둥지를 틀고 있는 백조 한 마리 정도는 아주 쉽게 찌를 수 있을 것 같았다. 백조에게는 일 년 내내 기름기가 있다고, 어머니가 언젠가 내게 말해 주었다.

저녁 무렵에 오두막에 도착했다. 늑대는 얼굴과 다리를

꼬리에 묻은 채 지붕 위에 엎드려 있다가 내가 다가가자 고개를 들고는 나를 찬찬히 살폈다. 메리와 새끼 늑대가 문밖까지 나와 나를 환영했다. 둘은 불에서 나오는 연기 속에서 모기를 피하고 있었다. 메리가 밝은 얼굴로 나를 쳐다보았고, 새끼 늑대는 내 발치로 달려오더니 팔짝팔짝 뛰며 안아달라고 했다.

안으로 들어가 메리에게 들꿩 알을 주자 순식간에 먹어치웠다. 새끼 늑대도 몹시 배가 고팠는지 껍질을 주자 맛나게 먹었다. 메리에게 커다란 묶음의 푸른 잎을 주었더니 급하게 입에 쑤셔 넣었다. 새끼 늑대도 자기한테도 한 입 달라고 졸랐지만, 강을 따라오다가 잡은 개구리 두 마리는 늑대가 사냥을 나간 뒤에 구워 먹으려고 윗옷 안에 감추어두었다.

그러는 사이에 어미 늑대가 우리가 무엇을 하는지 보려는 듯 안으로 들어왔다. 메리가 푸른 잎을 잔뜩 입에 넣고 삼키려고 하고 있었다. 늑대는 새끼 입술에 코를 대고 냄새를 맡았다. 그때까지도 메리는 잎을 빨리 삼키지 못했는데, 늑대는 메리의 입에도 킁킁거려 보았다. 하지만 냄새가 별 흥미를 끌지 않는다는 듯 돌아서서 내게로 다가왔다.

내가 가끔 자신이 알 수 없는 먹을 것을 갖고 있다고 의심하듯, 늑대의 코는 내가 감춘 개구리 위에서 한참 동안 머물렀다. 그러더니 잠시 내 눈을 응시했다. 나는 사실 감추는 것이 있었기 때문에 늑대의 눈을 똑바로 마주 보지 못했다.

그러다가 늑대는 앞다리 사이로 들어온 새끼를 바라보았다. 새끼는 이미 힘껏 열심히 젖을 빨고 있었다. 잠시 긴장을 푼 늑대는 귀를 반쯤 접고, 눈은 반쯤 감고, 혀를 내밀고 앉아서 한동안 새끼에게 젖을 먹였다.

잠시 후, 늑대가 일어나서 다리를 들고 새끼를 밀어내었다. 새끼가 떨어지지 않으려고 안간힘을 쓰자, 늑대는 힘껏 떨쳐내고는 오두막을 나섰다. 지붕에서 나는 소리로 보아, 어미 늑대는 자신의 안식처로 돌아갔음을 알 수 있었다.

달이 떴다. 나는 창을 들고 길고 가느다란 섬 옆의 강둑으로 갔다. 거기라면 백조 둥지를 찾을 수 있을 것 같았다. 물가에서 옷을 벗고, 옷을 개구리 두 마리와 함께 조그만 나무 꼭대기의 가지에 올려놓았다. 그러고는 몸이 아플 정도로 차가운 물속으로 허리 깊이까지 들어갔다. 물이 너무 차가워서 심장이 한순간 멎는 것 같았다. 나는 숨을 들이쉬면서 헤엄치는 소리가 들리지 않도록 조심스럽게 천천히 섬 쪽으로 헤엄쳐 갔다.

갈대 사이로 백조가 보였다. 한 마리뿐이었다. 나는 조용히 창을 들었다. 아마도 가슴 밑에 놓아둔 알을 건드리려는 듯 백조가 고개를 숙이는 순간, 지체 없이 창으로 찔렀다. 백조가 비명을 지르며 날개를 퍼덕였고, 그 다음 순간 뭔가가 별이 보일 정도로 내 머리를 세게 쳤다. 그것만이 아니었다. 뭔가 거대한 것이 내 팔을 쳤고, 얼굴도 때렸다.

다시 창을 들어 올리려고 했지만 너무 무거워서 도저히 들 수 없었다. 창을 물가로 끌고 가는 동안 어쩌다 쓰러져서 물을 좀 마시기는 했지만 강둑으로 몸을 피할 수는 있었다. 등 뒤의 갈대가 무성한 곳에서는 커다란 백조 한 마리가 날개를 퍼덕이며 신음하고 있었다. 아무것도 얻은 게 없는 줄 알았는데, 달빛이 비치는 강물에서 내 창끝에 찔린 다른 백조의 하얀 몸뚱이가 보였다.

나 혼자 힘으로는 어림도 없었지만, 나는 어쨌든 그것을 둑으로 끌어올려 내 옆에 놔두었다. 그런데 그때였다. 갑자기 두 개의 커다란 녹색 눈이 나를 쳐다보고 있다는 사실을 알아차렸다. 즉시 물속으로 뛰어들려다가 어미 늑대라는 걸 알았다. 나는 이미 숨이 끊어진 백조를 늑대가 건드리지 못하게 필사적으로 나무 위에 올려두었다. 백조는 며칠 동안 메리와 나에게 귀중한 양식이 되어줄 것이므로 절대 내줄 수 없었다.

내게 먹을 것이 있다고 생각할 때면 대개 그러듯이 늑대가 내 쪽으로 다가서는가 했더니, 대신 일단 걸음을 멈추고 털을 곤두세우며 한 번 짖고는 몇 발자국 뒤로 물러났다. 그것으로 보아 늑대는 내가 아닌 다른 누군가를 경계하는 것 같았다. 내 뒤에서 뭔가를 본 것일까?

두려움을 느끼며 뒤를 돌아보았지만, 달빛 비치는 강과 그 너머에 있는 섬밖에는 보이지 않았다. 늑대가 백조를 두려워한 것일까, 백조의 몸통을 뚫고 있는 창을 두려워한 것일까? 아니면, 창을 따라 영혼이 온 것일까? 거기까지 생각이 미치자, 나는 강물보다도 더 차가운 두려움을 느끼지 않을 수 없었다. 나는 겁에 질린 채로 나무에서 옷을 내려 다시 입었다.

옷을 다 입자, 늑대가 내게 다가오더니 불안이 가시지 않은 듯 킁킁거렸다. 하지만 곤두세웠던 갈기는 풀어졌고, 동그랗게 떴던 눈도 보통 때처럼 되었다. 늑대는 아무렇지도 않게 주위를 돌아보더니 나무 위에 놓인 백조를 올려다보았다.

잠시 후, 늑대는 강둑을 따라서 아무 일도 없었다는 듯이 걸어가 버렸다. 늑대는 무엇을 보았던 것일까? 강에는 위험한 것이 없었고, 영혼이 그렇게 멀리까지 따라왔다면 창을 그리 쉽게 내줄 리 없었다.

그렇다면 늑대는 내 모습에 놀란 것이었다. 벌거벗은 내 모습에……. 늑대한테서 갑자기 털이 사라진다면 내가 놀랄 것처럼, 늑대도 벌거벗은 내 모습에 놀랐던 게 틀림없었다. 한밤중에 소리를 내는 것이 두렵지 않았더라면, 나는 크게 웃었을 것이다. 대신 나는 속으로 웃었다.

그날 밤 늦게, 늑대가 또 사라졌는데 사냥을 하러 나간 것 같았다. 늑대가 떠난 뒤에 나는 백조를 가지러 나무 있는 곳으로 갔는데, 발자국으로 미루어보아 늑대가 그것을 잡으려고 깡충거리며 뛴 것을 알 수 있었다. 하지만 창 덕분에 백조를 높이 올려두어서 늑대의 공격을 피할 수 있었다.

메리와 나는 털을 뽑고 고기를 구워, 우리 몫을 만들었다. 간과 노란 기름을 뜨거울 때 먹느라 허겁지겁 입에 넣었다가 입술이며 혀를 데었지만, 꽤나 맛이 있었다. 즐겁게 먹어치우는 메리를 보니 기분이 좋았고, 아버지의 창으로 더 많은 고기를 잡아 메리에게 줄 생각을 하니 뿌듯하기도 했다. 새끼 늑대가 한 입만 달라고 졸랐지만 어림도 없는 일이었다.

이때 나는 창만 있다면 메리와 내가 더 잘 먹을 수 있다는 사실을 깨달았다. 백조가 가까운 둥지에 앉아 있기만 하면 더 잡을 수 있을 것이고, 창을 써서 백조를 쫓아내고 알을 가져오거나 평원 가장자리에 숨어 있는 새끼 순록도 잡을 수 있을 것이다.

창을 던질 수 있을지 모르지만, 그럴 수 없다 하더라도 내가 닿을 수 있는 거리는 훨씬 넓어졌고 확보할 수 있는 식량의 범위도 훨씬 늘어났다. 이제 곧 새끼 순록은 뛰어다니고,

알은 부화될 것이며, 백조는 내가 절대 따라잡을 수 없는 곳에서 헤엄칠 것이다. 그건 내게 주어진 시간이 그리 많지 않다는 것을 의미했다.

우리 둘 가운데 누구 하나는 반드시 오두막을 지켜야 한다는 원칙은 어미 늑대의 생각이지 내 생각은 아니었다. 새끼 늑대는 집에서 나가 돌아다닐지도 모르지만, 메리는 그러지 않을 것이기 때문이다. 늑대는 반드시 내가 돌아오길 기다렸다가 사냥을 나가야겠지만 나는 어미 늑대를 기다릴 필요가 하나도 없었다.

도끼나 순록 뿔이 아닌 기다랗고 예리한 창을 들고 있으니 훨씬 더 안전하다는 느낌에, 나는 긴 풀밭이나 덤불 속에서 만나는 어린 동물을 닥치는 대로 잡기 위해 평원으로 나갔다.

얼마 안 가, 희미한 발굽소리에 고개를 들었더니 암말 두 마리와 망아지 한 마리가 나를 향해 달려오고 있었고, 그 뒤로 늑대가 열심히 따라 뛰고 있었다. 우리랑 같이 사는 어미 늑대였다.

말들은 이따금 달리기를 멈추고 늑대를 돌아보았는데, 그러면 늑대도 멀리서 걸음을 멈추고는 그들을 흩어놓지 않으려고 했다. 말들이 다시 달리기 시작하면, 늑대는 멀찌감치 떨어진 곳에서 오른쪽과 왼쪽으로 방향을 바꾸면서 말들이 내 쪽으로 달리게 했다. 종마라고 해도 암말들을 그렇게 잘 다루지 못할 것처럼, 늑대는 용의주도하게 내가 서 있는 곳으로 그들을 몰았다.

처음에는 왜 늑대가 말들을 내 쪽으로 몰고 있는지 알지 못했다. 그러다가 늑대가 도움을 청하는지도 모른다는 생각이 들었다. 그렇다는 것은, 내가 들고 있는 창이 무엇에 쓰는 것인지 알고 있다는 뜻일까? 늑대가 그것을 알 리는 없을 터였으므로, 어쩌면 내가 평원에 서 있는 걸 보고는 손으로 말 한 마리를 붙잡아 주면 자신이 물어서 피를 흘리게 하거나 쓰러뜨리기를 원하는지도 모른다는 생각이 들었다.

다음 순간, 말들이 우레 같은 소리를 내며 지나갔다. 그다음에 일어난 일들은 모든 것이 순식간이었다. 창을 던지기 직전에, 나는 첫 번째 암말에게 받히는 바람에 허공으로 붕 떠올랐다. 무릎을 끌어올리고 팔로 머리를 감싸 쥔 채로 땅에 떨어진 나는 쓰러지는 나무에 깔리는 것 같은 두 번째 충격을 받았고, 세 번째로 어깨에 끔찍한 타격을 받았을 때는 찔리는 듯한 아픔을 느꼈다. 뼈가 으스러졌다고 생각하면서, 나는 비명을 질렀다.

말발굽소리가 점점 멀어지는 걸 느끼며, 용기를 내어 고개를 들어보니 늑대가 망아지 뒷다리에 이빨을 박고 필사적으로 쓰러뜨리고 있었다. 망아지가 작은 발로 죽을힘을 다해 늑대를 걷어차는 동안, 암말들이 허둥대며 방향을 바꾸다가 잘못해서 서로 부딪치는 게 보였다. 그 가운데 한 마리가 망아지의 비명을 듣고, 다시 우리를 향해 돌진하는 걸 보고 나는 땅다람쥐처럼 몸을 굴려 피했다.

그 후로 정적이 이어진 가운데 나는 공포에 질린 채 엎드려 있다가 눈을 떴다. 내 바로 옆에, 망아지가 아직 산 채로 피를 흘리며 쓰러져 있는 게 보였다. 암말은 머리를 망아지의 머리에 대고 서 있었지만 자신이 할 수 있는 일이 아무것도 없다는 사실을 아는지 힘이 없었다.

늑대가 멀찌감치 혀를 빼문 채 눈을 반쯤 감고 앉아 있었다. 나는 숨도 제대로 못 쉬고 꼼짝 않고 누워만 있었다. 어느 사이에 까마귀들이 평원을 덮었다. 한참 지나자, 망아지는 죽었고 암말은 희망을 버리고 떠났다. 다시 눈을 뜨고 살펴보니, 늑대가 망아지의 뒷다리 쪽을 크게 한 입 베어 무는 게 보였다.

나는 조심스럽게 일어났다. 머리가 울리고 온몸이 아팠지만, 어떻든 내 몫을 챙겨야 했다. 하지만 늑대가 나를 보며 하도 사납게 으르렁거려서 다시 주저앉았다. 늑대는 나를 주시하면서 더 빨리 먹었고, 내가 조금이라도 움직이면 다시 으르렁거리며 일어났다.

그 즈음 저녁때가 되어 다른 사냥꾼들이 움직일 시간이 다가왔다. 텅 빈 평원의 죽은 동물 옆은 내가 있을 자리가 아니었다. 나는 창을 찾아 집으로 갈 수만 있다면 망아지 고기는 얼마든지 기꺼이 포기했을 것이다. 하지만 내가 일어서려고 할 때마다 늑대는 내가 자기 고기를 빼앗으려고 하는 줄 알고 이빨을 드러내었다.

그것을 보고 있노라니 우리 무리의 어른들이 한 번 잘못된 생각이 머리에 박히고 나면 어떤 설명도 들으려 하지 않던 일이 떠올랐다. 늑대는 어떤 설명도 듣지 않을 태세였다. 그래서 나는 배고프고 서글픈 심정으로, 고기를 얻을 희망도 없이 가만히 앉아 있었다.

해질 무렵이 되자, 늑대는 무거운 발걸음으로 걸어가더니 옆으로 드러누워 털에 묻은 피를 닦았다. 나는 무감각한 다리로 일어나 멍투성이의 쓰라린 몸을 이끌고, 하루 종일 돌아다니고도 아무것도 얻지 못했다는 데 부끄러움을 느끼며 집으로 돌아갔다.

그날 밤 늦게, 늑대가 들어오더니 고개를 숙이고 하얀 고기 한 더미를 토해 냈다. 메리와 새끼 늑대는 그것을 맛있게 먹어치웠지만 나는 먹고 싶지 않았다.

내가 보기에, 그 뒤로 늘대는 새끼를 지키는 일뿐만 아니라 사냥에서도 내 도움을 받으려는 것 같았다. 내가 밖에 나가 있을 때 는 늘대는 오두막을 떠나지 않으려 했지만, 간혹 내가 평원에 나가 있을 때는 용케 나를 찾아오곤 했다.

종종 늘대는 나를 앞질러 걸어가면서 둥지를 짓는 메추라기와 쏙독새를 쫓았다. 늘대는 자기가 잡은 것은 무엇이든 다 차지했으므로 나는 늘대와 함께 있고 싶지 않다는 뜻을 알리려 했지만, 늘대는 외면했다. 그 후로도 두 번이나 더 늘대는 동물들을 내 쪽으로 몰았는데, 아마 늘대는 나를 동물을 놀라게 하고 당황시키는 존재라고 여기는 모양이었다.

하지만 그 계획은 아무런 효과가 없었다. 늘대가 어미 들소와 새끼를 무리에서 멀리까지 몰아내었을 때, 나는 그들이 내 쪽으로 달려오는 걸 보고는 질겁해서 아버지의 창을 내던지고 오소리 굴의 입구로 몸을 던졌다. 나는 거기서 들쥐보다 더 단단히 몸을 웅크리고서 곰자리에 살려 달라고 빌어야 했다.

또 한 번은 늘대가 작은 당나귀 한 무리를 쫓았던 적이 있었다. 수컷 하나, 암컷 셋, 그리고 새끼였다. 늘대는 암컷 당나귀와 덩치가 비슷했는데, 그들은 늘대의 모습에 너무 놀라 숲 가장자리 덤불 속에 숨어 있다가 곧바로 풀밭을 달려

탁 트인 평원으로 나아갔다.

그들이 달려드는 것을 보고 나는 재빨리 이유를 알아채고 창을 들고 마음의 준비를 했다. 티무와 엘로가 창에 대해 하는 말을 들은 적이 있다. 그들은 겨냥하는 지점에 동물이 오기 전에 먼저 창을 던져야 한다고 말했었다. 창이 표적에 닿을 때까지 시간이 걸리기 때문이었다.

나는 가만히 계속 기다리다가 당나귀들이 아주 가까워졌을 때 온 힘을 다해 창을 던졌다. 창은 당나귀들의 가슴께를 지나 땅에 꽂혔고, 늑대는 그 광경을 보고 사냥이 실패했음을 알아차리고는 속력을 늦추어 달리다가 걷기 시작하더니 내게 엉덩이를 보이며 빙하 쪽으로 떠났다.

어미 늑대는 그 다음날 밤 늦게 오두막에 돌아와 흐물흐물하게 젖은 것을 토해 냈다. 회색 햄스터 한 마리, 밭쥐 서너 마리, 둥지 쥐 두 마리였다. 메리와 새끼 늑대가 열심히 먹기 시작할 때, 어미 늑대는 햄스터에 잠시 코를 갖다 댔다.

이런 동물들은 공격을 받으면 드러누워 물거나 할퀴기도 하고, 심지어 달려들기도 한다. 어쩌면 이 햄스터는 늑대가 예상한 것 이상으로 투지를 보였을지 모른다. 햄스터가 죽었는데도 늑대는 그것을 무섭게 노려보더니 갑자기 공중에다 내던지고는 땅에 떨어지자 그것을 향해 사납게 짖었다.

그러다가 어미 늑대는 그것을 도로 삼켰다.

여름이 지나면서, 나는 밤이면 더 많은 동물의 소리를 들을 수 있었다. 부엉이 울음소리, 곰이 쿵쿵거리거나 혼자 중얼거리는 소리, 굴뚝 위에서 박쥐의 끽끽거리는 소리가 들렸다. 어느 날 밤에는 평원에서 울부짖는 사자의 포효 소리도 들렸는데, 아버지와 소나무 강으로 간 후로 근처에서 사자의 소리를 들은 것은 그때가 처음이었다.

나는 겁에 질렸다. 멀리 있는 사자가 가까이 있는 사자에게 대답하는 소리를 듣자, 내게 평원에는 더 이상 나가지 말라는 뜻으로 들렸다. 사자같이 덩치가 큰 짐승이 드넓은 초원이나 툰드라 같은 곳에서 살 수도 있으면서 이렇게 작은 평원까지 차지하다니, 사자들은 정말 이기적이라는 생각이 들었다.

나는 밖으로 기어나가 멀리서 들리는 사자 소리에 늑대의 기분이 어떤지 살펴보려 했다. 늑대는 평소처럼 모기를 피하기 위해 온몸을 웅크리고서 지붕 위에서 쉬고 있었는데, 내가 나가자 흘깃 쳐다보긴 했지만 사자 소리를 듣지도 못한 것 같은 모습이었다. 당연히 들었을 텐데도 말이다. 그렇다면 사자는 내 생각보다 훨씬 멀리 있다는 뜻일 것이다.

그 모습에 용기를 얻고 안으로 돌아가려는데, 멀리서 어렴풋이 늑대들이 짖는 소리가 들려왔다. 처음에는 한 마리의 소리가 점점 크게 울리더니, 높고 낮은 여러 마리의 소리가 함께 들려왔다. 이 소리에 어미 늑대가 일어나더니 눈을 휘둥그레 뜨고서 털을 곤두세웠다. 오두막 안에서는 새끼가 대답하며 울부짖었다.

더 놀라운 일은, 메리도 꼭 늑대처럼 새끼 늑대보다 훨씬 높은 소리로 울기 시작했다는 것이다. 내가 없을 때, 둘이서 함께 짖어 본 적이 있었던 것일까? 분명히 그런 모양이었는데, 그렇다면 이유가 무엇일까? 누굴 부르는 것이었을까?

메리에게 물어보려고 안으로 들어갔는데, 어미 늑대가 꼬리를 흔들고 턱을 치켜든 채 아주 열심히 울부짖기 시작했다. 어미 늑대 소리에 메리와 새끼 늑대는 울기를 멈추었다. 그러고는 거대한 정적이 찾아왔다. 어미 늑대는 귀를 기울였고, 오두막 안의 메리와 새끼 늑대도 귀를 기울였을 것이고, 나도 마찬가지였다.

평원에 있는 사자는 늑대들의 울음소리에는 아무런 상관도 않고 멀리 있는 사자에게만 관심을 갖고서 다시 울부짖기 시작했지만, 먼 곳의 늑대들은 분명히 우리 쪽 늑대들의 소리를 들은 것 같았다. 어미 늑대가 지붕에서 내려오더니 나무 사이 짙은 어둠 속으로 사라진 것은 얼마 뒤였다.

그때 사자가 또 울부짖었고, 거기에 답해 멀리 있는 사자도 응답을 하듯 울부짖었다. 나는 사자들이 숲으로 들어오는 경우 어디에 있는 게 가장 좋을지 궁리하러 오두막으로 들어갔다. 오두막에 그냥 있는 것이 더 안전할까, 나무 위에 올라 가 있는 게 더 안전할까? 늑대가 지켜 준다면 훨씬 낫겠지만, 나는 늑대가 없더라도 오두막 안에 있기로 마음먹었다.

평원에는 들소와 영양, 말과 당나귀, 망아지나 그 밖의 새끼들이 있다. 사자들은 거기서 사냥감을 잡을 수 있을 것이므로, 굳이 여기까지 와서 우리를 괴롭히지는 않을 것이다. 게다가 문이 작은 오두막은 튼튼했다.

나는 그렇게 마음을 정하고 메리와 새끼 늑대와 함께 순록 가죽 안에 누웠지만 사자 울음소리에 귀를 곤두세우느라 도저히 눈을 붙일 수 없었다. 그날 밤, 멀리 있는 사자는 가까운 쪽 사자에게 훨씬 더 다가갔고, 곧 둘의 포효가 합쳐지더니 매우 시끄럽고 날카로운 소리가 되었다.

그리고 정적이 찾아왔다. 사자들은 어디로 갔을까? 메리와 새끼 늑대는 모든 위험에서 보호받고 있다고 굳게 믿고 평화롭게 자고 있었지만, 나는 포효보다 정적이 더 무서웠다. 어미 늑대가 문가에서 자고 있다면 나도 잘 수 있을 거라고 생각하면서 지붕에서 늑대 발자국 소리가 들려오기를 기다렸다.

그날 밤, 나는 문 밖에서 사자의 숨소리를 들었다. 아니,

숨소리를 들었다고 생각했다. 날이 밝아 먹을 것을 구하러 나가야 할 때가 되자, 나는 불안하고 지쳐 있었다. 땅 파는 막대기와 땅바닥에 집어던져 심하게 흠집이 난 아버지의 창을 들고, 나는 양파와 백합 뿌리를 구하러 평원 가장자리로 내키지 않는 발걸음을 옮겼다.

몇 개를 파고 났을 때, 어디선가 신선한 고기 냄새가 나서 집에 가져갈 죽은 고기를 구할 수 있을지도 모른다는 생각에 조심스레 그 냄새를 따라갔다. 그것은 야트막한 덤불에서 나는 냄새였고, 가까이 다가가자 파리 소리가 들렸다.

근처 풀밭에는 까마귀와 까치가 앉아 있었고 내가 나타나자 여우 두 마리가 반대쪽으로 잽싸게 도망쳤다. 파리는 뭔가를 계속 먹고 있는데, 저 동물들은 어째서 덤불에 들어가 먹지 않는 것일까 궁금해하면서, 나는 더 이상 다가가지 않고 큰 원을 그리며 주위를 살피기 시작했다.

고기 냄새가 더욱 강해졌는데, 사자의 사향 냄새도 함께 나기 시작해서 더 이상한 생각이 들었다. 밤에 그렇게 시끄럽게 굴던 사자들이 지금은 밤새 포획한 사냥감을 먹고 있다고 생각하는 순간, 덤불 사이로 냄새를 풍기는 것은 죽은 동물이 아니라 살아 있는 사자인 것을 알 수 있었다.

수사자 한 마리가 고개를 약간 들고, 상처 때문에 눈을 감은 채 모로 누워 있었다. 사자는 내 소리를 들었거나, 냄새를 맡았거나, 부어오른 눈꺼풀 사이로 내 모습을 보았을지 모른다. 사자가 이빨을 드러내고 으르렁거렸다. 깜짝 놀랐지만, 이런 때 뛰는 것은 자살행위라는 것을 기억하고서 수풀 뒤로 물러난 다음 숲 가장자리로 달려갔다.

오두막에 도착해서 내가 본 광경이 무엇을 의미하는지 이해해 보려고 했다. 사자 한 마리가 근처 수풀에 있긴 하지만 상처를 입은 채 혼자서 누워 있다. 사자는 이미 큰 사냥감을 잡을 수 없는 상태다. 그뿐만 아니라, 사자는 내가 주위에 있다는 사실을 알게 되었다. 사자는 내게 날카로운 이빨을 드러냈다.

서서히 문제의 심각성이 공포가 되어 나를 덮쳐왔다. 사자에게는 곧 먹을 것이 필요할 텐데, 나와 메리보다 더 손쉬운 사냥감이 어디 있겠는가? 이제 우리한테는 나보다 귀도 밝고 냄새도 잘 맡으며, 동물이기 때문에 다른 동물이 어디 있는지 더 잘 알 수 있는 늑대가 절대적으로 필요했다.

하지만 늑대는 돌아오지 않았다. 나는 늑대가 쉬던 지붕 위에 앉아서 늑대처럼 숲을 살펴보기도 하고, 늑대를 찾기도 하면서 목이 타게 기다렸다. 늑대를 다시 만나고 싶은 마음이 너무나 간절했다.

그렇게 이틀이 지났다. 마지막 남은 것을 먹고 난 다음, 나는 메리를 오두막에 두고 전나무로 문을 막기도 했다. 새끼 늑대를 밖에 두어 사자가 오더라도 메리가 아니라 새끼 늑대를 잡아먹게 하려고 했지만, 둘 다 하도 시끄럽게 울어 대서 오히려 위험할 것 같아 새끼를 안에다 밀어 넣었다.

평원에서 먹을 것을 찾아낼 용기가 없어서 강 쪽으로 갔다. 갈대 속에 서서 땅 파는 막대기를 들고 개구리라도 잡을 생각이었지만 전에는 개구리가 그렇게도 많던 곳에 지금은 한 마리도 보이지 않았다.

나는 강둑에서 딸기를 찾다가 열매 몇 개가 남은 곳을 찾았지만 곰이 나보다 먼저 다녀간 흔적을 발견했다. 곰이 떨어뜨린 것을 좀 찾아서 손에 넣었으나 이제 확실해진 것은 먹을 것이 자라는 곳이면 어디든 곰이 거의 다녀갔다는 사실이었다.

하지만 다행인 것은 곰이 부러진 아스파라거스, 줄기가 나지 않은 백합 뿌리, 달팽이가 갉아먹은 버섯은 건드리지 않았다는 점이었다. 나는 이것들을 전부 고맙게 가졌다. 곰이 쇠비름을 좀 밟아 놓았는데, 쇠비름을 먹을 수는 없지만 그것도 가져왔다. 해가 넘어가기 시작했는데도 나는 메리와 함께 먹기에 충분할 만큼의 먹을 것을 구하지 못했다. 그러나 다친 사자가 무슨 짓을 저지를지 몰라 서둘러 오두막으로 돌아왔다.

돌아오는 길에 낙엽송에서 흘러나오는 달콤한 송진을 따

려고 걸음을 멈추었을 때, 숲속에서 나는 소리를 들어보려고 했다. 사방에서 소나무에 사는 새들이 저녁 노래를 부르기 시작했고, 늦은 오후의 바람이 나뭇가지에 불어와 물 흐르는 소리를 냈다.

나는 그 소리 외의 것을 들어 보려고 하다가 마침내 늑대가 우는 소리를 또렷이 들을 수 있었다. 그 소리는 점점 커지다가, 잠시 뒤에는 떨리는 듯하다가, 약간 낮아지고는 곧 멈췄다. 늑대는 다른 소리가 나는지 기다리는 것처럼 한참 조용하더니 다시 부르는 소리가 들려왔다.

나는 어깨 사이의 살갗이 따끔거리고, 눈이 휘둥그레지는 것을 느꼈다. 달콤한 송진은 다 잊고, 조용히 걷는 것조차 잊고, 마치 누가 부르기라도 하듯이 오두막으로 뛰어갔다. 절반쯤 갔을 때, 늑대 소리가 한 번 더 들렸다.

내가 무엇을 만나게 될 거라고 생각했는지, 혹은 왜 서둘렀는지는 잘 모르겠다. 늑대 소리를 들어서 마음이 너무 놓여서 서둘러 간 것 같다. 어미 늑대가 없으니 내가 생각보다 더 겁에 질려 있었고, 그 소리를 듣고 흥분한 것이 틀림없었다.

오두막으로 접어드는 길목에 거의 다다랐을 때, 갑자기 앞에 메리가 보였다. 누더기가 된 바지만 입은 메리는 햇빛 자락에 쪼그리고 앉아 있었는데, 가시덤불에 긁힌 피부 아래 갈비뼈와 어깨가 앙상하게 드러나 보였다. 메리는 울고 있었다. 더럽기 짝이 없는 얼굴에는 눈물 자국이 선연했다.

"여기서 뭐하니?"

메리는 한동안 울기만 하다가 이렇게 말했다.

"늑대가 가버렸어. 엄마 늑대도 함께 갔어. 나를 기다려 주지 않았어."

"기다려 주지 않았다니, 어딜 갔는데?"

"몰라."

머리를 흔들며 한동안 더 섧게 울고 나서, 메리가 말했다.

"엄마 늑대가 우리를 데리러 왔었어. 우리랑 다른 곳으로 가려고 했나 봐. 여기서 더 살지 않을 거야."

"그래서 너 혼자 숲으로 달려갔었단 말이야? 대체 무슨 생각을 한 거야?"

"그게 아니고, 엄마 늑대랑 한참 같이 있었어. 엄마 늑대 가 한참 기다렸어. 그러다가 포기하고 가버렸어. 나는 너무 빨라서 따라갈 수가 없었어."

"기다리다니, 뭘 기다려?"

"몰라."

"새끼를 데려갔어?"

그리 물어보았지만, 메리는 망연한 표정으로 눈물만 흘리 며 앉아 있을 따름이었다. 늑대가 새끼를 데려간 게 분명했다. 그렇다면 돌아오지 않을 거라는 메리의 말이 옳을 것이다. 나는 큰 실망감을 삼키려고 애쓰며 말했다.

"우선 오두막으로 돌아가야 해. 밤이 되고 있어."

메리는 부루퉁하게 고개를 젓기만 했다.

"빨리 와. 나는 간다. 잘 있어."

나는 길을 따라 걷기 시작했다. 그러나 어깨 너머를 돌아보자 메리가 따라오지 않는 것이 보였다. 순간적으로 참을성을 잃었다. 이제 모든 게 다 틀렸는데 너까지 말을 안 듣는구나, 하고 생각하며 몇 발짝 돌아가서 짜증을 냈다.

"어젯밤 내내 사자가 울었던 거 생각나지? 숲속에서 사자가 우리를 노려보고 있어!"

메리는 그제야 벌떡 일어나더니 나를 따라왔다. 오두막에 다다라서, 나는 안으로 들어갔지만 메리는 지붕 위 어미 늑대 자리로 기어 올라갔다. 나는 메리의 고집에 지치고 모닥불마저 꺼져 있는 것에 화가 나서 소리쳤다.

"그럼 밖에 있어라!"

불을 피우는 동안 늑대의 울음소리가 점점 크게 들려오더니, 이내 잦아들다가 멈췄다. 멀리서 듣던 것과 똑같은 울음소리가 바로 위에서 들리는 것 같아서, 나는 결국 늑대가 돌아왔다고 생각하고는 불붙이던 것을 멈추고 밖으로 달려 나갔다. 하지만 지붕 위엔 눈물범벅으로 추위에 떨면서 무릎을 끌어안고 있는 메리만 동그마니 앉아 있었다.

그날 저녁 늦게야 메리는 포기하고 안으로 들어와 눈을 뜨고 모로 누웠다. 나는 불가에 앉아서 내 머리로는 도저히 이해할 수 없는 모든 것들에 대해 생각했다. 메리와 내가 늑대들에게 얼마나 의지하고 있었는지 나는 알지 못했었다. 메리는 어머니나 아버지 때문에 운 적이 없었다. 심지어 아버지가 죽었을 때조차 울지 않았지만, 늑대들 때문에 울었다.

메리는 늑대들의 마음을 이해하는 것 같았다. 늑대처럼 짖기도 했다. 어쩌면 내가 멀리 나가 있을 때 늑대들이 메리에게 짖는 법을 가르쳐 주었을지도 모른다. 메리가 짖는 소리를 내가 처음 들었을 무렵에는 이미 처음이라고 보기에는 너무 잘 짖었기 때문이다.

이곳 제비 강에 온 뒤, 메리의 삶과 나의 삶이 아주 달랐다는 사실을 깨달았다. 그 전까지 너무 바쁘고 너무 걱정할 것이 많아서 그런 생각은 해보지 못했는데, 이제 모든 것이 분명해졌다. 그러자 어미 늑대에게도 우리와는 다른 삶이 있다는 사실을 알게 되었고, 늑대에 대해 아는 게 너무 없었다는 걸 처음으로 깨달았다. 그러다 보니 모든 게 의문투성이였다.

인간들처럼 늑대들도 무리를 지어 산다면, 왜 어미 늑대는 그렇지 않았을까? 늑대가 땅에 굴을 파고 산다면, 파기 쉬운 땅이 그렇게나 많은데 왜 그 늑대는 오두막에 살기로 했을까? 늑대들은 새끼가 태어난 직후에는 따뜻하게 품어 준다고 들었는데, 왜 그 늑대의 새끼 세 마리는 얼어 죽었을까? 그들을 따뜻하게 품어 줄 수 있었던 그 어미의 남편이나 자매는 어디로 간 것일까?

한참 동안 나는 이런 질문에 대해 생각해 보다가 결국 그 모든 것이 그 늑대의 비밀이라는 사실을 알았다. 나는 그 비밀의 매듭을 주워든 셈이었다. 그리고 그 매듭이 풀어지고 진실을 알게 되자, 그것은 사람들의 비밀과 너무나 비슷해서 처음에는 내 생각을 믿을 수가 없었다.

내 짐작에, 늑대의 비밀이란 바로 이런 것이었다. 어미 늑대는 새끼를 갖지 말아야 할 때 새끼를 가진 것이었다. 어쩌면 금지된 상대와 교접해서 낳았는지도 모른다. 그리고 새끼를 낳을 때가 되자 어미는 숨을 수밖에 없었다. 그래서 어미는 무리와 함께 지내지 않고 이곳 오두막에서 숨어 지냈던 것이다.

어미는 땅이 언 다음에야 자신이 임신한 사실을 알았을 것이다. 그래서 어미는 나와 메리를 오두막에 같이 살게 해 주었던 것이다. 새끼를 낳은 다음에는 누군가의 도움이 절실하게 필요했기 때문에…….

이제 어미 늑대는 자기 새끼를 데리고 떠났다. 나와 메리처럼, 그 어미도 여기서 떨어져 살기엔 너무 외로웠기 때문이다. 친척들이 멀리 숲속에서 노래하는 소리를 듣고, 그들을 찾아간 것이다. 늑대에겐, 지금 메리와 나에게 절실하게 그런 것처럼 몸을 부대끼며 함께 지낼 가족이 필요했던 것이다.

영혼이 된 뒤에 그런 일들이 그다지 중요하지 않게 되었을 때, 나는 그 늑대에 대해 내가 했던 추측이 얼마나 진실에 가까웠는지를 알게 되었다. 가끔 오두막 지붕 위에 앉아 마못과 골든아이가 내가 모르는 사람들 이야기를 하는 것에 지루해지면 나는 그 늑대를 생각하곤 했다. 말도 알아듣지 못하는 새끼를 돌보며 지냈던 그 늑대는 혼자 감당하기엔 너무 살벌한 평원에서 얼마나 외로웠을까?

우리가 늑대의 모습을 하고 사냥을 나갈 때마다, 나는 늑대가 되어서도 살아생전의 그 늑대를 기억해 내곤 했다. 바람이 아무리 거세고 내가 아무리 지쳤더라도, 마못이나 골든아이의 하얀 엉덩이가 앞에서 움직이는 게 보이기만 하면, 우리의 배고픔과 피로가 그리 오래 지속되지 않으리라는 확신이 생겼다.

그렇다, 우리는 언젠가 먹게 될 것이고 언젠가 따뜻해질 것이었다. 찬바람에 구름이나 냄새가 묻어 올 때면, 연기처럼 똥이나 발자국의 냄새가 눈에서 풍겨날 때면, 나는 가장 나이 많은 우리의 대장 마못을 쳐다보며 어떻게 할지 물어보았다. 그러면 마못과 골든아이도 나를 바라보며 자신들과 생각이 같은지 확인했다.

하지만 늑대가 되어 다른 이들과 떨어지거나 혼자 멀리까지 가야 할 때면 나는 불안해지고, 절망스럽기까지 했다. 내 마음의 일부만이 샤먼이 시킨 일을 마지못해 하면서, 나머지는 다른 늑대들을 찾았다.

나는 다른 늑대들의 냄새를 찾느라 냄새가 나는 곳이면 모두 뒤졌고, 멀리 보이는 그들의 모습이나 메아리 소리에 눈을 크게 뜨고 귀를 쫑긋거렸다. 내 냄새가 바람에 날아간 다음, 그들이 내 뒤를 따라오는 경우에 대비해 달리다가도 멈추어 똥이나 오줌을 남겨 두곤 했다. 우리가 다른 곳에 가게 될지라도 냄새는 소식을 남기기 때문에 몸이 남을 수 없는 먼 곳에도 흔적을 남길 수 있었다.

저녁 때 해가 저무는 것을 보면, 나는 그들을 부르고 귀를 기울인 다음 다시 부르곤 했다. 별이 뜨는 것을 보고서 나는 별이 없는 북쪽 하늘 한가운데 까만 곳, 밤중 언제라도 움직이지 않는 곳, 굴의 입구처럼 생긴 곳을 향해 내가 부르는 소리를 보내곤 했다.

"어디 있나요? 다들 어디에 있나요?"

나는 그들에게 이렇게 외치곤 했다. 하지만 그 오두막에서 메리가 자는 동안 내가 혼자 지키고 있던 그날 밤은 이 모든 것보다 훨씬 더 전의 일이었다. 그날 밤, 나도 어미 늑대가 무척 그리웠기 때문에 절대로 그럴 리 없다는 사실을 알면서도 어미가 돌아오거나 멀리서라도 우리를 불러 주기를 간절히 기다렸다.

이제 우리는 진짜 외톨이가 되었구나. 우리한테는 아무도 없어. 어미 늑대는 새끼를 데리고 자기 친척에게 가버렸어. 어미 늑대는 우리를 잊었고, 우리 친척들마저도 우리를 잊었어. 우리는 운이 좋으면 여기서 외롭게 자라고, 운이 나쁘면 죽게 될 거야. 학이 개구리를 모조리 먹어치웠고, 곰이 뿌리랑 열매를 모조리 먹어치웠고, 맛있는 애벌레는 이제 껍질 속에 들어갔고, 사자가 있어서 죽은 동물을 찾을 수 있던 평원에도 갈 수 없어. 월귤이랑 잣이 익기 전에 우리는 굶어 죽을 거야.

그날 밤 내내 나는 그렇게 생각하며 혼자 울었다. 아무리 울어도 소용이 없는 노릇이라는 사실을 알면서도 눈물이 나오는 걸 어쩔 수 없었다. 어머니는 왜 그렇게 일찍 죽었을까? 아버지는 왜 그렇게 서둘러 죽어버린 것일까? 요이 이모는 왜 우리를 구하러 사람들을 보내지 않는 것일까?

며칠 뒤, 먹을 것이 완전히 떨어지자 나는 평원을 찾아가 보기로 했다. 거기서 백합과 아스파라거스를 찾을 수 있고, 새들을 찾아보면 죽은 동물도 만날 수 있을 것이었다. 한낮에 가면 사자가 있어도 자고 있을 가능성이 컸다.

늑대가 지켜 주지 않으니 메리를 데려가야 했다. 메리랑 입씨름을 하기 싫어 그냥 곧장 떠나 버리자 따라오지 않으면 혼자가 된다는 것을 아는 메리가 뜀박질을 하듯이 나를 따라다녔다.

그날이 저물 무렵, 오후 내내 백합 뿌리를 파느라 온몸이 뜨겁고 풀씨 범벅이 되었을 때, 짜증을 내면서 따라오는 메리에게 인내심의 한계를 느낄 때쯤이었다. 멀리 평원 너머 숲속에서 늑대 한 마리가 우는 소리가 들렸다.

그러자 메리가 갑자기 고개를 젖히더니 그에 대한 답으로 짖기 시작했는데, 늑대 소리와 너무 똑같아서 내가 메리를 몰랐다면 내 귀를 믿지 못했을 것이다. 처음 울었던 늑대가 다시 울자 메리가 말했다.

"새끼 늑대가 왔어. 빨리 가야 해."

메리가 내 손을 잡아끌었고, 나는 조심해서 덤불을 살피면서 메리를 따라갔다. 메리와 나는 숲 가장자리 근처 풀이 많이 자라는 곳으로 갔다. 거기서 새끼 늑대가 바람처럼 뛰쳐나오더니 메리에게 뛰어올라 메리의 입가를 기쁘게 핥았다.

그런 다음 새끼 늑대는 아주 우아하게 다리를 구부리고 고개를 숙이고 귀를 접고서 꼬리를 흔들며 내게 달려들었다. 메리가 다시 한 번 늑대의 목을 껴안고 얼굴에 입을 맞추었다.

빈터 주위를 둘러보니 늑대가 눈 똥과 발자국, 씹다 만 뼈 몇 개가 보였다. 어미 늑대는 다른 늑대들이 여름이 끝날 무렵이면 항상 그렇게 하듯이 새끼와 함께 그 빈터를 잠자리로 삼았던 것이다. 처음에 그곳은 늑대를 오두막에서 떠나도록 불러댄 다른 늑대들의 잠자리였을 것이다.

이제 그들은 여기서 사는 것일까? 어미 늑대도 그들과 함께 살러 온 것일까? 나는 발자국을 세심히 살펴보았지만 어미 늑대와 새끼 늑대의 발자국밖에는 없었다. 어미 늑대는 다른 늑대들에게서 숨기 위해서인지 따로 떨어져서 그곳에 온 모양이었다.

그러다 나는 깨달았다. 어미는 자신의 새끼를 비밀로 하려고 한다. 왜 어미 늑대가 메리를 함께 데려가려고 했는지, 게다가 나까지 기다리다가 떠났는지 이해되기 시작했다. 메리가 새끼와 함께 있어 주는 한, 새끼는 어미를 따라다니려고 하지 않을 테니까.

우리가 그곳을 떠나자, 새끼도 우리를 따라왔다. 새끼 늑대는 며칠 사이에 많이 자란 것 같았는데, 메리를 보자 잔뜩 신이 나서 연방 장난을 쳤다. 돌아오는 길에 하얀 뿌리가 맛있는 갈퀴덩굴을 발견해 그것을 파기 시작하자, 새끼 늑대도 땅을 파다가 실수로 구멍에 빠졌다. 내가 뿌리 하나를 뽑아내자, 새끼 늑대가 그것을 물고 우리 주위를 뛰어다니며 흔들어대기에 나는 뿌리 뽑기를 포기하고 집으로 왔다.

어두워진 뒤, 우리가 새끼를 발견한 숲에서 늑대 한 마리가 울기 시작했다. 새끼 늑대는 그 소리를 귀 기울여 듣고 잠시 생각하는 것 같더니 그 울음소리에 답했다. 메리도 새끼 늑대와 함께 처음에는 높다가 낮아진 다음 서서히 줄어드는 울음소리를 냈다.

한참 뒤에 어미 늑대가 숲에서 걸어 나왔다. 어미 늑대는 새끼와 메리를 보고 반가워서 잠시 펄쩍펄쩍 뛰더니 둘에게 코를 갖다 대었다. 모든 것이 너무 간단했다. 만약 어미 늑대가 사람이었다면 누군가 따지며 어찌 된 영문이냐고 서로 물었을 테지만, 어미 늑대는 아무렇지도 않게 지붕 위 자기 자리로 올라가 엎드렸다.

밤중에 우리는 늑대 두 마리가 짖는 소리에 잠에서 깨어났고, 그들이 멀리 있는 여러 마리의 늑대들에게 응답하는 것을 알 수 있었다. 밖으로 나가 보니, 어미 늑대가 달빛에 새끼와 나란히 서서 숲속을 바라보고 있었다. 새끼는 낑낑거리며 꼬리를 흔들었고, 어미는 고개를 젖히고 울었다. 그러자 새끼도 어미와 함께 울기 시작했다. 어미가 소리를 높이면 새끼는 낮추고, 어미가 낮추면 새끼는 높여서 둘의 울음소리가 머리를 땋듯이 교차하게 울었다.

그들의 소리는 기묘하고 아름다웠지만, 다른 한편으로는 무시무시하기도 했다. 샤먼이 기러기처럼, 혹은 독수리처럼 노래하는 목소리도 그보다 더 심란하지는 않을 것이다. 나는 팔에 소름이 돋았다.

그러다 갑자기 숲이 늑대로 가득 차는 것 같았다. 늑대들의 회색 몸뚱이가 달빛에 하얗게 비치다가, 그늘에 들어가면 검게 변하면서 나무 사이로 움직이는 것이 분명한 형상으로 보였다. 지붕 위에서 뛰어내린 어미 늑대는 한 차례 날카롭게 짖었고, 새끼는 오두막 안으로 뛰어 들어왔다.

어미 늑대가 긴장한 얼굴로 문가에 서 있었다. 나는 싸움이 일어날까 걱정되었다. 메리는 안에 있었고, 나는 밖에 있었다. 밖에서 보니 덩치가 큰 늑대 네 마리가 우리 쪽으로 다가오고 있었다. 만약 어미 늑대가 예상하는 것처럼 그들이 오두막 안으로 들어오려 한다면 나는 어미 늑대를 도와서 그들을 쫓아내야 할 텐데, 그렇지만 어떻게 해야 할지 알 수 없었다.

하지만 늑대 네 마리는 싸우려는 자세를 취하지는 않았다. 오히려 늑대들은 한데 어울려 춤을 추었다. 꼬리를 들었다 내렸다 하는 그들에게, 어미 늑대는 잠시 뻣뻣이 서서 입술과 갈기의 냄새를 맡도록 해주었다. 그들 무리가 어미 늑대를 향해 몰려들자, 어미는 귀를 접은 채로 눈을 거의 감고서 그들의 입술에 코를 갖다 대었다.

그때 새끼 늑대가 밖으로 기어 나왔다. 그러자 새로 온 늑대들이 새끼에게 모여들었다. 새끼가 꼬리 끝을 세차게 흔들면서 옆으로 구르자, 달빛이 새끼의 배를 하얗게 비추었다. 새끼 늑대는 오줌을 누고, 조그만 소리로 여러 번 낑낑거렸다.

큰 늑대들은 그것이 마음에 드는 눈치였다. 늑대들은 꼬리를 곧추세워 흔들며 새끼를 열심히 바라보았는데, 그러다가 그들 가운데 두 마리가 오두막에 들어가더니 놀란 표정으로 다시 나왔다.

그때까지 늑대들은 내게 별 관심이 없었는데, 갑자기 내 주위를 에워싸더니 나의 발과 손, 그리고 옷 냄새를 맡았다. 나는 늑대들이 순식간에 나를 갈가리 찢어 놓을 거라고 생각하면서, 그리고 메리는 어떻게 될지 걱정하면서 잠자코 서 있을 수밖에 없었다.

하지만 내게서 나는 냄새를 실컷 맡은 늑대들은 재채기를 하면서 킁킁거리기만 하더니 갑자기 숲속으로 달려갔다. 어미 늑대도 그들을 따라갔고, 새끼 늑대도 일어나더니 곧장 따라갔다.

"메리! 아무 일도 없니?"

메리가 문 밖으로 기어 나오며 대답했다.

"늑대 두 마리가 안에 들어와 나를 쳐다보기만 했어. 누구야?"

"늑대의 친척들인가 봐. 어미 늑대도 같이 갔어. 새끼도."

"저기 봐."

메리가 어딘가를 가리켜서 고개를 돌렸더니, 나무 사이에 달빛이 비치는 하늘을 배경으로 늑대들이 한 줄로 서서 동쪽을 향하고 있는 게 보였다. 우리 눈에 익은, 꼬리가 긴 어미 늑대는 행렬에서 셋째 번이고 두 마리는 앞에, 두 마리는 뒤에 서 있었다.

낮게 나는 새처럼 달리는 그들은 순식간에 계곡 끝까지 나아갔고, 우리가 그 뒤에 있는 새끼를 제대로 보기도 전에 시야에서 사라져버렸다. 새끼의 반쯤 자란 모습은 달빛에 아주 작게 보였다. 새끼는 힘겹게 비틀거리며 달리고 있었다.

8

오두막이 그렇게 어둡고 조용하게 느껴진 적은 한 번도 없었다. 아침이 되면 기분이 좀 더 밝아지고 희망이 생길 거라 생각하며 잠을 청해 보았지만, 도무지 잠이 오지 않았다.

겨우내 이 오두막에서 메리와 단둘이 지낼 생각을 하니 굶어 죽거나 얼어 죽지 않을지 걱정이 되었다. 차르 강을 찾아가 볼 생각을 하니 사자가 떠오르고, 우리가 물에 빠져 죽거나 길을 잃고 헤매는 광경이 떠올랐다.

길을 잃고 동물에게 잡아먹히는 것이 굶어 죽거나 얼어 죽는 것보다 더 무서웠지만, 그래도 떠나야 한다고 생각했다. 이곳에서 살 수는 없었다. 아무것도 걸치지 않고도 따뜻하게 겨울을 지낼 수 있는 동물과 인간의 차이는 옷가지가 필요하다는 것이다. 어머니가 죽은 뒤로 우리 둘 다 옷이 터무니없이 작아졌다. 소매와 바지자락 모두 너무 짧고 옷은 심하게 헤졌으며 신발은 거의 쓸모없이 되어버렸다.

더구나 메리에게는 파카도 없었다. 겨울까지 옷을 구하지 않으면 우리는 추위에 얼어 죽게 될 터인데, 내게는 옷을 구할 방법이 없었다. 큰 조각의 가죽이 없었기 때문이다.

옷이 필요하다는 사실을 빼고는, 우리는 이동하는 동안 작은 동물과 같은 처지일 거라는 생각이 들었다. 여우쯤 될까. 큰 무리의 사람들은 사자나 늑대처럼 큰 것을 잡아 그것을 먹으면서 오래 지낼 수 있지만, 나와 메리처럼 아주 작은 무리는 여우처럼 학이 못 보고 지나간 개구리나 쥐 따위 하찮은 것들을 잡아먹으며 살아야 한다.

창과 몽둥이를 가진 큰 무리의 남자들은 낯선 땅에서도 원하는 곳을 돌아다니며 어둠을 두려워할 필요가 없었지만, 우리는 낮조차 조심해서 돌아다니고 밤이면 은신처에 숨어야 한다.

어머니가 들려주던 이야기가 생각났다. 어머니는 아주 먼 옛날에 사람이 토끼에게서 불을 훔쳤는데, 토끼가 불을 돌려받으려고 보낸 표범이 늘 모닥불에 찾아왔다고 했다. 모닥불을 보면 근처에 사람이 있다는 것과 자고 있다는 것을 알 수 있으므로, 함부로 모닥불을 피우는 것은 표범 같은 위험한 동물을 부르는 짓이라는 이야기였다. 나는 불을 피우지 않을 생각이었다.

길을 어떻게 하면 찾을 수 있을지 알 수 없었다. 영혼이 된 다음에 동물의 모습으로 돌아다닐 때는 내가 가고 싶은 곳을 찾지 못하더라도 늘 집으로 돌아갈 수 있었다. 때로는 해를 이용하고, 때로는 별자리를 이용하고, 때로는 털에 닿는 바람의 방향을 이용하고, 때로는 나보다 앞서 간 이들이 남긴 냄새를 이용할 수 있었다.

다른 동물들이 똥이나 오줌을 누어 영역을 표시해 둔 것이나 솔잎을 깔고 누워 잔 자리, 개울이 흘러가다가 만드는 특이한 소리를 내는 거품, 어떤 식물이 만들어 내는 강한 냄새, 이 모든 것이 어둠 속에서도 유용했다. 하지만 제비 강가의 어린 소녀였던 시절에는 무엇이 도움이 되는지를 알지 못했다. 대신 나는 앉아서 궁리해 보았다. 물은 북쪽으로 흐른다고 아버지가 했던 말이 기억났다. 하지만 아버지가 하려던 말은 조만간 강이 북쪽으로 흐르거나 북쪽으로 흐르는 다른 강들과 합쳐진다는 뜻이었을 뿐이라는 사실을 알게 되었다.

따라서 불의 강의 경우에는 그 말이 걸맞지 않았다. 나뭇가지를 하나 들고 땅에 금을 그은 다음, 나는 거기를 제비 강이라고 칭했다. 메리가 다가와 무엇을 하는지 물어서 방해하지 말라고 했다. 나는 남쪽 강둑에 서 있는 나를 표시하고 메리도 표시했다.

주의해서 들어 보면 물이 바위를 돌아가는 소리가 들렸으므로 그림에 조그만 바위도 그려 넣었다. 제비 강은 우리의 남서쪽에 솟아 있는 곳에서부터 아래로 흘러야 했다. 나는 땅이 솟아 있는 곳에 돌을 놓았다. 해를 바라보았을 때, 제비 강은 필경 동쪽으로 흐른다는 사실을 알 수 있었다.

나는 기억을 더듬어 차르 강의 모습도 떠올려보았다. 차르 강은 분명히 서쪽으로 흘렀지만 확실히 해두기 위해서 어머니가 아기를 가진 걸 알게 된 날 남쪽 강둑에 서 있던 내 모습을 떠올렸다. 어머니가 나를 쳐다보며 강 아래쪽에서 목욕을 하던 것이 기억났다. 그때 어머니의 얼굴에는 자신의 그림자가 드리워져 있었다. 아침 해가 어머니 뒤에 있었다면, 어머니가 서쪽을 향하고 있었음을 알 수 있었다. 물이 어머니 다리 뒤에 와서 부딪쳤다면 서쪽으로 흘러가는 것이다. 이로써 차르 강은 서쪽으로 흐르는 것이 분명했다.

땅이 솟은 곳을 표시하기 위해 놓아 둔 돌 가운데, 나는 어머니가 죽었을 때 우리가 있었던 산을 표시하기 위해 더 큰 돌을 두었다. 멀리, 동쪽에서 서쪽으로 흐르는 차르 강을 그렸다.

그림을 들여다볼수록 그것이 옳다는 확신이 강하게 들었고, 조그만 솔송나무에 올라가 나무들의 꼭대기를 지나 산을 바라보자 내 그림이 아주 잘 그려졌다는 생각이 들었다. 나는 나무에서 내려와 메리에게 말했다.

"갈 수 있겠다."

"지금?"

"그래, 지금."

우리는 당장 짐이랄 것도 없는 짐을 싸고, 해가 있는 동안 제비 강의 남쪽 강둑을 따라 갔다.

살아 있는 동안 분명히 일어나리라고 예상했던 일은 일어나지 않고, 꿈도 꾸지 않은 일이 예고도 없이 일어나는 것을 나는 여러 차례 경험했다. 내 기억에 차르 강으로 가는 길은 목걸이의 구슬처럼 놀라운 좋은 일과 나쁜 일이 번갈아가며 일어났던 곳으로 남아 있다.

첫날 밤 나는 미처 준비도 하기 전에 너무도 빨리 어두워지는 것에 놀랐다. 어스름 속에서 나는 용기를 전부 잃고 돌아가고 싶었지만, 이미 오두막에서 너무 멀리 떠난 뒤였다.

개구리를 잡으려고 물가의 수풀을 온통 뒤졌지만 한 마리도 잡지 못했다. 이미 학이 전부 잡아갔거나 해가 다 넘어간 것을 알고 개구리들이 진흙 속의 작은 집에 숨은 모양이었다. 대신 나는 강둑에서 뒤집혀 떠다니는 죽은 물고기를 발견했다. 저녁 해에 물고기 배가 하얗게 빛났다.

나는 그것을 쥐고 메리를 쳐다보았다. 불을 피울 용기가 없어서 내가 먼저 물고기 생살을 뜯어 물고 어렵게 넘긴 다음 머리와 내장은 강물에 던지자 메리도 그렇게 했다. 그 뒤에 덤불 사이 빈 곳에서 자라는 사초를 찾아냈다. 우리는 해가 지기 직전에 걸음을 멈추고 그 뿌리를 파냈다.

"내일은 가는 길에 먹을 것을 찾아서 해가 있을 때 먹자. 어둡기 전에 잠자리도 찾을 거야."

"오늘 밤에는 어디로 갈 건데?"

나는 대답하지 못했다. 나도 알 수 없었으므로……. 오후 내내 숨을 곳을 하나도 찾지 못했다. 덤불은 너무 트여 있었고 숨을 만한 돌무더기나 쓰러진 나무들도 없었으며, 기어 올라갈 만큼 높은 나무도 없었다.

거의 어두워졌을 무렵에 나는 사방이 굉장히 조용해졌다는 것을, 풀을 뜯는 동물들은 전부 강을 떠났고 움직이는 것이 아무것도 없다는 것을 알아차렸다. 그것은 우리가 위험에 노출되어 있다는 것을 의미했다. 순록을 잡아먹는 동물들이 저녁 사냥을 시작했다.

그제야 나는 사냥하는 동물들이 물을 마시러 오는 동물들을 기다리기 위해 강가로 오는 습성이 있다는 사실을 기억하고, 내가 얼마나 조심성이 없는지 깨달았다.

첫 별이 뜨기 시작할 때 나는 걸음을 멈추고 두려움을 가라앉히기 위해 곰곰이 생각하며 주위를 살폈다. 앞쪽으로 멀지 않은 강둑에 물이 난 뒤에 자라는 풀이 보이는, 전에는 빈터였음을 말해 주는 곳이 있었다. 그곳으로 가보니 구멍이 하나 있었다. 그 주위 땅에 어미 늑대가 오두막 주위에 만든 것과 똑같은 잠자리가 보였다. 분명히 그것은 늑대 굴이었다.

그것이 어쩌면 오두막에서 함께 지냈던 어미 늑대의 친척들의 굴이었는지도 모른다는 생각이 들었다. 여기저기 오래된 똥이 있고, 하얀 털과 하얀 순록 뿔, 하얀 뼈도 좀 섞여 있었다. 쥐가 남긴 발자국 외에 다른 발자국은 없었다.

늑대는 봄과 초여름에 새끼를 기르는 동안 그 굴을 썼을 테고, 새끼가 굴에서 지내기에 너무 커지자 떠난 것이 분명했다. 굴 입구에 발자국이나 무엇을 끌고 간 흔적이 없는 것으로 보아 지금은 안에 아무것도 없는 것 같았다.

메리를 뒤에 따라오게 하고, 나는 창을 앞세우고 안에 다른 것이 있는지 냄새를 맡고 소리를 들어 보며 조심스럽게 기어 들어갔다. 퀴퀴한 흙냄새만 나고 아무 소리도 들리지 않기에 나는 계속 들어갔다.

손으로 굴의 단단한 바닥을 더듬으며 긴 통로를 천천히 기어 들어갔다. 땅속은 아늑하고 따뜻했는데, 통로가 너무 좁은 탓에 아주 조심하면서 지나가야 했다. 메리에게 말을 건네고 싶었지만 돌아볼 수 없었다. 어깨, 등뼈, 정수리가 통로의 천장에 부딪쳤다.

그러다가 갑자기 넓어지는 것을 느꼈다. 그 공간에 내 숨소리가 울렸다. 나는 한 팔을 뻗어 오른쪽에는 벽이 없는 것을 확인하고 조심스럽게 최대한 움직여보았다. 반대편 벽이 손에 닿자 우리가 들어온 곳이 늑대들이 파놓은 작은 동굴임을 더 확실하게 알게 되었다.

그곳은 늑대가 서거나 엎드릴 수 있는 곳으로, 우리가 함께 앉을 수 있을 만한 공간이었다. 그곳에서 우리는 굴 위의 희미한 회색빛을 볼 수 있었는데, 오두막의 지붕처럼 반구형으로 아주 튼튼하게 만든 것임을 알 수 있었다.

더구나 반가운 것은, 통로가 너무 좁아서 우리를 잡아먹을 수 있을 만큼 큰 동물은 들어올 수 없다는 점이었다. 따라서 하이에나나 곰만 걱정하면 되었다. 사냥감을 땅에서 파내는 것은 하이에나나 곰뿐이기 때문이다.

우리가 자는 동안 뭔가 우리를 파내려고 하면 파헤치는 소리와 굴러 내리는 흙 때문에 잠에서 깰 것이고, 그러면 못된 짐승의 발을 창으로 찌를 수 있을 것이다. 우리는 안전하다는 것을, 우리를 물기 시작한 벼룩 외에는 어떤 것도 우리를 해치지 못할 것을 알기에 마음을 놓았다.

짐을 가지러 밖으로 나갔을 때, 순록 한 마리가 발을 구르며 큰 소리로 쿵쿵거려 동료들에게 위험 신호를 보내는 것을 들었다. 그러자 여러 마리의 순록이 우리를 지나쳐 서둘러 강에서 멀어져 갔다. 뭔가 크고 조심스러운 동물이 근처에서 사냥을 하고 있다는 것을 알 수 있었다.

나는 다시 통로로 기어 들어가 순록 가죽을 덮고 벼룩만 빼면 따뜻하고, 안전하고, 편안한 그곳에서 잠에 들었다. 만약 누군가 우리를 공격해 온다면 그 동물이 무엇인지 알아볼 생각조차 들지 않을 만큼 말이다.

푹 잔 것이 틀림없었다. 너무 곤히 잠들어 있었기 때문에 밤중에 그 새끼 늑대가 우리를 발견했다는 사실조차 모르고 있었다. 아침이 되어 일어나 보니 그 녀석이 메리 옆에 웅크리고 누워 있었던 것이다.

메리는 무척 기뻐하며 새끼 늑대를 껴안고 입을 맞추었다. 밖에 나가 햇빛에 살펴보니 늑대의 귀가 심하게 물려 찢겨 있었다. 다른 늑대들, 아니면 그 가운데 몇 마리가 결국 새끼 늑대를 쫓아낸 모양이었다. 새끼 늑대는 그렇게 무리에서 탈락한 뒤, 우리가 길 위에 남긴 냄새만으로 추적을 계속해서 지금 메리의 품에 안전하게 안긴 것이었다.

다음 날부터 늑대는 우리를 바짝 쫓아오면서 우리가 개구리를 잡으면 따라서 개구리를 잡고, 때로는 우리 앞에서 날아오르는 메뚜기를 잡기도 했다. 메리는 사초 뿌리를 파내어 자신과 나, 새끼 늑대 몫으로 셋으로 나누었다. 먹을 것을 가지고 낭비하거나 노는 것은 옳지 않지만, 그것은 메리가 찾은 것이므로 나는 막지 않았다. 그 뒤로도 여러 날 동안 우리는 강을 따라갔는데, 어느 순간 강이 높고 편평한 땅의 목초지를 가로지르며 흐르는 시내가 되었다.

어느 날 저녁 때, 우리는 이름 모를 짐승이 만들어놓은 작은 보금자리에서 하룻밤을 보냈다. 늑대 굴처럼 그 보금자리도 지붕이 반구형이고 튼튼했지만, 진흙과 똥 냄새가 났고 너무 작아서 메리와 나 둘 다 안으로 들어가면 나뭇가지로 만든 파카를 입은 것처럼 움직일 수가 없었다. 그래도 이렇게 작은 은신처만이라도 확보하는 날은 곤히 잠들 수 있었다.

하룻밤은 개미와 애벌레가 가득 사는, 속이 빈 좁다란 통나무 속에서 보냈는데 우리가 들어가자 개미와 벌레들이 조그맣고 부드러운 발로 천천히 우리 살갗 위를 기어 다녔다. 또 하룻밤은 입구가 매우 작은 아주 좋은 동굴을 발견했다. 토끼가 살던 곳이라 토끼 냄새가 나고, 풀이 많고 달착지근한 향기가 났다. 또 어느 날 밤에는 바위 사이의 틈밖에 마땅한 곳이 없어서 그곳에 몸을 숨기고 동물들이 우리를 찾지 못하기를 바라며 지냈다.

날마다 우리는 걸음을 멈추고 뿌리를 파냈고, 높은 지역에 가면 열매를 땄다. 제비 강이 시작되는 곳에서는 동물의 시체를 발견했다. 무슨 이유에서인지 표범이 버린 사향 순록의 시체 조각이었다. 우리는 표범이 돌아올까 봐 냄새나는 고기 조각을 멀리 끌고 가서 냄새가 좀 가시도록 구우려고 불을 피웠다.

뒤에, 사람들은 우리가 거의 들짐승처럼 살았다고 했고 나도 그렇게 생각했지만 따지고 보면 그때 나와 메리가 선택할 수 있는 방법이라곤 달리 그것밖에 없었다.

어느 날, 배가 빵빵해지면서 아팠다. 똥을 누려고 바지를 내리자 사타구니에서 피가 보였다. 무슨 일인지 알 수 없고, 너무 무서워서 메리를 불렀다. 생각나는 것이라고는 어머니가 돌아가시던 날 피를 많이 흘렸지만, 나로선 도통 영문을 몰랐던 일뿐이었다. 메리도 겁에 질려 소리쳤다.

"피가 나잖아? 베었어? 아기를 가진 거야?"

나는 이유를 알 수 없었고, 심장이 너무 세게 뛰어서 제대로 생각할 수조차 없었다. 베거나 다치진 않았다. 여자가 아기를 가지려면 남자가 있어야 한다는 것쯤은 나도 알고 있었다. 하지만 모두 다 그럴까? 지평선 너머까지 날아가는 기러기와 아무리 먼 산에서 살고 있는 순록일지라도 생명이 있는 것은 모두 남자가 있어야 한다는 게 변하지 않는 진리일까?

가령 영혼이 남자 노릇을 대신해서 여자에게 아기를 갖게 할 수는 없는 걸까? 그럴 리가 없다. 영혼이 내게 아기를 갖게 했을 리가 없다. 한 가지 확실한 것은 내 배가 너무 납작하고 말라서 갈비뼈와 골반 뼈가 훤히 드러난다는 것이었다. 아기가 들어 있다면 튀어나온 게 보일 것이다. 나는 메리에게 말해 주었다.

"아기는 아니야."

"그래도 아기 냄새가 나."

메리 말이 옳았다. 사타구니에서는 아기를 낳을 때와 비슷한 냄새가 났다. 나는 아기가 태어날 때와 똑같은 냄새가 난다는 사실을 깨닫고 공포에 질렸다. 그 냄새에 곰이나 호랑이가 찾아오면 어떻게 하지? 그 냄새에 새끼 늑대가 찾아왔다. 늑대는 연신 킁킁거리더니 엉덩이를 앞뒤로 짧게 흔들었다.

잠시 후, 나는 무슨 일이 일어났는지를 깨달았다. 가을에 순록이 발정기를 맞아 수컷이 소리를 지르고, 겨울에 호랑이가 발정해서 우리가 그때의 달을 포효의 달이라고 부르듯이 나는 월경을 하는 것뿐이었다.

다른 여자들도 다들 그것을 하지만, 정해진 계절에 하는 것이 아니라는 것을 나는 알고 있었다. 그리고 남자들은 여자들이 월경을 하는 것을 두려워해서 이때가 되면 아무리 친한 부부라 해도 잠자리조차 같이 하지 않는다는 것도 알고 있었다.

"월경을 하는 건가 봐."

월경이 무엇인지 알 리 없는 메리는, 그래도 더 이상 묻지 않고 걱정스럽다는 듯이 미간을 찌푸렸다.

"아파?"

"응."

그러자 메리가 울기 시작했다. 메리는 그레이랙의 오두막에 가기 싫다고 했다.

"거기 가면 언니가 결혼을 할 테고, 결혼하면 나는 또 혼자가 될 거야."

결혼? 그 생각을 하자 오싹했다. 어머니가 말한 적이 있다. 내가 티무와 정혼한 사이라고. 그리고 메리는 화이트 폭스와……. 나는 울고 있는 메리를 달래기 위해 이렇게 말해주었다.

"나는 결혼을 해도 너를 두고 떠나지는 않을 거야. 그것 때문이든, 무슨 이유 때문이든, 절대로 너와 헤어지지 않을 거야."

메리가 겨우 안심한 표정을 지었다. 사타구니 일대를 어지럽히고 있는 핏자국이 문제로 남았고, 언제 또 나올지 모르는 피도 문제였다. 엄마가 아기를 낳던 날, 자작나무 속껍질을 사용했던 일이 생각났다. 나는 자작나무를 찾아 껍질을 벗기고 아버지의 창날로 속껍질을 벗겨내어 패드를 만들었다. 이튿날 피가 멎더니 다시 나오지 않았다.

월경을 시작한 것이 반갑지 않은 놀라운 일이었다면, 곧 반갑고 놀라운 일도 일어났다. 산꼭대기에 올라 아래를 내려다보자, 검은 강으로 물을 흘려보내는 초원이 끝없이 펼쳐져 있었다. 검은 강에서 차르 강과 사슴뿔의 강이 서쪽으로 뻗어나가고 있었던 것이다.

멀리서 물에 빛이 비쳐 반짝이는 것이 보였다. 사슴뿔의 강이 틀림없었다. 그리고 거기 다다르려면 어느 쪽으로 가야 할지도 알 수 있었다. 연기가 피어오르는 것도 본 것 같았다. 어두울 때까지 기다리면 멀리서 사람들이 모닥불을 피우는지 알 수 있을 거라는 생각이 들었지만, 바람 부는 산꼭대기는 너무 거칠 것 같았다. 대신 나는 최대한 움직이기로 했다.

사슴뿔의 강을 찾아 따라가지 않았더라도, 그렇게 하면 오두막을 찾는 데 시간이 조금 더 오래 걸렸을 수도 있었겠지만 나는 결국 찾아내고 말았을 것이다. 서쪽으로 계속 걸어가면 어쨌든 검은 강을 만났을 테니까.

메리와 나는 다른 사람들을 만나고 싶어서 마지막 며칠 동안은 거의 뛰다시피 했다. 그 여행이 끝날 무렵 어느 날 밤, 우리는 하이에나가 파놓은 게 분명한 모래 강둑 아래 구덩이 속에 숨어 있었다. 하이에나 냄새가 났고, 늑대 굴과 마찬가지로 벼룩이 득실거렸다.

"걱정 마. 곧 오두막에 도착할 거니까."

"알아."

메리가 그리 말하고는, 갑자기 이런 말도 했다.

"어머니랑 아버지가 우리를 기다리고 있을 거야."

"뭐? 그분들은 우리를 기다리지 않아. 돌아가셨어. 생각 안 나니?"

메리가 잘 모르겠다는 표정을 지으며 말했다.

"하지만 우릴 기다리는 꿈을 꾸었는데……."

그 말에 나는 그만 왈칵 울음을 터뜨렸고, 내가 흐느끼는 소리에 메리와 새끼 늑대가 겁을 먹었다. 그렇다. 메리는 모든 것을 이해하기에는 너무 어렸던 것이다. 그럼에도 나는 왜 그렇게 속상해 했을까? 정말로 어머니와 아버지가 살아서 우리를 기다리고 있다면 얼마나 좋을까 하는 생각에 나는 또 울었다. 아버지와 살던 오두막을 떠나 여기까지 오는 동안 겪었던 고생스런 기억 때문에 눈물이 나는 게 아니라 어디에도 없는 어머니와 아버지가 너무 그리워서 울었다.

그 여행에서 가장 놀라운 일, 그리고 내가 그 여행을 놀라운 일들로 기억하는 까닭은 맨 마지막에 일어났다. 우리는 사슴뿔의 강을 따라 차르 강으로 갔고, 남쪽 강둑을 따라 줄곧 걸어갔다. 거기서부터 지붕 위에 거대한 순록 뿔이 서 있는 그레이랙의 오두막이 보였고, 연기 구멍 한 곳에서 연기가 피어오르는 것도 보였다.

여울을 건널 때 돌 사이가 너무 멀어서 메리가 밟을 수는 없었지만, 물살이 느렸기 때문에 어렵지 않게 건널 수 있을 것 같았다. 우리는 신발과 바지를 벗고, 윗옷을 걷어 올린 채 얼음처럼 차가운 물속에 몸을 가슴까지 담갔다. 새끼 늑대는 한참 동안 울면서 강둑을 위아래로 뛰어다니다가 결국 우리를 따라 물에 뛰어들었다.

우리는 옷을 입고 오두막으로 달려갔다. 낯익은 문은 열려 있었고, 먹을 것들이 향기로운 냄새를 풍기며 우리를 기다리고 있었다. 우리는 안으로 뛰어들었다.

어스름한 빛에 눈이 적응하고 나자, 그레이랙의 모닥불에 함께 앉아 있는 것은 낯선 여자 둘뿐임을 알 수 있었다. 향기로운 냄새는 그들의 고기 조각에서 나오는 것이었다. 그들은 나보다는 나이가 많았지만 둘 다 젊었고, 날씬한 몸에 매끄럽고 예쁘장한 얼굴, 깨끗하게 땋은 머리에 새 옷을 입고 있었다. 우리를 보고 그들의 눈이 휘둥그레졌다. 그들이 거의 동시에 물었다.

"너희들은 누구지? 어디서 왔지? 너희 친척들은 어디 있지?"

제 3 부

오두막

9

동물의 뼈나, 똥, 그리고 나무는 모두 모양이 다르지만 속에 불을 품고 있으므로 전부 땔감이 된다. 마찬가지로 우리가 살아가면서 겪는 일들도 그 일이 일어나는 당시에는 달라 보이지만 결과는 같은 것들이 있다.

영혼이 되어 늑대의 모습을 한 뒤에도, 마침내 메리와 함께 차르 강을 찾았을 때처럼 불안한 느낌이 드는 때가 있곤 했다. 제비 강에서 메리와 늑대와 더불어 살 때는 외로움을 느끼는 일이 거의 없었는데, 놀랍게도 사람들을 다시 만난 다음에는 외로움에 사무칠 때가 있었다.

그 이유를 알게 된 무렵에는 까닭을 알아도 상관없게 되어버렸다. 나는 내가 알아야 하는 것들을 이미 전부 다 알고 있었고, 나보다 더 많은 것을 알고 있는 다른 영혼들 외에는 이야기할 상대도 없었기 때문이다. 살아서 알았어야 할 이유 따윈 소용이 없는 일이 되어버린 것이었다.

영혼이 된 다음날 밤, 사냥할 것이 아무것도 없었다. 불의 강 남쪽 여울에 헤엄을 치지 못하는 붉은 사슴이 모였지만 북쪽의 동물들 몇몇은, 이를 테면 들소, 순록, 말들은 초원에서 여름풀 뜯기를 시작한 지 이미 오래였다. 그 무렵, 얼음을 녹이는 달 아래서 틸이 영혼들을 만날 때의 모습으로 나타나 제발 먹을 것을 가져다 달라고 애원했다.

"순록을 데려와 주시오. 순록에게 강을 건너게 해주시오. 그러면 물에 빠뜨릴 수 있으니 우리가 쉽게 잡을 수 있답니다. 순록 말고도 우리가 먹을 수 있는 것이면 무엇이든지 다……"

그래서 나는 혼자서 암컷 순록의 모습으로, 불의 강 남쪽을 따라 흩어져 자라는 야트막한 가문비나무 숲 사이를 걷게 되었다. 나는 고개를 들고 가문비나무와 고사리, 그리고 다른 순록들의 냄새를 실은 차가운 봄바람이 내 머릿속으로 쏟아져 들어오게 했다. 또한 얼마 전 지나간 암호랑이의 씁쓰름하고 묵직한 냄새도 맡았다.

천천히 조심스레 움직이면서, 나는 그 길이 얼마나 잘 만들어졌는지 알았다. 나무 사이를 지나갈 때 그 길을 걷는 사람이 앞을 잘 볼 수 없으면 나무와 강물 소리를 듣게 되어 있어서 위험한 것을 보지는 못해도 들을 수는 있었다. 그러다가 강 가까이로 다가가면, 시끄러운 물소리에 다른 소리가 덮이기 때문에 길은 높은 곳으로 올라간다. 거기라면 위험한 것의 소리가 들리지 않더라도 살펴볼 수 있었다.

그 길이 아주 오래되었다는 것도 알 수 있었다. 강가의 씻겨나간 부분의 돌에 순록의 발굽이 홈을 파놓았다. 그 씻겨나간 부분을 지나면 가파른 강둑을 가로지르며 내려가는 길은 단단한 바위 위로 이어졌다. 아무도 그 숫자를 헤아릴 수 없을 만큼 많은 암컷 순록들이 봄이면 이 길을 지나갔다. 새끼와 그 새끼의 새끼들을 거느리는 순록들이 그 길로 강을 따라 올라가는 광경을 상상해 보라.

조그만 오솔길이 아래로 내려가 강물 가까이에서 만나고, 작은 오솔길 하나는 산으로 올라가 소나무와 만났다. 달콤한 냄새가 바람을 타고 내려오기에 나는 그쪽을 향해 서둘러 갔다. 소나무 껍질은 대부분 사라졌고 달콤한 냄새가 나는 나무속이 있던 곳은 완전히 닳아서 없었다.

당연한 일이었다. 나도 그곳에 코 한쪽을 열심히 문지르기 시작했다. 눈 주위의 살갗을 부드럽게 문질러 간질이자 소나무에 나처럼 하면서 문지르던 다른 순록들의 냄새가 내 머릿속에 가득 들어찼다.

다시 눈을 뜨기 전, 나는 이마를 위아래로 문질렀다. 그러자 기분이 매우 좋아져서 양쪽 귀 뒤를 신경 써서 문지르고, 귀가 접히는 부분을 나무에 대고 정확히 구부러진 부분도 마저 문질렀다. 머리 쪽에 상쾌함을 느끼면서, 나는 목을 강하게 문지를 수 있었다.

그 다음 몸도 문질렀다. 다리를 단단히 세우고, 양쪽 옆구리 전체를 문질러 살갗이 따끔거릴 때까지 멈추지 않았다. 목구멍에 기분 좋은 느낌이 몰려들었고 눈에 눈물이 글썽해졌다.

안전한 길을 만들어 나를 여기로 인도하고, 여러 해 동안 문질러서 나무를 딱 알맞도록 만들어놓은 순록에게 진심으로 감사했다. 나는 그 마음을 전하기 위해 온몸을 흔들어 겨울털이 발치에 우수수 떨어지게 했고, 소나무 향이 나는 공기로 폐를 가득 채운 뒤 거의 춤을 추듯 길을 따라갔다.

곧 여울에 도착했는데, 이번에는 물살이 너무 세서 위험했다. 물가 진흙 둑에는 순록 한 떼가 있었는데, 몇몇은 어리고 몇몇은 늙고 몇몇은 새끼를 갖고 있었다. 순록들은 강물이 얕아지기를 기다리고 있었다.

순록한테서 나는 풀 냄새 섞인 젖 냄새를 맡으니 내 마음이 한결 편안해졌다. 혼자 움직이는 동안에는 망을 봐줄 이도 없고, 위험하다고 짖어줄 이도 없으니 나는 신경을 곤두세우느라 피로했다. 동료가 있다는 것이 얼마나 좋은지 깨달았다. 나는 좀 다급하기도 하고, 좀 부끄럽기도 한 느낌으로 그들에게 다가갔다.

하지만 순록 서너 마리가 턱을 치켜들고 나를 슬그머니

쳐다보았다. 한 마리가 거세게 콧김을 불었고, 한 마리는 앞발을 들고 덤벼들었다. 실망한 나는 성큼 뒤로 물러나 근처에서 고개를 숙이고 조용히 기다렸다. 풀 냄새를 맡는 동안 순록들이 마음을 놓기를 바라며 몰래 지켜보려고 했지만, 그들은 그러지 않았다. 어미와 딸, 손녀들이 모두 딱 붙어서 턱을 치켜들고 킁킁거리며 나를 주시하는 바람에 다가갈 수 없었다.

밤이 되어 강물이 얕아질 때가 되었다. 나는 그들의 적개심이 너무 불편해서 여울은 안전하니 이제 그만 순록들에게서 떠나자고 중얼거리고는 물에 발을 담갔다. 그 다음 순간, 나는 거센 물살에 떠밀려 하류로 떠내려가면서 바위에 부딪쳤다. 발에 닿는 것이라곤 물밖에 없었지만 나는 힘껏 달려서 반대쪽 강둑에 닿을 수 있었다.

춥고 온몸에 멍이 든 채로, 나는 순록이 다니는 길을 따라 달빛 비치는 땅으로 올라갔다. 밤중에 돌아다니는 모든 동물의 눈이 나만을 바라보고 있다고 느껴졌다. 내가 어렸을 때 메리와 함께 차르 강에 있는 그레이랙의 오두막으로 돌아갔을 때도 이와 똑같았다.

예쁘장한 여자 둘이 일어나더니, 전혀 호의적인 기색도 없이 천천히 걸어 나와 메리와 나를 훑어보면서 우리가 말을 꺼내기를 기다렸다. 내가 말했다.

"나는 야난이고, 이 아이는 내 동생이에요."

그래서 어쩌란 말이냐는 듯 두 여자가 미간을 찌푸린 채 내 얼굴을 노려보았다. 나는 또 말해 주었다.

"우리는 여기 살았어요."

여자 둘은 어리둥절한 표정을 짓고 서로 쳐다보았다.

"여기 살았다고? 여기서 얼마나 먼 곳에?"

"우리 아버지 아히가 이 오두막에 살았어요."

"아히? 모르는 사람인데."

"우리 이모는 요이고, 사촌은 스틱과 프록이에요."

메리가 말했지만, 두 여인은 서로의 얼굴을 쳐다보며 머리를 흔들 뿐이었다.

"요이? 스틱? 프록? 우리는 그들도 몰라."

그때 나는 요이 이모와 사촌들이 여기로 오지 않았음을 알았다. 그렇다면 어디로 간 걸까? 새로 온 사람들이 오두막을 차지하고, 우리 친척들을 모조리 죽인 것일까? 나는 최대한 용감하게 다시 입을 열었다.

"나는 이 오두막의 주인들을 알아요. 그레이랙이 대장이고, 그의 아내 틸 샤먼이 우리 친척이에요. 그의 딸은 아울이고, 아들들은 티무와 엘로예요. 그레이랙의 첫째 아내는 아이너인데, 우리 아버지의 누이예요. 다른 사람들은 어디에 있는지 모르겠어요. 요이와 스틱, 프록을 당신들이 누군지 모른다면 말이에요. 하지만 우리 부모님은 죽었고, 그래서 우리가 여기로 온 거예요. 내 남편 티무를 만나러 왔어요."

내 말을 듣는 사이 눈을 점점 크게 뜨던 첫째 여자가 물었다.

"남편?"

"그래요, 내 남편 티무를 만나러 왔어요."

"뭐라고? 그 사람은 내 남편이야! 나는 에티스이고, 티무의 아내란 말이야."

"그리고 나는 앙키, 우린 자매야. 나는 엘로의 아내야."

그녀가 부푼 배에 손을 얹으며 말했다.

"그리고 이 안에 든 건 엘로의 아기야."

그 여자들의 눈이 우리를 훑어보는 동안 메리는 내게 딱 들러붙어 있었다. 더럽고 깡마른 우리 모습과 이제 너무 작아진 헤진 옷을 보면 우리한테 가족도 친척도 아무도 없다는 사실을 알 수 있을 것이었다.

지금 메리의 머리카락에는 풀씨가 들러붙어 엉켜 있고, 내 머리는 또 얼마나 엉망으로 흐트러져 있을지 생각하니 정수리가 뜨끔거렸다. 그 여자들의 땋은 머리는 깔끔했고, 기름을 살짝 문지른 피부는 깨끗하고 부드러웠다. 팔과 다리는 둥글었고, 상아 구슬과 우리보다 헐렁하게, 특히 엉덩이 부분을 헐렁하게 만든 옷을 입고 있었다. 그리고 앙키의 둥근 배에는 엘로의 아기가 들어 있었다. 메리가 그 모든 걸 입을 벌리고 바라보는 모습에 마음이 아팠다. 그 여자들이 메리의 부러운 눈초리를 경멸의 눈빛으로 마주보는 것을 보고, 그들에게 메리 이름을 말해 주지 않은 것이 떠올랐다.

"내 동생 이름은 메리예요."

그들이 그 사실에 얼마나 관심이 없을까 생각하면서 말했는데, 돌연 에티스가 이렇게 대답했다.

"알고 있어. 네 이름을 들었을 때 이 아이가 네 동생 바로 메리란 걸 알았어."

너무 많은 일들이 한꺼번에 벌어지고 있었다. 이 여자들은 뭔가 착각한 것이었다. 요이 이모 일행이 아니라면 누가 메리와 나에 대해 이 여자들에게 말해 줄 수 있단 말인가? 앙키가 말했다.

"우리 아저씨가 메리가 여기 없다는 걸 알고서 몹시 화를 냈어. 하지만 이제 여기 왔으니 모든 게 잘 될 거야."

"메리가 없어서 화를 냈다니, 대체 무슨 말이에요."

"그레이랙이 우리 아저씨한테 우리 일족이 여기로 오면 너희들이 기다리고 있을 거라고 했거든. 이제 너희 아버지가 죽은 것을 알고 나니, 왜 여기 오지 못했는지 알겠다."

"그레이랙이 여기 있어요? 그의 아내들은요? 티무는? 엘로는? 아울이랑 남편은요? 화이트 폭스와 그의 부모들은요?"

"모두 여기 있어. 초원에 남은 화이트 폭스의 부모만 빼고. 그리고 오는 길에 죽은 아울의 가엾은 아기도……."

"죽었어요? 어떻게?"

"여신 오헌이 죽였어. 지난 여름에 여신 오헌이 우리한테 설사병을 보냈거든."

"화이트 폭스의 부모는 왜 초원에 남았나요? 화이트 폭스도 함께 남았나요?"

"화이트 폭스는 여기 있어. 그의 부모는 결혼한 그의 누이랑 같이 남았지만. 그녀 남편의 겨울 사냥터가 초원에 있거든."

"그게 어디예요?"

에티스가 여전히 잘난 척을 하면서 말했다.

"털의 강 동굴 서쪽. 너희들만 아니었으면 우리도 지금 거기 있을 거야."

털의 강 동굴이라니, 그게 어디인지 알 수 없었고 우리만 아니었으면 지금 거기 있을 거라는 말은 더욱 종잡을 수 없었다.

"아무도 그곳에 대해 말해 주지 않아서 몰랐어요. 그런데 당신들이 거기 가지 않은 것이랑 우리가 무슨 상관인가요?"

"메리 때문에 아저씨가 가지 않으려고 했어."

"그게 메리랑 무슨 상관인가요?"

누군가 나 모르게 메리에 대해 어떤 결정을 내렸다면 아버지의 도끼와 창을 들고 싸울 태세였다. 에티스와 앙키는 나의 무례함에 부루퉁한 표정을 지었다.

"아저씨가 메리를 데리러 왔으니까, 그 애 없이는 돌아가지 않으려고 한 거지. 둘은 약혼한 사이거든."

"당신의 아저씨와 메리가 약혼했다고요?"

"그렇다니까!"

"하지만 메리는 벌써 약혼했어요. 어머니가 말해 주셨어요."

나는 지금도 똑똑히 기억하고 있었다. 그것은 어머니의 마지막 유언 가운데 하나였다. 내 말에 에티스가 코웃음을 치며 메리를, 그리고 나를 잠시 바라보다가 이렇게 말했다.

"누군가 바꾼 모양이네."

그때 갑자기 앙키가 비명을 질렀다. 그러더니 느닷없이 도끼를 집어 들었다. 놀란 내가 돌아보니, 새끼 늑대가 문에 말아놓은 가죽 조각을 물어뜯고 있었다.

두 여자는 도끼와 불붙이는 막대기를 들고 늑대에게 달려들었다. 그렇지만 그보다 빨리, 자신의 약혼에 대해서는 아무것도 모른 채 팔로 몸을 단단히 감싸 안고 쪼그리고 앉아 있던 메리가 갑자기 벌떡 튀어 오르더니 팔을 활짝 벌렸다.

"그 아이를 해치지 마!"

메리가 외치자, 새끼 늑대는 가죽 조각을 물고서 냉큼 달아났다. 에티스와 앙키가 눈을 휘둥그레 뜨고 우리를 쳐다보았다. 앙키가 자기 눈을 의심한다는 듯이 손으로 얼굴을 문지르곤 물었다.

"방금 그거, 영혼이었니?"

"아니, 영혼은 아니에요."

전혀 생각하지 못했던 문제가 있음을 떠올리며, 내가 대답했다. 제비 강가에서는 늑대가 우리한테서 훔쳐갈 만한 것은 전부 나무 위에 올려놓았었다. 여기에서는 사람들이 다 잃어버리기 전까지는 그럴 생각을 하지 않을지도 몰랐다. 더군다나 여기 사람들은 그렇게 주의하면서 살려고 하지도 않을 것이다.

"그럼 가죽을 가져간 것은 뭐야?"

내가 설명하려고 했지만, 메리가 나보다 더 빨랐다.

"새끼 늑대예요. 내 거예요."

두 여자는 깜짝 놀란 표정을 지었다.

"네 거라고? 그게 무슨 말이니?"

"그 도끼가 당신 것이듯이, 내 거라고요."

메리가 무례하게 말하자, 에티스와 앙키는 물론이고 나도 입을 딱 벌리고 메리를 바라보았다. 새끼 늑대에 관한 한 메리는 누구하고도 타협하지 않을 것이며, 그것이 어쩌면 커다란 문제를 일으킬지 모른다는 불안감이 머리를 짓눌렀다.

그들은 메리가 말도 안 되는 소리를 해서 놀라고 있었다. 동물을 가지려면, 그것은 반드시 죽은 것이어야 한다. 그런 데 메리는 뻔히 살아 있는 짐승을 자기 것이라고 말하고 있었다. 나는 메리가 그렇게 거침없이 말하는 것을 처음 보았기 때문에 놀랐다.

"말조심해."

메리가 분한 표정으로 나를 오랫동안 쳐다보더니, 문 밖으로 나갔다. 나도 급히 따라 나갔는데, 문 밖으로 나가기 전에 메리가 지르는 비명소리가 들렸다. 밖의 광경에 나는 얼어붙었다. 이따금 나는 잠들기 직전 꿈에서 그런 광경을 보고 심장이 덜컥 떨어지곤 했는데, 지금이 바로 그러했다. 티무가 메리에게 창을 겨누고 있었던 것이다.

어떻게 이런 일이 일어났을까? 엘로와 티무가 오두막에 돌아왔을 때, 마침 새끼 늑대가 달려 나갔다. 고기를 훔쳐가는 도둑을 잡았다고 생각한 그들은 늑대를 발로 차 쓰러뜨리고, 죽이려고 창을 집어 들었다. 그런데 티무가 창을 내리 꽂는 순간, 메리가 문에서 튀어나와 늑대 위에 몸을 던졌던 것이다.

나는 비명을 지르며 눈을 가렸다. 잠시 정적이 흐르고, 손을 치워보니 내리치던 창을 멈추지는 못한 티무가 창을 메리가 아니라 땅에 꽂았던 것이다. 잠시 아무도 움직이지 않았다. 엘로와 티무는 메리를 내려다보고 있었다. 티무가 떨기 시작했다. 눈을 휘둥그레 뜨고 입을 딱 벌린 엘로는 멍한 표정으로 주위를 둘러보았다.

그는 나를 보았지만, 알아보지 못하는 것 같았다. 살아 있다는 것이 놀라운 듯 메리는 천천히 티무를 올려다보더니, 다시 늑대를 쳐다보았다. 메리에게 눌려 꼼짝 못하게 된 늑대는 누군가를 기쁘게 해주려고 했다. 새끼 늑대는 메리의 얼굴을 향해 살그머니 혀를 내밀었고, 꼬리도 약간 움직였다. 하얗게 질린 티무가 말했다.

"세상에!"

메리가 몸을 일으키자, 새끼 늑대도 가만히 일어나더니 재빨리 달아났다. 티무가 놀란 표정으로 메리를 노려보다가 또 말했다.

"세상에! 너 메리잖아!"

메리가 고개를 끄덕이며 울기 시작했다. 울면서, 메리가 말했다.

"무서웠어."

"무서웠다고?"

티무가 화를 내기 시작했다. 그가 버럭 고함을 질렀다.

"내가 널 죽일 뻔했잖아!"

엘로가 먼저 정신을 차렸다. 그가 티무의 어깨를 잡고 침착하게 말했다.

"아무도 다치지 않았어. 진정하고 어떻게 된 건지 들어 보자."

그가 내 머리 뒤쪽을 쳐다보기에 나도 뒤를 돌아보았다. 에티스와 앙키가 문으로 기어 나와 놀란 표정으로 이 모든 광경을 보고 있었다. 엘로가 말했다.

"여보! 무슨 일인지 설명해 봐."

앙키가 눈만 깜빡이다가, 마침내 입을 열었다.

"설명을 하라니, 뭘 설명해?"

그 자리에서 일어난 일과, 우리가 모두 멍하니 서로 쳐다보고 있는 이유를 설명할 수 있는 사람은 나밖에 없었음에도 내게는 아무도 관심이 없는 것 같았다. 차츰 엘로와 티무의 낯익은 얼굴에 안도감이 번져왔고, 갑자기 그 광경이 아주 우스워졌다. 모두가 들소처럼 당황한 표정으로 서 있고, 남자 둘은 모든 문제가 아내 탓이라는 듯 아내를 다그치고 있다니 말이다. 나는 웃기 시작했다.

"지금 너희들 모습을 좀 봐야 해! 티무! 수염이 길었구나! 네 입은 강둑에 있는 곰의 굴 같아. 너 내가 누군지 모르지? 나도 내가 누군지 말해 주지 않을 거야."

티무가 멍하니 쳐다보다가 마침내 나를 알아보았다.

"야난, 너로구나."

"응, 나야. 메리와 함께 집에 돌아왔어."

티무가 몸을 곧게 펴더니 땅에서 창을 뽑으며 물었다.

"뭐 좀 먹었어?"

오랜만에 만난 인사치고는 싱거웠지만, 나는 그 말에 안도했다. 그런 말을 한다는 것은, 적어도 그의 가슴에 내가 늘 존재했다는 뜻일 테니까. 그가 창날을 살펴보았다. 돌이 많은 땅에 찌르기에는 너무 약한 창이라서 멀리서 보기에도 잔뜩 흠이 나 있었다.

"아니. 사실은 너무 배가 고파."

"그럼 먹을 것을 줄게. 창을 고쳐야 되겠는데, 다시 쓸 수 있을지 모르겠네. 자, 메리도 가자."

티무가 앞장서서 문으로 들어갔다. 오두막 안쪽으로 들어가자 에티스와 앙키가 그레이랙의 불을 피웠고, 우리는 그 옆에 앉았다. 티무와 엘로가 고기를 잘라 숯 위에 놓는 동안, 남편이 우리를 안다고 해서 안심이 된 여자 둘은 수다를 떨기 시작했다. 에티스가 말했다.

"우리는 털의 강의 동굴에서 살았어. 내가 언니야. 앙키는 동생이고. 티무와 나는 지난 여름에 그레이랙과 함께 우리 아저씨와 사냥하러 왔을 때 결혼했어."

"우린 그곳을 몰라요."

그렇게 말해 놓고는, 나는 그 말이 너무 쌀쌀맞게 들리지 않도록 이렇게 말해 주었다.

"멀리 다니지 않았거든요."

"털의 강은 초원에서 검은 강이랑 만나지."

티무가 그것이 매우 중요한 일인 것처럼 말하고는 조금은 부끄러운 듯이 희미한 미소를 지으며 이렇게 덧붙였다.

"우리는 거기서 매머드를 사냥하다가 아냇감을 찾았어. 너랑 같이 아내로 삼은 거지."

나는 그의 어조에 깜짝 놀랐다. 그가 내게 무엇을 부끄러워하는 것일까? 나와 정식으로 결혼하기 전에 에티스와 결혼한 것에 대해? 아니면 예전에 우리 아버지가 그렇게 했듯이 이제 내가 나타났으니 동시에 두 여자와 살게 된 것에 대해?

"네 부모님은 어디 계셔?"

수줍어하는 빛은 사라지고, 그가 진지한 표정으로 물었다.

"스틱이랑 프록은? 요이는? 그리고 그 늑대는 뭐야? 메리, 너는 그 늑대 때문에 죽을 뻔했어!"

"그 아이는 내 늑대야."

메리가 말했다. 메리는 그 새끼 늑대를 '그 아이'라고, 마치 사람을 부르듯이 호칭하고 있었다.

"네 거라고? 어떻게? 그 늑대는 살아 있잖아!"

"살아 있어. 하지만 분명히 내 거야."

"어떻게 그것을 네 거라고 부를 수 있지?"

"몰라. 하지만 내 거야."

"너 이거 보이니?"

티무가 메리에게 부서진 창날을 보여 주며 물었다.

"네가 한 짓이 보여? 왜 그런 거야?"

"나도 몰라."

메리가 부루퉁한 표정을 지으며 말하자, 티무가 나를 보았다. 이제 그에게 그동안의 사정을 말해 줄 차례였다. 나는 어머니가 죽은 것과 아버지가 다친 것, 스틱과 프록과 요이 이모가 소나무 강 오두막에 사는 영혼들이 반기지 않는 것 같다며 우리를 두고 떠난 일을 이야기해 주었다.

내가 이야기하는 동안 티무가 순록의 뿔로 창날을 가느라 틱, 틱, 틱 하는 소리를 냈지만, 그는 일하면서도 내 말을 세심하게 듣고 있었다. 아버지가 죽은 일을 이야기하자 그의 끌 소리가 멈췄다. 그가 물었다.

"그럼 너희들은 어떻게 되었어? 누가 너희들을 돌봐 줬어? 여기로 데려다 준 사람은 누구야?"

나는 뭐라고 대답해야 할지 알 수 없어서 잠시 아무 말도 하지 못했다. 제비 강의 오두막과 그곳에 살았던 어미 늑대를 떠올리자, 남들이 알아들을 수 있도록 설명할 방법을 찾을 수 없었다. 한참 뒤에 내가 말했다.

"아무도 없었어. 단지 우리뿐이었어. 처음에는 제비 강에 아버지의 친척들이 살던 오래된 오두막에 갔다가 여름이 끝나서 이곳으로 왔어."

내 말에 티무와 엘로와 그들의 아내들이 놀라워하며 구운 고기 조각을 건네주었다. 메리가 자기 몫을 받아들고 바깥으로 나가자, 내가 물었다.

"메리는 어떻게 된 거야? 메리가 털의 강에서 온 남자랑 약혼했다는데. 하지만 그럴 수는 없어. 오래전에 화이트 폭스랑 약혼했단 말이야. 어머니가 말해 주셨어."

내 말에 티무는 고개를 흔들었다.

"그랬을지도 모르지만, 이제 그건 바뀌었어. 메리는 이제 스위프트와 약혼했어."

티무가 말하기를, 그날 그레이랙과 사냥을 하러 나간 스위프트는 매머드 사냥꾼들에게서 온 샤먼이라고 했다. 그레이랙이 아버지와 헤어질 때 말했던 대로, 스위프트의 친척 가운데 몇 명은 그레이랙의 친척이기도 했다. 스위프트는 그레이랙이 불의 강에서 우리와 헤어진 뒤 처음 만난 사람들 가운데 한 사람인데, 만나자마자 둘은 친구가 되었다.

하지만 스위프트는 그레이랙과 더욱 가까운 사이가 되기를 원했다. 티무는 그 이유를 알고 있었다. 털의 강에서는 겨울 사냥이 잘 되는 적이 없는데, 그 까닭은 동물들이 여름에만 그곳 평원에 살기 때문이었다. 스위프트의 겨울 사냥터에서도 사냥이 잘 되는 해가 있었지만, 잘 안 되는 해도 많았다. 그런 이유로, 스위프트는 자기 친족들을 몇 명 데리고 차르 강으로 오고 싶어했던 것이다. 차르 강에서는 겨울 사냥이 더 안정적이라는 그레이랙의 말이 그를 움직였던 것이다. 게다가 그레이랙은 털의 강에서의 여름 사냥이 마음에 들었다. 티무가 말했다.

"그렇게 고기가 많은 곳은 못 봤을 거다!"

그래서 스위프트와 그레이랙은 여자를 교환해서 오두막을 함께 쓰기로 했다. 티무는 스위프트가 중요한 사냥꾼이며 고기를 가져오는 남자라고 말했다. 그는 두 명의 아내를 두어야 했지만, 실은 이혼을 하고 아이들 몇몇이 죽은 뒤로는 아내를 한 명도 얻지 않았다고 한다. 스위프트는 에티스와 앙키를 티무와 엘로에게 주면서 그 보답으로 샐리 샤먼의 혈족 중에서 아내를 달라고 청했고, 아직 어린 메리가 선택되었다.

나는 티무에게 묻지 않을 수 없었다. 그레이랙은 아직 우리 아버지와 어머니가 죽은 줄을 모르고 있다. 그런데도 어떻게 메리를 주기로 약속할 수 있는가. 물론 그럴 수는 없다고, 티무가 대답했다. 그레이랙이 할 수 있었던 것은 화이트 폭스의 부모에게 화이트 폭스와 메리의 약혼을 취소하도록 설득하는 일이었다.

스위프트가 화이트 폭스에게 아내를 구해 주기로 약속하고 정코가 털의 강에서 스위프트의 친척 한 명과 결혼하자, 화이트 폭스의 부모는 기꺼이 아들을 파혼시키고 우리 어머니에게 결혼 선물로 준 돌칼과 목걸이를 돌려받을 작정을 했다. 당연한 일이지만, 스위프트는 그 칼과 목걸이 대신 더 좋은 선물을 많이 주었을 것이다. 티무가 또 말했다.

"네 어머니는 스위프트를 알지 못했어. 스위프트라면 네 어머니에게 좋은 선물을 많이 주고, 그렇게 되면 어머니도 그를 좋아하게 되었을 거야. 하지만 네 부모님이 죽었으니, 스위프트는 결혼 선물을 틸과 너한테 줄 거야. 그러면 너는 그 선물을 나랑 나눌 수 있어."

나는 그 이야기를 몹시 슬픈 마음으로 들었다. 이것은 아버지와 어머니가 결정할 일이지 내가 간여할 문제가 아닌 것 같았다. 스위프트라는 남자가 아무리 많은 선물을 준다고 해도, 그것은 내 것이 될 수 없다고 생각했다.

너무 심란해서, 나는 잠시 밖으로 나갔다. 비탈 아래쪽, 조그만 나무들이 옹기종기 모여 자라고 있는 곳에 메리가 쪼그리고 앉아 엄지손가락을 빨고 있었다. 나는 메리에게 다가가 그 옆에 앉았다. 메리의 손에는 얄팍한 고기 한 조각이 들려 있었다. 곧 새끼 늑대가 귀를 접고서 돌아왔고, 위험한 사람이 있는지 살펴본 뒤에 우리만 보이자 냉큼 달려와서 고기 한 입만 달라고 졸랐다. 배가 고플 텐데도 메리는 늑대에게 기꺼이 그 고기를 주었다.

우리가 아무 말 없이 앉아 있는 사이에, 조그만 나무의 그늘이 멀리 풀밭까지 닿았다. 동쪽에서 까마귀들이 날아와 빙빙 돌더니 풀 위에 앉아 소리를 질렀다.

잠시 후, 동쪽으로 이어진 길에 한 남자가 나타났다. 까마귀들이 그를 보고 빙빙 돌았다. 새끼 늑대가 상황을 알아차리고 재빨리 달아났다. 그 남자는 그레이랙이었다. 멀리서 그의 걸음걸이만 보고도 즉시 알 수 있었다. 그가 우리를 보더니, 걸음을 멈추고 궁금한 눈빛으로 찬찬히 살펴보았다. 그러다가 수염 속에서 하얀 이가 드러나더니 웃음을 터뜨리며 달려왔다.

"아하! 우리 아이들이로구나! 너희들이 언제 올지 궁금했다. 잘 왔구나!"

우리가 인사를 하러 일어나자 그의 거친 손바닥이 내 머리를 쓰다듬으며 머리카락을 잡아당겼다. 나는 우리 이야기를 하려고 했지만, 그는 민첩하고 확고한 태도로 이미 오두막을 향하고 있었다.

"너희 아버지에게 인사를 해야지."

그가 이렇게 말하면서 빠른 걸음으로 오두막 안으로 걸어들어갔기에, 메리와 나는 다시 앉았다. 나는 하늘에 떠 있는 조그만 구름이 바람에 떠밀려가는 것을 보았다. 바람결에 또 다른 사람이 우리 쪽으로 걸어오는 소리가 들렸다. 돌아보니 덩치가 엄청 큰 낯선 남자였다.

갑자기 사자를 만난 것처럼, 그의 모습은 섬뜩했다. 두 눈은 사자의 그것처럼 밝은 파란 색이었고, 머리카락은 마른 풀 색깔이었다. 그는 사자처럼 풀 속에 몸을 감출 수 있을 것 같았다. 그가 우리를 바라보며 지나갈 때, 그늘진 얼굴과 파란 눈은 사자의 가죽에 구멍을 두 개 뚫어 그 틈으로 하늘을 바라보는 것 같았다. 옅은 색 눈을 보면 누구나 겁이 나듯이 그의 모습을 보니 겁이 났다.

그가 우리한테 시선을 돌렸다. 우리는 그가 그레이랙을 따라 오두막으로 들어가는 것을 보았다. 나는 그가 스위프트일 것이라고 생각하고, 메리의 한 손을 잡고서 재빨리 문으로 갔다. 그와 그레이랙이 서로 무슨 이야기를 하는지 엿듣기 위해서였다.

문은 속이 빈 나무토막처럼 소리를 잘 전달해 주었다. 안에서 그 낯선 남자가 그레이랙에게 불의 강 근처에서 우리가 만났던 그 낯선 사내들의 말처럼 딱딱하고 거슬리는 소리로 불평을 하는 소리가 들려왔다.

"어린애에다가, 더럽고 엉망이잖소."

그는 듣기에 끔찍한 억양으로 말했다.

"옷은 제대로 입지도 않고 누더기에다, 그런 머리를 하고 있는 여자는 미친 여자란 말이오."

그레이랙의 말이 이어졌다.

"슬픈 일이오. 그 아이들의 아버지가 죽었다고 했소. 어머니도……."

"죽다니?"

"그 사람은 바로 이 모닥불 옆에서 잤소. 그와 나는 친한 친구 사이였소. 그가 당신을 만났더라면, 바로 그런 이유로 자기 딸을 당신한테 주었겠지."

그레이랙의 말에, 낯선 남자는 듣기 싫은 억양으로 쏘아 붙였다.

"나쁜 소식이군. 이제 당신의 친족들은 몇 명 되지 않소. 겨울에 사냥하기에 남자 수도 적고……."

그때, 등 뒤에서 누군가 내 이름을 불렀다.

"야난! 분명히 야난이지?"

돌아보니 화이트 폭스였다. 키가 너무 커서 나도 알아보지 못할 지경이었다. 그는 수염도 드문드문 나기 시작했고, 팔이 길어져 소매에 삐죽이 튀어나와 있었다.

그래도 그는 여전히 밤에 모닥불을 피우기 위해 땔감을 모으던 그 화이트 폭스였다. 그가 우리 곁에 쪼그리고 앉았고, 우리 부모님 이야기를 듣고 한숨을 쉬었다. 그가 말했다.

"나도 부모님이 없어. 털의 강 동굴에 정코랑 함께 있어. 나는 매머드 사냥꾼들이 싫어서 이곳으로 왔어. 그런데 그레이락은 매머드 사냥꾼들을 너무 좋아해."

입술을 내밀어 메리를 가리키며, 그가 말을 계속했다.

"그레이락은 메리를 나한테서 빼앗아서 그들 가운데 한 사람한테 주었어. 나는 이제 약혼 상대가 없어."

만약 내가 메리가 약혼이 무엇인지 모른다고 생각했다면, 그 생각은 틀렸다. 메리는 엄지손가락을 입에서 빼더니 화이트 폭스를 찬찬히 살펴보았다. 그러다가 메리가 물었다.

"내가 너랑 결혼할 거였어?"

화이트 폭스가 고개를 끄덕였다.

"응."

"너도 나랑 결혼할 거였어?"

화이트 폭스가 또 고개를 끄덕였다.

"언제?"

그는 좀 생각했다.

"나중에. 네가 자라고 나면. 네가 아기가 아니게 되면……."

메리는 엄지를 다시 입에 넣고 빨면서 화이트 폭스를 가만히 쳐다보았다. 화이트 폭스가 어색하게 몸을 움직이더니 일어났다.

"이제 너희들이 여기 왔으니 땔감 모으는 일을 도와줄 수 있겠네. 털의 강 이야기를 해줄게. 이리 와."

그가 허리춤에 도끼를 꽂고 길을 따라 걸어갔다. 나는 따라갔지만 메리는 가만히 서 있었다. 잠시 후 메리가 불렀다. 메리가 화이트 폭스를 똑바로 바라보며 말했다.

"화이트 폭스! 나보고 아기라고 하지 마. 나는 아기가 아니야."

해질녘이 되자, 집으로 돌아오는 사람들이 한 줄로 계곡을 지나오는 게 보였다. 풀 속에 숨어 있는 뭔가를 발견한 순록 무리처럼, 그들은 우리를 보더니 우뚝 걸음을 멈췄다.

앞장서 걸어오던 틸은 즉시 우리를 알아보곤 울면서 메리와 나를 끌어안았고, 아까 그레이랙이 그랬던 것처럼 어머니를 만나야겠다며 바람처럼 안으로 달려 들어갔다. 그 바람에 넓은 바지를 입은, 키가 크고 마른 여자만 남았다. 그 여자의 눈도 엷은 색이고 가늘었는데, 잠시 우리를 의심스러운 듯 쳐다보더니 다른 사람들을 따라 들어갔다.

문을 통해 이야기를 듣자니, 그 낯선 여자는 스위프트의 누이였다. 다른 사람들은 그녀를 린이라고 불렀다. 그리고 스위프트가 문에 가까운 쪽, 전에는 아버지의 모닥불이 있던 자리에서 불에 넣을 나뭇가지를 부수는 소리가 들려왔다. 나는 메리와 어디서 자야 할지 궁금했다.

어두워지자, 새끼 늑대가 우리한테 기어오면서 고기 익는 냄새가 나는 허공에 대고 킁킁거렸다. 강 건너 숲속에서는 부엉이 한 마리가 울었다. 낮은 소리로 한 번, 떨리는 소리로 네 번을 울다가 잠시 쉬더니 또 네 번을 울었다.

아주 멀리, 계곡 너머 뒤쪽 평원에서 사자 한 마리가 포효하자 훨씬 더 가까운 곳의 사자가 화답했다. 차르 강에 있을 때 마지막으로 사자 소리를 들은 지 얼마나 되었는지 생각해 보려고 했다. 사자 소리를 들으면 여름에 긴 풀이 자라는 초원이 생각났다. 그때 틸의 날카로운 소리가 들렸다.

"메리! 야난! 밖에서 뭐 하니? 어서 오너라!"

우리는 안으로 들어갔다. 이제 우리 부모님이 메리의 약혼 선물을 받을 수 없게 되었으므로, 그레이랙과 낯선 사람들은 의무가 변경된 점에 대해 모두 한꺼번에 이야기하고 있었다.

어른들이 자리를 모두 차지하고 있는 바람에, 메리와 나는 그레이랙의 불가에 동그랗게 모여 앉은 사람들 틈에 끼어들 수가 없었다. 물론 문 쪽 모닥불의 스위프트와 린 곁으로 갈 생각은 하지 않았다.

대신 우리는 어머니의 친척 여자들, 틸과 아버지의 누이인 아이너와 함께 화이트 폭스 옆에 앉았다. 아이너가 흐느껴 우는 소리를 듣고, 나는 깜짝 놀랐다. 틸이 내게 말을 건네지 않고 불만 응시하고 있는 것도 놀라웠다. 그들은 우리 부모님의 죽음을 그제야 처음 알게 되었고, 그래서 슬퍼한다는 것을 깨달았다. 나는 틸의 손을 잡고 몸을 기대며 나도 같은 마음이라는 것을 알렸다. 한참 뒤에 틸이 말했다.

"머리빗을 다오. 네 머리를 땋아 줄 테니!"

나는 틸의 무릎 사이에 앉아서 빗이 머리카락 엉킨 곳을 빗어 내리는 동안 입술을 깨물고 있었다. 틸이 대수롭지 않게 말했다.

"아침에 네가 입을 새 옷을 만들기 시작할 거다. 너도 도울 수 있을 거야. 우리한테 가죽이 있다. 그레이랙이 너한테 또 가죽을 줄 거다. 티무와 스위프트한테도 가죽을 달라고 해야지. 이제 그들이 너희 옷을 만들 가죽을 장만해야 한다."

내 머리를 다 땋을 때까지 틸은 그렇게 말했다. 나는 틸의 손을 잡고 진심으로 감사하고 미안하다는 마음을 전하고 싶었지만, 그러다 보면 울음을 터뜨릴 것 같아서 끝내 아무 말도 하지 못했다.

사람들이 잘 준비를 하며 순록 가죽 밑에 들어가 눕기 시작했다. 메리와 내가 어디서 자야 할지 알 수 없는데도 아무도 말해 주지 않았다. 나는 틸과 함께 자고 싶었지만, 그녀는 그레이랙 옆으로 갔으므로 우리한테는 자리가 없었다. 메리와 내가 찾을 수 있는 자리는, 아무도 원하지 않는 찬바람이 드나드는 문가였다.

새벽에 일어나 보니 그레이랙이 문가 근처 모닥불에 앉아 있었다. 그곳은 전에도 그가 아버지와 나란히 앉아 있던 자리였는데, 지금은 스위프트와 함께였다. 그들은 순록 시체 남은 것을 사이에 두고 앉아서 칼로 조그맣게 잘라내고 있었다. 죽은 지 여러 날 되는 날고기의 강한 피비린내가 났고, 그 가운데 일부에서는 익는 냄새도 났다. 내가 깬 것을 보고 그레이랙이 불에 새로 한 조각을 얹어 놓더니 칼로 그것을 가리켰다. 내 몫이라는 뜻이었다.

내가 고맙다고 인사를 하려고 입을 벌리는데, 문 입구에 새끼 늑대의 모습이 보였다. 귀와 털에 새벽빛이 비추고 있었다. 그레이랙은 놀라지 않고 늑대를 쳐다보았다. 스위프트도 늑대를 쳐다보았다. 그러면서 그레이랙이 불에서 고기 한 조각을 들어 스위프트에게 건네주었다.

그런데 그때였다. 늑대가 달려들더니 스위프트한테서 고기를 빼앗고는 쏜살같이 밖으로 달려 나갔다. 그레이랙은 깜짝 놀라 입을 벌리고 있었고, 스위프트는 벌떡 일어났다. 스위프트가 무시무시한 억양으로 고함쳤다

"죽여 버리겠다! 내가 먹을 것을 훔쳐가다니!"

스위프트는 창을 붙잡더니 그 길로 늑대를 따라 나갔다. 그때였다. 메리가 소리를 빽 질렀다.

"안 돼!"

내가 잡기도 전에 메리가 가죽 담요에서 튀어나가더니 스위프트의 창을 잡아챘다. 스위프트는 빨리 나가느라고 창을 헐겁게 잡고 있었던 모양이다. 창이 그의 손에서 미끄러져 나오면서 날이 손가락 첫째 마디를 베었다.

"이런!"

그가 손바닥을 보고 소리치면서, 메리를 노려보았다. 메리는 창을 여전히 붙잡고 있었지만, 자신이 일으킨 소동에 공포를 느낀 나머지 멍한 눈으로 오두막을 둘러보다가 창을 든 채로 밖으로 달려 나갔다. 틸이 외쳤다.

"메리를 붙잡아!"

맨 먼저 스위프트가 문 밖으로 뛰어나가며 소리쳤다.

"내 창!"

"메리를 해치지 마!"

내가 그의 윗옷을 잡으려고 하면서 따라 나가며 외쳤다. 메리가 숲으로 달려가자 스위프트가 뒤에 바짝 붙어 달렸고, 나는 그를 따라 달렸다. 그의 윗옷 뒷자락이 내 손에 닿을락말락했다.

"잠깐만!"

나는 나를 따라오는 다른 사람들의 고함보다 더 크게 외쳤다. 그 순간, 스위프트가 메리를 잡으려는데 메리가 창을 떨어뜨렸다. 작은 체구의 메리가 들기엔 너무 크고 무거웠기 때문이다. 그런데 창이 바로 뒤에서 달려오던 스위프트의 다리 사이에 걸렸고, 그 다음 순간 나는 넘어지는 스위프트를 덮쳤다. 한동안 우리는 입을 벌리고 서로의 얼굴만 쳐다보았다.

잠시 후, 누군가 내 몸을 일으켜 세웠다. 티무가 내 등을 붙잡아 세우고 있었다. 모두 모여들어 스위프트를 바라보았는데, 그는 그레이랙이 도와줄 때까지 일어나지 못했다. 그레이랙이 창을 들어 스위프트에게 건네주자, 그는 우리에게 등을 보이며 일어나 다리를 약간 절며 뻣뻣한 동작으로 오두막으로 걸어갔다. 린이 벼락같이 소리쳤다.

"스위프트가 다쳤어!"

모두가 스위프트를 따라 오두막으로 들어가면서 한꺼번에 이야기를 하느라 어수선했다. 그 틈을 타서 나는 주변을 살폈다. 겁먹은 표정의 메리가 조그만 자작나무 뒤에서 살그머니 나와 우리 쪽으로 천천히 걸어오는 게 보였다. 엘로와 화이트 폭스가 메리에게 달려가 양팔을 붙잡았다. 메리가 부르지 않아도 오고 있는데 말이다. 오두막 안에서는 싸움이 점점 심해지고 있었다.

"야 난이 내 동생을 다치게 했어!"

"늑대 때문에 일어난 소동이야!"

"늑대를 죽여야 해!"

"티무가 말렸어야 해!"

"스위프트가 정신을 잃었어!"

"메리 때문에 놀랐어!"

"스위프트의 약혼녀가 손가락을 베게 했어!"

그때 어떤 목소리가 날카롭게 들렸는데, 알고 보니 그것은 내 목소리였다.

"메리는 저 사람의 약혼자가 아니야. 그렇게는 안 돼!"

엄청난 정적이 흘렀다. 그러다가 다시 시끄러운 소리가 나기 시작했는데, 그때 갑자기 스위프트의 듣기 싫은 목소리가 모든 소음을 압도하며 오두막 안에 울려 퍼졌다.

"저 아이에게 남편이 있다면, 당장 밖으로 데려나가 회초리로 때리라고 해!"

스위프트가 가리키는 '저 아이'는 나였다. 사람들이 재빨리 맞장구를 치거나 반대했고, 저마다 상대방의 목소리를 누르려 했다. 이미 일어난 모든 일과 앞으로 일어날 일에 잔뜩 겁을 집어먹은 나는, 메리와 함께 벽 옆에 나란히 쪼그리고 앉아 있었다. 그때 갑자기 티무가 내 앞으로 나오더니 손을 뻗었다.

"이리 와!"

그가 성난 표정으로 고함을 질렀다. 내가 메리에게 꼭 붙어 앉자 티무가 내 팔을 거칠게 잡았다. 발로 차고 버텼지만, 그는 집요하게 잡아당겼다. 그러자 메리가 비명을 지르며 내 팔을 잡아당겼다.

티무가 우리 둘을 함께 문 쪽으로 끌고 갔다. 그러자 메리는 내 팔을 놓고 티무의 다리에 몸을 던지더니 그를 물어뜯었다. 티무가 메리의 턱을 움켜쥐고는 눈을 똑바로 쳐다보며 말했다.

"넌 여기서 기다려. 너는 갔다 와서 손봐 줄 테니까. 에티스, 메리를 여기 붙잡아 둬."

에티스가 달려와 메리를 붙잡자, 티무가 나를 밖으로 끌고 나갔다. 다른 사람들이 우르르 따라 나와 구경했다. 티무가 어깨 너머로 말했다.

"아무도 메리에게 손대지 마. 그냥 잡고 있기만 해. 내가 알아서 할 테니까."

발로 차고, 물어뜯고, 자유로운 손으로 때리거나 덤불을 붙잡고 늘어지면서 나는 한 걸음 나아갈 때마다 저항했지만, 티무는 내가 물고 때리는 것을 상관하지 않는 듯 강둑까지 끌고 갔다. 거기, 갈대숲에 가려져 오두막에서는 볼 수 없는 곳에 이르자, 티무는 쭈그리고 앉으며 나를 옆에 앉혔다. 그가 잠시 나를 쳐다보더니 내 얼굴에 흩어져 있는 머리카락을 쓸어 넘겨 주었다.

"자, 진정해, 야난."

나는 갑자기 바뀐 그의 태도를 놀란 눈으로 쳐다보았다. 그가 내 얼굴을 빤히 쳐다보며 말했다.

"매머드 사냥꾼들은 싸움을 좋아해. 그들과 사냥을 같이 하는 건 좋지만, 그들이 사는 곳에서 내 눈으로 직접 본 것 중에는 믿을 수 없는 것들도 있어. 내가 어떻게 너를 때리겠니? 너는 내 아내잖아? 곧 내 순록 가죽에서 같이 잘 거 아니야?"

"메리는 어떡해?"

울음이 터져 나왔지만, 그보다는 메리가 더 걱정되었다. 내가 숨을 헐떡이며 물었다.

"메리를 누가 해치겠어? 내 아내의 친척들은 해치지 않아. 그들은 자기 친척들을 때리긴 하지만, 모르는 사람들은 감히 때리지 못해. 어쨌든 그가 맞기를 원하는 건 너야. 네가 그를 쓰러뜨렸어. 네가 그를 미워한다고 했고."

"하지만 정말로 메리를 혼내 줄 거야?"

티무가 놀란 표정을 지었다.

"내가 언제 그렇게 말했어? 내가 아이를 때릴 남자로 보이니? 아니야. 매머드 사냥꾼들은 우리와 달라. 매머드 사냥꾼들 중에서는 다 큰 남자가 자기보다 약한 사람들을 때리기도 해. 하지만 우리는 모두가 진정할 때까지 기다릴 거야."

티무가 두렵지 않게 되자, 나는 화가 났다.

"그렇다면 왜 나를 여기까지 끌고 왔어? 그래서 내가 널 때렸고, 너는 내 팔을 비틀었잖아!"

"고맙다는 인사가 그거냐? 그들이 너를 혼내 주게 오두막에 두고 왔으면 좋았겠어? 이제 이 말썽을 모두 끝내야 해. 전에는 이렇게 싸우지 않았는데……. 네가 우리와 지내던 마지막 날에도 네 아버지가 다른 사람과 다투느니 예전에 살던 곳으로 가겠다고 떠났잖아. 네 아버지는 우리와 평화롭게 같이 사셨지."

우리는 아무 말도 하지 않고 한참을 앉아 있었다. 그레이랙과 헤어지기로 결정했을 때의 아버지를 생각하고, 티무가 한 말이 사실이라는 생각을 하니 화가 가라앉았다. 내가 한참 뒤에 물었다.

"왜 그런 여자하고 결혼했어?"

"에티스는 좋은 여자야. 너도 그녀를 좋아하게 될 거야. 그녀와 나는 아이를 가질 테고, 너도 내 아이를 가질 거야. 우리는 가족이 많아질 것이고, 여기서든 새 오두막에서든 평화롭게 살게 될 거야. 두고 봐."

그때 쿵쿵거리는 발소리가 들렸다. 누군가 우리를 향해

달려오고 있었다. 황급히 일어나 보니, 메리가 도끼를 높이 쳐들고 갈대밭으로 달려 들어오는 게 보였다.

"메리, 거기 서!"

메리가 티무가 앉아 있던 자리에 도끼를 박기 직전, 티무는 잽싸게 피했다. 그가 메리의 손을 잡아 도끼를 빼앗았다.

"이런 짓은 이제 그만둬. 우린 사람이지 짐승이 아니야."

잠시 뒤에, 더 많은 사람들이 달려왔다. 가장 먼저 그레이 랙이 걱정스런 표정으로 갈대숲을 가로질러 오고, 틸이 바로 뒤에 숨이 차서 달려오고, 그 뒤를 에티스가 울며 따라왔다.

"메리가 도끼를 들고 있어!"

그들이 외쳤다. 하지만 그때 메리는 내 허리를 붙잡고 흐느끼고 있었다. 티무가 그 도끼를 들고서 우리 곁에 서 있었다. 그가 사람들에게 물었다.

"이 오두막에서 우리가 무슨 짓을 시작하는 거지? 우린 서로를 쫓고, 싸우고, 내 둘째 아내의 친족 남자가 야난을 때리라고 하고, 또 누군가는 도끼를 들고 달려왔어. 예전에 우리는 서로를 때리라는 말을 하지 않았어. 어린아이들도 이성적으로 행동했어. 무엇이 우리를 이렇게 만들었지? 내 아내의 친족들이 나에게 명령하다니, 그럴 수 있는 건가?"

티무는 남편의 냉정한 말에 당혹한 표정을 짓고 있는 에 티스를 가리키며 말을 이었다.

"우리는 이야기를 해야 돼. 냉정하게."

그레이랙이 말했다.

"네 아내의 친족들은 좋은 사람들이다. 그들은 우리를 아직 잘 몰라. 우리는 그것을 이해해야 한다. 그리고 네 말이 옳다. 지금은 이성을 찾을 때야."

티무의 아버지 그레이랙과 양어머니 틸이 앞장을 서고, 나는 그를 따라 오두막으로 돌아갔다. 그때 틸이 어깨 너머로 말했다.

"애야, 티무야. 어린애가 너를 도끼로 찍을 뻔했다. 누굴 때린다는 말을 하기 전에 그런 것을 먼저 문책해야지. 안 그러냐?"

"네, 양어머니."

티무가 한숨을 쉬며 대답하자, 그레이랙이 아내에게 말했다.

"이제 말썽은 해결되고 있어. 그러니 다시 들추지 마. 자꾸 사자 소리가 들려 이렇게 소동을 일으키면 사자가 찾아올 수도 있어."

하지만 소리 지를 일은 더 남아 있었다. 우리가 오두막에 돌아가자, 우리가 전부 뛰고 싸우는 사이에 새끼 늑대가 마지막 남은 고기를 훔쳐 갔던 것이다. 이제 그들 모두 새끼 늑대를 죽이고 싶어했다. 메리가 어쩔 줄 모르고 울기 시작해서, 나는 메리의 어깨를 때려줘야 했다. 틸이 분개해서 손뼉을 치며 말했다.

"죽인다는 이야기는 이제 그만! 말썽은 이만하면 충분해. 늑대 때문에 사람들이 세 번이나 목숨을 잃을 뻔했어. 작은 짐승 때문에 사람을 해칠 텐가? 티무는 그 말썽 때문에 거의 죽을 뻔했어. 게다가 스위프트는 다쳤지. 이제 그만들 해. 이것으로 끝을 내."

이튿날, 오두막에는 먹을 것이 없었으므로 그레이랙, 티무, 화이트 폭스, 스위프트가 강 아래 여울로 붉은 사슴을 잡으러 갈 채비를 했다. 가을이 되어 강물이 얕아지면 순록이 헤엄을 쳐서 건너는 곳이었다. 사냥꾼들은 밤을 지낼 계획인 것처럼 가죽 모포를 가져갔다. 남은 사람들은 메리와 나를 남겨두고 월귤이 자라는 수풀을 향해 길을 따라 떠났다.

그때 그레이랙이 나를 불렀다. 나는 그의 말에 따랐고, 메리도 내 뒤를 따랐다. 우리는 그레이랙 앞에 얌전히 섰다. 그의 목소리는 엄중했지만, 그러면서도 따뜻했다.

"도끼를 가져가서 오두막의 문을 덮을 소나무를 잘라 오너라. 너희들이 이 늑대를 선택했으니, 그놈이 우리 것을 훔치지 못하게 해라."

그래서 우리는 도끼를 들고 강을 건너 숲으로 들어갔다. 해가 질 때까지 자를 수 있는 작은 가문비나무를 골라, 도끼질을 시작했다. 나무를 다 베지 않으면 돌아갈 수 없다고 생각하면서, 우리는 쉬지 않았다. 먹을 것도 구하지 못했다.

하지만 해가 질 때까지도 나무는 쓰러지지 않았다. 우리는 그것을 끌고 가면서 누군가 월귤을 나눠 주길 바랐다. 그러나 아무도 우리 몫을 따올 생각을 하지 않았고, 그래서 우리는 굶은 채로 자러 갔다. 잠자리에서 메리가 훌쩍이기 시작했다.

"그만둬! 사람들이 네 울음소리에 질리겠다. 네가 굶는 건 오늘이 처음도 아니고, 마지막도 아닐 거야."

하지만 내가 속삭이는 소리가 끝나기도 전에 메리는 잠들었다. 입을 벌린 채 내 손을 꼭 쥐고 잠든 메리는 여전히 작은 어린아이였다. 하지만 그런 메리가 이렇게 사나울 줄이야 누가 알았겠는가?

10

이튿날 아침, 틸이 나와 메리를 강둑으로 데리고 갔다. 순록 발자국들이 물속으로 이어져 있는 그곳에서, 틸은 메리와 나의 옷을 벗기고 잔모래로 문질러 주었다. 그녀는 땋은 머리를 풀고 머리도 문질러 준 다음, 겨울이 다 되어 물이 꽁꽁 얼 만큼 차가운데도 우리를 물속에 집어넣었다.

우리는 입술이 파랗게 질리고 턱이 딱딱 붙었지만 울지는 않았다. 틸이 물에 젖어 떨고 있는 우리를 위아래로 훑어본 다음, 다시 몸을 닦게 했는데도 절대로 울지 않았다. 내가 옷을 입으려고 옷가지를 들자, 틸이 말했다.

"가슴이 많이 자랐구나."

나도 알고 있었지만, 새삼 내 몸을 내려다보았다. 그러고는 아무렇지도 않게 움직이려고 애쓰면서 바지를 털어서 입으려고 했다. 하지만 그러기 전에 틸이 바지를 빼앗더니 사타구니 쪽을 찬찬히 살폈다.

"월경을 시작했니?"

그렇게 여러 날이 지났는데, 자국이 남아 있었을까? 그럴 것 같지 않았다.

"아뇨."

"하지만 시작했는데?"

틸이 내 몸 구석구석을 살피고 바지도 뒤집어 보며 살폈다. 틸이 나를 유심히 보는 바람에 나는 고개를 푹 숙였다.

"여자아이들 중엔 때로 신호를 알아차리지 못하는 경우도 있지. 내가 알게 되어 다행이구나. 노란 잎의 달이 보름달이 되면, 여신 오헌이 너를 지켜 주도록 춤을 추어야겠구나. 그러면 티무가 원한다면 너랑 함께 잘 수 있다."

틸은 말을 멈추더니 한동안 더 내 몸을 살피고는 말을 계속했다.

"너는 불의 강의 강한 혈통에서 나온 여자다. 성년식이나 남자와 몸을 섞는 것이 두렵더라도, 절대로 그걸 드러내서는 안 돼."

"네."

"네게 새 옷을 지어 줘야겠구나. 메리가 네가 입던 바지와 파카를 입어도 되겠다. 메리한테 새 신과 윗옷을 만들어 주겠다. 네 것은 너무 낡았어."

나는 바지를 입었다. 메리는 아까 이미 옷을 다 입은 뒤였다.

"그레이랙이 가죽을 한 장 준다고 했어. 그걸 너랑 메리가 나눌 수 있을 것이다. 오늘 우리는 메리의 윗옷이랑 네 바지를 만들기 시작할 거야. 네가 티무랑 정혼했으니, 아울이 가죽을 좀 내놓을 거다. 티무도 네게 가죽을 줄 거야. 에티스도 결혼할 때 가죽을 많이 얻었으니 몇 개는 너한테 나눠 줄 수 있을 거다."

에티스가 결혼할 때 얻은 옷가지를 나에게 나눠 줄 것 같지 않았지만, 나는 또 고개를 끄덕거렸다. 갑자기 틸이 길바닥 위에 손바닥을 얹더니 다른 손을 들어 조용히 하라는 신호를 보냈다. 잠시 후 그녀가 속삭였다.

"뭐지?"

메리와 나도 모두 길바닥에 손을 대보았다. 뭔가 굉장히 큰 것이 강의 이쪽으로 걸어오고 있어서 땅을 흔들렸다. 그 길로 다니는 순록일 리는 없다. 순록의 발걸음은 가벼우니까. 이렇게 지축이 흔들릴 정도라면, 어떤 동물일까? 나는 짐작도 할 수 없었다.

"어서 떠나는 게 낫겠다."

우리는 강둑으로 올라가 주위의 평원을 둘러보았다. 처음에는 아무것도 보이지 않았지만, 잠시 있으려니 전에는 편평한 땅이었던 곳에 언덕이 생긴 것처럼 커다란 둔덕 위에 새들이 앉아 있는 게 보였다. 곧 그 둔덕이 움직이기 시작했

고, 우리는 그것이 둔덕이 아니라 털이 많이 난 코뿔소임을
알 수 있었다.

그 코뿔소가 길모퉁이를 돌 때, 옆구리에 올 봄에 태어난
새끼 코뿔소가 아침 햇살을 받는 엉겅퀴처럼 온몸이 곧은
털로 뒤덮인 채 따라오는 게 보였다. 새들은 몸을 천천히 흔
들며 고개를 빼고서 등에 타고 있었다. 틸이 고개를 갸웃하
며 말했다.

"코뿔소라……. 어디서 온 것이며, 여기서 뭘 하는 걸까?
이 계곡에서 코뿔소를 본 적이 있니?"

"아뇨. 초원에서만 봤어요."

그때 메리가 말했다.

"무서워. 오두막으로 돌아가고 싶어요."

"코뿔소는 오두막을 산산조각 낼 수도 있어."

틸의 말을 들으며, 우리는 코뿔소 눈에 띄지 않도록 더 높
은 지대로 돌아서 집으로 돌아갔다. 코뿔소가 우리를 적이
라고 생각해서 공격하지 않도록 눈에 띄지 않고 싶었다.

계단식으로 만들어진 언덕 위로 멀리까지 가서, 우리는
다시 코뿔소의 털북숭이 잔등이 멀리 수풀 속으로 되돌아
가는 것을 보았다. 코뿔소가 우리를 괴롭히지 않을 것이라
고 생각했고, 나는 오두막에 돌아가자 그 일은 거의 잊어버
렸다.

오두막에서 틸과 아이너가 문 바깥에 나와 낮 동안에 피우는 모닥불을 피워 밝혀놓고 가죽 옷을 만들고 있었다. 메리는 앙키와 함께 월귤을 따오라고 보내고, 남은 우리들은 내가 입던 윗옷을 견본으로 써서 메리가 입을 윗옷과 내 파카를 짓는 데 하루를 보냈다.

우리는 아울과 아이너의 돌칼 두 개를 써서 순록 가죽에 날카로운 자국을 여러 번 그어 조금씩 갈라냈다. 아울과 아이너는 어머니가 메리의 첫 결혼 선물로 받았던, 완벽한 돌칼을 잃은 것을 아쉬워했다.

"우리한테 그 칼이 있으면, 이 일을 빨리 끝냈을 거야."

아울이 말했지만, 그 칼은 오래 전에 어머니와 함께 무덤에 들어갔다. 틸이 아이너에게 말했다.

"메리가 이제 스위프트랑 결혼해야 하니, 그 칼은 화이트폭스의 부모한테 돌아가야 했어. 그러니 어차피 우리가 갖고 있지 않았을 거야. 우리 일이 너무 늦어지면 매머드 사냥꾼 여자들에게 도와 달라고 하면 되잖아? 에티스! 린!"

틸이 부르자, 여자들이 오두막 안에서 대답했다.

"예!"

"당신네들의 긁개와 칼을 좀 빌려 줘. 바늘도 가져오고. 이 일을 끝내려면 당신들의 도움이 필요해!"

에티스와 린이 밖으로 나와 내 바지 만드는 일을 돕기 시작했다. 하지만 그 바지는 우리 혈족이 입는 모양이 아니었다. 그것은 매머드 사냥꾼들이 좋아하는 모양으로 헐렁하고 넓게, 특히 엉덩이 부분을 크게 만들고 배에는 여분의 공간을 따로 두어 장식이 달린 판을 기워 넣었다.

나는 그런 장식을 다는 것에는 불만이 없었지만, 펑퍼짐하고 지나치게 큰 엉덩이 부분은 걱정스러웠다. 그렇게 헐렁한 옷을 입으면 어떻게 보일까? 하지만 아무 말도 할 수 없었다. 나는 틸의 말에 순종하며, 그녀가 내어 준 윗옷에 바늘구멍을 내는 일을 할 수밖에 없었다. 그래서 나는 가죽을 댈 반듯한 작은 돌멩이를 하나 구해서 하루 종일 돌송곳을 거친 가죽에 쑤셔 넣어 가지런하게 구멍을 뚫었다.

해질 무렵에 메리와 앙키가 메리의 윗옷을 들고 돌아왔다. 메리는 윗옷을 벗어 목과 소매를 묶어 주머니를 만들어서는, 거기에 월귤을 채워 왔다. 그것만으로도 메리가 얼마나 자랐는지 알 수 있었다. 지난 가을에 메리는 월귤을 먹느라고 한 줌도 따지 못했는데, 이제 우리 모두가 먹을 것을 따오는 일을 돕고 있었다.

무슨 식량을 누가 구했든 공평히 나누어야 하므로 남자들을 위해 따로 월귤을 남겨두었지만, 메리는 이것까지 미리 감안한 모양이었다. 내 몫으로 따로 챙겨둔 것이다.

우리가 마지막으로 손가락에 묻어 있는 단물까지 핥아 먹고 있을 때, 그레이랙을 비롯한 남자들이 강에서 표류하던 새끼 순록 한 마리를 발견해서 잡아 왔다. 그 새끼는 무리와 함께 강을 건너다가 거친 물살을 이기지 못하고 떠내려갔다고 한다.

남자들은 모닥불에 간을 구웠다. 그것이 익는 동안 틸이 아까 본 코뿔소에 대해 이야기했다. 남자들은 코뿔소들의 발자국과 똥을 보고 이미 알고 있었는데, 왜 초원에 사는 동물이 돌과 나무가 많은 강가로 내려왔는지 궁금해했다. 스위프트가 특유의 거친 억양으로 말했다.

"그건 위험한 징조야. 평원에서는 코뿔소가 많이 보이지만 이곳에서 보이지 않는 이유는, 녀석들이 돌을 밟는 것을 좋아하지 않기 때문이야."

티무가 막 구워낸 간 한 조각을 입에 넣으며 말했다.

"이곳을 그냥 지나가는 것일 수도 있지 않을까요? 아니면 강을 건너 남쪽으로 가려는 것이거나. 그렇게 생각하지 않으세요?"

"그런 것 같네. 건너고 싶은데, 그러지 못하는 것이지."

"어떻게 하면 코뿔소를 없앨 수 있나요?"

"그건 쉬운 일이야. 코뿔소는 불을 좋아하지 않으니까. 다만, 오두막 근처에서는 절대 코뿔소를 해치지 말아야 해. 그냥 내버려 두어야 해. 시끄러운 소리를 내지 마. 불을 보여서도 안 돼. 그놈의 덩치가 얼마나 큰지 잊지 말아야 해."

스위프트가 사람들을 둘러보며 주의사항을 강조했지만, 설마하니 오두막 근처까지 오랴 싶어 누구의 표정에도 코뿔소에 대한 두려움 따위는 없었다.

사흘 동안 날마다 새 옷 만드는 일에 몰두해서, 여자들은 나와 메리의 새 윗옷과 신발, 그리고 내가 입을 헐렁한 바지를 만들었다. 바지는 장식만 빼고 완성되었다. 틸이 내게 말했다.

"앞에 뭔가를 얹으렴. 앞부분에는 장식이 없으니 이상해 보인다."

"하지만 난 할 줄 몰라요. 장식도 모르고……."

"그냥 네가 할 수 있는 것으로 해봐. 따지고 보면, 그건 네 결혼 예복이니까 말이다."

틸의 거듭된 명령에 따라, 나는 남들이 옷에 장식을 다는 걸 본 적이 없지만 나뭇가지를 뾰족하게 갈아 불에 그을린 다음, 앞판에 작은 문양을 그려 넣었다. 숯으로 문양을 다 그려 넣은 뒤, 그 문양을 따라 가죽을 살짝 태우니 별로 훌륭하지는 않지만 염려한 것보다는 나은 문양이 새겨졌다. 내가 그 일을 마치자 에티스가 물었다.

"그게 뭐야?"

에티스의 눈엔 의심스럽다는 빛이 담겨 있었다. 그녀의 옷에는 한눈에 보아도 모양이 아름다운 줄무늬가 새겨져 있었다.

"개구리예요. 개구리 갈비뼈."

에티스와 앙키가 엷은 미소를 주고받았다.

"어째서 하필 개구리를 그려 넣었지?"

나는 조금 부끄러웠다. 그림을 그리기 시작할 때 그냥 개구리가 떠올랐던 것뿐인데, 에티스에게는 곧이곧대로 말하고 싶지 않았다. 대신 나는 이렇게 말했다.

"어머니가 눈과 얼음도 개구리를 죽일 수는 없다고 했어요. 나는 개구리의 그런 강인함이 좋아요."

에티스와 앙키가 또 묘한 미소를 지었다. 에티스가 또 말했다.

"바지의 앞판은 자궁을 덮어. 그 장식은 너의 자궁에 대해 말해 주는 거야."

에티스가 아기를 가진 배를 덮고 있는 바지 앞부분을 가리켰다.

"내 것은 아기를 가져다 주는 새의 깃털 모양이야. 나는 더 많은 아기를 가지려고 이렇게 여러 줄의 무늬를 그려 넣었어. 털의 강 여자들은 다 그렇게 장식을 그려 넣지."

에티스가 나를 깔보고 있는 게 분명했다.

"하지만 개구리라니, 개구리는 가난하고 말랐잖아."

"그만!"

에티스와 앙키, 그리고 내가 수다를 떠느라고 일손이 게을러진 것을 보고 틸이 일침을 놓았다.

"장식 따윈 신경 쓸 것 없다. 야난, 이제 네가 입던 낡은 바지는 메리한테 줘라."

틸은 이미 메리가 입고 있던 낡은 바지를 잘라 겨울 신발을 만들고 있었다.

"메리가 추울 거야. 네가 입던 바지를 메리한테 주고 새 바지를 입어라. 매머드 사냥꾼의 옷을 입은 네 모습이 어떤지 한 번 보자."

메리가 기대한다는 표정으로 맨다리를 끌어안고 앉아 나를 쳐다보고 있었다. 에티스와 앙키도 묘한 미소를 지으며 나를 보았다. 그래서 나는 별 수 없이 낡은 바지를 벗고 새 바지를 입었다.

입는 순간, 바지가 끔찍하다는 사실을 알 수 있었다. 장식도 못생겼지만, 그보다 더 나쁜 것은 허리 아래 바지폭이 너무 넓어서 내 몸에 닿지 않고 뻣뻣하게 따로 논다는 것이었다. 당연히 엉덩이 부분에는 큼지막한 주머니가 늘어져 있었다. 나는 겁에 질려 주위를 돌아보았다.

모두가 나를 바라보는 가운데, 린은 내 꼴이 마음에 든다는 듯이 흡족한 미소까지 지었다. 메리는 놀란 얼굴이었지만, 에티스와 앙키는 심술궂은 표정을 지으며 꼴좋다는 미소를 짓고 있었다. 틸이 아무렇지도 않다는 듯 나를 쓱 한 번 훑어보더니 하늘에 뜬 해를 바라보았다.

"땔감을 모을 시간이야."

틸은 가죽 조각과 긁개, 바늘, 송곳 등을 가죽 주머니에 그러모으더니 뻣뻣한 몸놀림으로 일어나 길 쪽으로 걸어갔다. 여느 때처럼 다른 여자들도 따라가고, 나도 뒤를 따랐다.

우리는 오두막에서 멀리 떨어진 곳의 가문비나무 몇 그루가 가리고 있는 야트막한 바위를 지나갔다. 그곳은 남자들이 한낮에 앉아 쉴 만한 곳으로, 때마침 사냥에서 돌아온 남자들 몇이 아까 잡은 새끼 순록의 골수가 든 뼈를 굽고 있었다.

나는 그들의 웃음소리를 들었는데, 아마 내 바지 때문이었을 것이다. 나는 숨어 버리고 싶었다. 아무도 말을 꺼내지 않길 바라며 계속 걷고 있는데, 등 뒤에서 티무가 소리쳤다.

"이리 와봐, 새 바지!"

그러자 화이트 폭스까지 거들었다.

"이리 와봐, 매머드 사냥꾼 여자! 너랑 결혼하고 싶어!"

"여자이긴 여자였군!"

스위프트가 밉살스런 억양으로 장난스럽게 외치고는 한 마디 덧붙이는 걸 잊지 않았다.

"나도 너랑 결혼하고 싶다!"

달이 떴을 때, 나는 남들과 함께 오두막 안에 앉아 있지 않고 낮에 피운 모닥불의 불씨 옆에 혼자 앉아서 바지를 놓고 고민하고 있었다. 바지를 없애버릴 수 있다면 무슨 일이라도 할 것이다. 가령 내가 멱을 감는 사이에 하이에나가 집어간다면, 나는 그것을 던져 버릴 것이다. 하지만 틸은 내가 잘못해서 바지를 잃어버렸다는 말을 절대 믿지 않을 것이고, 내가 옷가지를 그렇게 아무렇게나 다룬다면 앞으로는 아무도 내게 가죽을 내놓지 않을 것이다.

멀리 서쪽으로는 타는 듯이 빛나는 해가 짙은 붉은 빛으로 변하고 있었고, 찬바람까지 불어왔다. 그건 밤이 되면 꽤나 추울 것이라는 뜻이다. 강 건너 멀리 숲에서는 하늘로 붉은 불길과 옅은 회색 연기가 솟아오르고 있었다.

곧 오두막 너머 평원에서 사자 두 마리가 서로를 부르기 시작했다. 멀리 있는 한 마리가 가까이 있는 한 마리에게 크게 포효하자, 가까이 있는 사자는 대답하기 싫은 것처럼 한참 기다렸다가 대답을 했다. 멀리 있는 사자가 목이 쉬도록 자꾸만 포효하고서야 가까이 있는 사자에게서 쿵 하는 대답 소리를 들을 수 있었다.

나는 생각했다. 사람이랑 참 똑같구나. 하나는 절실하게 호소하고, 하나는 별로 마음 내켜 하지 않고……. 스위프트와 그레이랙이 사자 소리를 더 자세히 들어 보려고 밖으로 나왔다. 사자들이 차르 강 가까이에 왔다는 사실에 대해 그레이랙이 동의한 지는 얼마 되지 않았다. 사자들은 대개 동굴이 있는 깊은 계곡이나 평원을 가로지르는 강의 계곡을 활동 무대로 삼았다. 스위프트와 그레이랙은 사자의 포효 소리가 들리는 쪽을 가만히 쳐다보았다.

"두 마리 소리가 들리지만, 어쩌면 더 있을지도 모르지."

그러자 스위프트가 자신 있게 말했다.

"더는 없소. 단 두 마리뿐이오."

그레이랙이 의심스러운 눈으로 스위프트를 쳐다보자, 스위프트가 목소리에 힘을 주며 또 말했다.

"멀리 있는 사자는 수컷이군."

"수컷? 소리만 듣고 어떻게 알 수 있지?"

스위프트가 웃었다. 매머드 사냥꾼 억양으로, 하지만 관록이 묻어나는 음성으로 그가 말했다.

"소리를 듣고 아는 게 아니라 가까이 있는 사자가 대답하는 데 들어가는 시간을 보고 아는 거요!"

그레이랙이 믿을 수 없다는 듯이 고개를 저었다.

"사실이오. 암사자는 금세 대답을 받는다니까."

그가 주먹으로 자기 손바닥을 두 번 재빨리 쳤다. 그만큼 빨리 대답한다는 뜻이었다. 그들은 내게 등을 돌린 채 쭈그리고 앉아 사자들의 울음소리를 들었다. 곧 아울과 에티스도 티무를 따라 나와 함께 들었다.

그들이 귀에 손을 대고 먼 곳 사자의 포효 소리를 듣고 있을 때, 나는 에티스의 바지 모양과 아울의 바지 모양을 견주어 보았다. 아울은 우리 방식의 바지를 입고 있었다. 마땅히 저래야 한다고 생각했다. 사람들이 앞으로 다가올 무서운 겨울에는 평원의 동물들이 멀리 남쪽으로 떠날 거라는 이야기를 하는 동안, 나는 누군가 실을 만들 심줄을 주고 송곳을 빌려준다면 내 바지를 아울의 것처럼 만들어야겠다고 결심했다.

사자들이 포효를 멈춘 뒤에, 밤바람이 가문비나무 숲에서 신음소리를 냈다. 사람들이 걱정스러운 표정으로 말없이 앉아 있는 동안, 나는 오두막 안으로 들어가 틸에게 실과 송곳을 좀 빌려 달라고 간청했다. 가까운 곳의 사자처럼 내키지 않는 태도로, 틸이 한참 만에 대답했다.

"바지 모양을 바꾸는 것은 심줄과 가죽을 낭비하는 일이다. 그리고 자르다가 망치면 뭘 입을래?"

"제발 부탁이에요. 조심해서 다룰게요."

틸은 마지못해 지붕 아래 순록 뿔을 놓아 둔 곳에서 주머니를 꺼내더니 송곳과 짧은 심줄 하나를 꺼냈다.

"심줄은 네가 뽑아내 써라."

아무에게서도 놀림을 받고 싶지 않아서, 나는 바깥의 사람들이 모두 안으로 들어오기를 기다렸다. 얼마 후 모두 들어와 밖에 아무도 없을 때, 나는 밖의 모닥불로 기어나가 바지를 벗고 뒤집었다. 솔기를 뜯고 송곳으로 새로운 바늘구멍을 뚫었다.

한참 뒤에, 누군가 가까이 다가오는 게 느껴져서 고개를 들어 보니 메리가 조그만 고기 조각을 들고 조용히 내 옆으로 오고 있었다. 나는 고기 조각이 내 몫이라고 생각했지만, 어둠 속에서 새끼 늑대가 살그머니 다가왔다. 대부분의 사람들이 돌을 던지기 때문에 늑대는 아주 조심스럽게 움직였다. 늑대는 메리에게 다가가 고기를 꿀꺽 삼키더니, 다시 어둠 속으로 사라졌다.

나 대신 늑대에게 고기를 준 것을 꾸짖으려고 마음을 먹은 순간, 가까운 곳에서 새끼 늑대가 날카롭게 짖는 소리가 들렸다. 그 다음 순간, 끔찍하게 큰 콧소리와 땅이 뒤흔들리는 발소리가 들려왔다. 뭔가 우리를 향해 달려오고 있었다.

다음으로 이어진 소동은 엄청났다. 갑자기 어둠을 뚫고

새끼 늑대가 우리를 향해 달려왔고, 그 뒤를 이어 새끼 코뿔소가 오고 있었다. 새끼 늑대가 메리 뒤에 숨는 순간 메리는 오른쪽으로, 나는 왼쪽으로 동시에 비켜 앉았고, 새끼 코뿔소는 우리 사이로 곧장 달려들어 모닥불을 지나 어둠 속으로 사라졌다.

얼마 후, 새끼 코뿔소가 울음소리를 내었다. 나는 겨우 안심을 했지만, 소동은 그것으로 그친 게 아니었다. 수풀에서 어미 코뿔소가 달려왔는데, 언덕만큼이나 길고 편평한 어미 코뿔소의 커다란 얼굴이 불안하게 양쪽으로 흔들리고 있었다. 어미 코뿔소는 자기가 화가 난 것이 전부 내 탓이라는 듯이 곧장 나를 향하고 있었다. 끔찍한 콧소리가 들렸고, 지축을 흔드는 거대한 발자국 소리도 들었다.

그 다음 정신을 차려 보니, 나는 거대한 것에 쫓기며 어둠 속으로 내달리고 있었다. 어미 코뿔소의 콧김이 내 다리에 와 닿았다. 나는 얼결에 몸을 돌려 그대로 땅바닥에 곤두박질쳤다. 코뿔소는 나를 따라오려 했지만, 몸집이 워낙 크고 빨리 달리느라 방향을 바꾸지 못했다.

나는 오두막 뒤의 작은 절벽으로 기어올라 코뿔소의 무시무시한 발소리와 오두막 안에 있던 사람들이 한꺼번에 외치는 비명소리를 들었다. 만약 내가 헐렁한 바지를 그대로 입고 있었더라면, 여분의 가죽이 거치적거리는 바람에 밟혀 죽었을지도 모른다.

어미 코뿔소는 곧장 오두막으로 돌진해서 모든 것을 엉망진창으로 만들어버렸다. 사람들이 고함을 치며 흩어졌고, 모든 사람들 목소리 중에서 스위프트의 목소리가 유독 크게 들려왔고, 밝은 햇불이 흔들리는 게 보였다. 쿵 하는 소리와 울음소리가 지나가자 어린 코뿔소가 옆구리에 창이 꽂힌 채, 그리고 긴 털에 불이 붙은 채 어둠 속으로 내달리는 게 보였다.

어미 코뿔소가 눈에 불을 켜고 새끼를 따라가자, 나는 절벽을 미끄러져 내려가 오두막으로 들어갔다. 어미 코뿔소는 남자들이 불쏘시개를 쉽게 분질러 놓듯이 오두막의 문을 쉽게 부숴 놓았다. 벽을 지탱하는 뼈와 나뭇가지, 지붕의 순록 뿔이 통로 한 쪽에 저장해둔 새끼 순록의 고기 위에 널브러져 있는 게 보였다.

코뿔소는 메리가 윗옷에 담아온 월귤 남은 것도 짓밟아 놓았다. 까만 월귤 즙이 피처럼 코뿔소의 발자국에 스며들어 지저분한 자국을 남겼다. 아울과 아이너가 공포에 떨며 울고 있는 사이에, 틸이 외쳤다.

"눈이 오기 전에 이것을 어떻게 고치지?"

그레이랙이 오두막 좌우를 돌아보며 말했다.

"그나마 오두막이 그대로 서 있는 게 다행이야!"

아이너가 여전히 울먹이면서 말했다.

"코뿔소가 다시 돌아와서 우리를 죽일 거야. 우리가 어디 있는지 알고 있고, 새끼까지 해쳤으니 우리를 죽이려 할 거야."

그레이랙이 스위프트를 바라보았다. 스위프트는 코뿔소를 향해 흔들었던 횃불을 아직도 들고 있었다. 그레이랙이 성난 목소리로 물었다.

"불을 보여 주지 말라고 말하지 않았소?"

하지만 스위프트는 그레이랙의 분노를 무시했다. 그가 그레이랙의 무지를 경멸한다는 듯이 들고 있던 횃불을 모닥불에 휙 던졌다.

"코뿔소는 절대 돌아오지 않아. 놈들은 불을 좋아하지 않으니까."

스위프트의 말이 옳았다. 매머드 사냥꾼들을 제외한 우리 모두는 만약의 사태에 대비해서 밤이 새도록 밖에 앉아 있었지만, 코뿔소들은 돌아오지 않았다.

나는 바지를 꿰매고 있었고, 다른 사람들은 멀리서 들려오는 새끼 코뿔소의 처량한 울음소리를 듣고 있었다. 우리 모두 어미 코뿔소가 언제든지 돌아와 오두막과 안에 있는 사람들을 짓밟아 버릴 거라고 믿었지만, 어미는 서너 번 우는 것이 고작이었다. 지금쯤 어미는 계곡 너머 평원에 가 있는 것 같았다. 스위프트가 부서진 문으로 들어가 잠을 자기 전에 이렇게 말했다.

"게다가 새끼는 불에 데었고, 다치기까지 했어. 그러니 어미는 새끼 곁을 떠나지 않을 거야."

그날 밤 늦게, 다른 사람들은 졸고 있었지만 나는 바느질을 계속했다. 아침이 다 되어 솔기가 마무리되고 남은 가죽을 잘라내기만 하면 되었을 때, 하이에나들의 울음소리가 들렸다. 한동안 더 울음소리가 들리더니 곧이어 우당탕거리는 소음과 이리저리 쿵쿵거리는 발소리가 들렸다.

티무와 엘로가 잠에서 깨어나 그 소음이 무엇을 뜻하는지 알아보려고 했다. 사람들은 즉시 이유를 알아차렸다. 하이에나들과 코뿔소들이 대결을 벌이는 것이었다.

해가 뜨기 직전 내가 마지막 남은 가죽을 잘라내고 바지를 입었을 때, 까마귀들이 하늘에서 울더니 구름 속에 모습을 드러내었다. 남자들은 밤새 소음이 들렸던 평원으로 달려갔다. 얼마 후, 티무와 엘로가 죽은 고기를 뜻하는 사냥꾼의 수신호를 이쪽으로 보내며 말했다.

"아내들!"

에티스와 앙키가 오두막의 부서진 입구에서 나왔다. 그들은 스위프트의 경험을 믿고 오두막 안에서 걱정 없이 자고 있었다. 앙키가 물었다.

"무슨 일이에요?"

"도끼와 칼을 가져와. 하이에나들이 새끼 코뿔소를 죽였어."

엘로의 말을 듣고, 남자 둘이 매머드 사냥꾼 여자들과 함께 까마귀를 길잡이 삼아 평원으로 떠났다. 그런데 그때였다. 티무가 짜증난 표정으로 돌아섰다.

"야난! 너는 거기 앉아 있을 거야? 어서 와!"

그래서 나는 밤새 한 잠도 못 잔 터라 몹시 피곤했지만 도끼를 들고 따라갔다. 티무가 아내들을 부를 때, 에티스와 마찬가지로 나도 거기에 포함되는 모양이었다.

다른 사람들을 앞장세우고 나는 밤새 새로 지은 바지를 살짝 쳐다보았다. 축 늘어졌던 엉덩이는 이제 꼭 맞았다. 다리 전체에 가죽이 착 달라붙어 마음이 놓였다. 창피한 장식은 아직 그 자리에 있지만, 허리띠의 술을 잡아당겨 그것을 감췄다.

이제 그렇게 창피하지 않고 기분은 좋아졌지만, 내가 너무 꾸물거리고 있었던 모양이다. 티무가 초조한 표정으로 나를 돌아보았다. 내가 미안하다는 뜻으로 코와 입을 만지자, 그가 괜찮다는 뜻으로 고개를 끄덕였다. 티무는 조심해서 오라는 사냥꾼의 신호를 보내며 흰 이를 드러내며 웃었다. 필경 내 바지가 마음에 들었을 것이다.

평원으로 가니, 땅이 불쑥 솟은 곳 위로 나무가 자라지 않는 곳에 새끼 코뿔소의 둥근 옆구리가 보였다. 그 위로 어미 코뿔소가 널따란 엉덩이를 우리 쪽으로 향한 채 꼬리를 치켜들고 서 있었다. 그 너머로 하이에나 네 마리가 목을 뻗어 우리를 바라보고 있는 게 보였다.

어미 코뿔소가 급히 엉덩이를 움직였다. 하이에나에게서 눈을 떼지 못하고 있던 어미는 새로 나타난 적 때문에 어찌할 바를 몰랐다. 그러다 어미 코뿔소가 하이에나를 등지고 완전히 돌아서서 우리를 향했다. 하지만 발을 구르며 위협하느라 쿵쿵거리면서도 공격을 하지는 못했다.

어미가 엉덩이를 보이자, 고기 한 조각조차 까마귀들에게 빼앗기는 게 싫은 하이에나들이 다가서기 시작했다. 그 기척을 듣고, 어미가 돌아서더니 앞으로 돌진하는 체했다. 하이에나는 흩어졌다가 다시 가까이 다가갔다.

시간이 흘렀다. 정오쯤 되자, 길고 긴 대치상태에 지친 어미의 머리와 꼬리가 축 늘어졌다. 까마귀 한 마리가 내려와 어미의 등뼈 위에 앉았다. 이른 오후가 되자 어미 코뿔소는 짧은 거리를 오가며 먹을 것을 뒤졌다.

하지만 매번 그럴 때마다 하이에나들은 새끼에게 다가가 어미를 한층 더 지치게 만들었다. 오후가 지나가면서, 하이에나들은 어미 코뿔소로 하여금 자신들을 쫓도록 교묘하게 자극했다. 어미가 하이에나 한 마리를 쫓아가면, 다른 하이에나들이 죽은 새끼에게 가까이 다가갔다. 어미가 돌아오면 쫓긴 하이에나가 옆으로 다가왔다.

평원엔 잡초가 빽빽해서 걸음을 옮기기 어렵고 날씨도 무덥기 때문에 이 같은 일은 하이에나들에게도 지치는 일이었다. 이따금 하이에나들은 목을 길게 빼고 우리가 새끼 코뿔소를 훔쳐가지 않는지 불안한 표정으로 쳐다보았다.

우리는, 우리를 대신해서 어미 코뿔소의 힘을 빼주고 있는 하이에나들에게 감사하며 멀찌감치 숨어서 웃었다. 하이에나들은 우리의 계획을 알고 있으면서도 속수무책이었다. 그러다 갑자기 하이에나 한 마리가 공격하는 코뿔소를 곧장 우리 쪽으로 이끌었다. 우리는 벌떡 일어나 흩어져야 했는데, 티무가 그 와중에도 하이에나를 저주하며 소리쳤다.

"하이에나는 약삭빠른 놈들이야!"

결국 코뿔소는 하이에나를 더 이상 쫓지 않고, 까마귀들이 벌써 물어뜯고 있는 새끼에게서 조금 떨어진 곳에 망연자실한 표정으로 서 있었다. 곧이어 하이에나들이 서로 으르렁거리며 시체 곁으로 모여들었다.

어미 코뿔소는 어쩌면 까마귀들을 보았을 때 희망을 잃었는지도 모른다. 우리는 코뿔소가 더 멀리 비킬 때까지 기다리며 하이에나가 잠시 먹도록 내버려 두었다. 코뿔소가 안전한 거리까지 갔을 때, 우리는 일어나 용감하게 새끼에게 다가갔다. 하이에나들이 우리를 보고 으르렁거리며 이빨을 드러냈지만, 누구도 겁먹지 않았다. 사람은 무기가 될 만한 것을 던질 수 있지만 하이에나들은 그렇게 할 수 없기 때문이었다.

티무가 가장 가까운 하이에나에게 돌멩이를 던지자, 비명소리와 함께 뭔가 날카롭게 깨지는 소리가 들렸다. 티무가 하이에나의 송곳니를 깨부순 것이었다. 하이에나가 입에서 피를 흘리면서도 우리가 고기를 자르는 것을 보고 있자 티무가 놀려댔다.

"너희들 덕분에 우리가 고기를 얻는다. 자, 이걸 봐라! 다음번에는 너희들을 죽여 줄 테다."

오두막에 돌아오니, 문을 고치는 일을 맡은 사람들이 코뿔소에게 밟힌 고기를 긁어모으고 있었다. 우리는 긁어 모은 고기와 새끼 코뿔소의 고기 일부를 모닥불의 숯에 굽기 시작했다. 사람들은 저마다 희희낙락이었다. 엊저녁까지만 해도 극도의 불안으로 가득했던 오두막에 고기 냄새가 진동하기 때문이었다.

그래도 틸은 어미 코뿔소가 밤중에 오두막을 또 공격해올까 봐 염려하고 있었다. 하지만 아울과 크레인이 강에 물통을 채우러 갔다가 남쪽 강둑에서 코뿔소를 보았다고 했다.

"코뿔소가 헤엄을 쳐서 강을 건너고 있었어요."

틸이 익고 있는 코뿔소 고기를 의심쩍은 눈으로 찌르며 말했다.

"애초에 코뿔소는 여기 오지 말았어야 해. 전에는 여기 코뿔소가 온 적이 없으니까."

"다시는 오지 않을 거요."

스위프트의 장담에 틸이 미간을 찌푸리며 물었다.

"어떻게 그렇게 확신하죠?"

틸의 무지함에 마음이 아프다는 듯 스위프트는 낯선 하늘색 눈을 크게 떴다.

"여기는 코뿔소가 살기 좋은 땅이 아니에요. 여기는 돌이 있잖소. 코뿔소는 몸집이 커 꽤나 무겁단 말이오. 돌을 밟으면 발이 아파요."

"그렇다면 그 코뿔소는 무엇 때문에 왔을까?"

"그건 강 때문이오."

스위프트가 새끼 코뿔소의 고기를 가리켰다.

"어미는 북쪽 평원에서 왔지. 추운 날씨 때문에 새끼가 죽을까 걱정이 되어 남쪽의 살기 좋은 평원을 찾아보려 한 거겠지. 하지만 차르 강이 새끼가 건너기엔 너무 깊다는 사실을 알았지. 어미는 새끼가 저 녀석처럼 물에 빠져 죽을까 겁을 먹었던 거요.”

스위프트는 물에 빠져 죽은 새끼 순록의 고기를 꾹 찔렀다.

“이제 새끼가 죽었으니, 어미는 강을 건너가 다시는 돌아오지 않을 거요. 강이 깊어도 어미한테는 상관없으니까.”

스위프트의 연한 색 눈이 불가에 모여 앉은 우리 모두를 응시하고 있었다. 잠시 후, 그가 턱을 치켜들고 거만하게 말했다.

“내가 사자 한 마리가 수컷이라고 말했을 때, 당신들은 내 말을 믿지 않았어. 코뿔소가 불을 두려워한다고 말했을 때, 그때도 당신들은 내 말을 믿지 않았지. 어미가 돌아오지 않을 거라고 말했을 때, 그때도 당신들은 믿지 않았어.”

모두 사실이므로, 그레이랙조차도 반박하지 못했다.

“내 말을 믿어야 해. 평원의 동물들에 대해서는 평원에 사는 우리가 더 잘 아니까.”

우리 일족 몇몇이 스위프트의 말에 동의한다는 듯이 머리를 끄덕거렸지만, 티무만은 스위프트의 오만함이 마음에 들지 않는다는 듯 그의 연한 색 눈동자를 피하지 않고 똑바로 마주보았다.

“티무가 너를 아내라고 부르더라.”

보름달이 다 된 노란 잎의 달이 지고 있던 어느 날 아침, 틸이 내게 말했다. 틸과 나는 순록의 길을 따라 백합 뿌리를 파러 산으로 들어가던 참이었다.

"티무는 네가 그를 보지 않을 때도 너를 계속 쳐다보더구나. 그게 무엇을 뜻하는지 아니?"

나는 아무 말도 하지 않고 산 너머 저쪽 양지바른 언덕을 바라보기만 했다.

"티무는 너와 함께 자기를 원하는 거야."

그 말에 나는 적잖이 놀랐다.

"티무는 에티스랑 같이 자잖아요!"

"무식한 것! 에티스와 몸을 섞으면 뱃속에 있는 아기가 놀라잖니."

나는 뱃속의 아기가 아버지 얼굴도 모를 때 아버지의 페니스를 먼저 보면, 문에서 낯선 사람을 만났을 때처럼 두려움을 느끼기 때문에 남자들이 임신한 아내를 피한다고 알고 있었다. 뭐, 그 얘기가 그 얘기지만. 어쨌든 에티스는 별로 임신한 티가 나지 않았다. 뱃속에 아기가 있다면 아직 아주 작을 것이다.

"밤에 티무와 에티스가 그 짓을 하며 소리 내는 것을 들었어요."

"나도 귀는 있다! 하지만 그런 소리를 낸다고 해서 전부 몸을 섞는 것은 아니야. 너도 이제 곧 알게 될 거다. 서쪽을 보렴."

틸이 가리키는 쪽을 보자, 지고 있는 달의 끝이 보였다.

"오늘 밤에 보름달이 뜰 거다. 내일 너의 성년식을 할 거야. 그 뒤에 티무가 너와 자도 괜찮을 거다."

"티무랑 자고 싶지 않아요."

"처음에 두려워하는 여자아이들도 있기는 하지. 그러다 경험이 생기면 두려움은 사라진단다. 티무가 잘생기지 않았니? 너도 티무를 좋아하지 않니?"

성년식을 먼저 해야 한다면, 티무가 좋은 것도 다 소용없었다.

"칼에 베이고 싶지 않아요."

"두려움을 내보여서는 안 된다고 했지? 네 혈통이 지켜온 자부심을 잊지 말라고 했지? 네가 고통과 두려움을 내보이면 사람들은 너희들의 혈통이 약해지고 있다고, 네가 아기를 가질 준비가 되지 않았다고 생각할 거야. 아울이 아기를 낳을 때 소리 지른 것을 기억하니?"

나는 기억하고 있었다. 우리가 불의 강으로 가기 전 오두막에서, 어느 날 밤에 아울이 아기를 낳으면서 하도 난리를 쳐서 어머니, 틸, 아이너, 정코의 어머니 비스티, 심지어 요이 이모까지 꾸짖는 바람에 아울은 아파서 울기도 했지만 야단을 맞아서 더 많이 울었다.

"아울은 어느 것 하나도 제대로 해내지 못했어. 준비가 덜 된 거였지. 앙키와 린도 너를 보고 있을 것이고, 특히 에티스가 지켜볼 것이다. 심지어 메리까지도……. 창피를 당하고 싶니? 아니면 메리에게 좋은 모범을 보이고, 매머드 사냥꾼 여자들에게 우리 참모습을 보여 주고 싶니?"

하지만 나는 아이를 갖는 게 두려웠다. 어머니는 출산에 대해 그렇게 잘 알고 있었고 준비도 철저히 했지만, 끝내 죽었다. 그리고 어머니의 아기도……. 아울이 그렇게 고통당하며 아기를 낳았는데, 그 아기도 죽었다. 대체 그게 다 무슨 소용인가? 나는 틸의 손을 잡으며 사정해 보았다.

"나는 너무 어려요."

"이젠 어리지 않아."

능선을 건너 백합의 마른 잎을 발견하고 파야할 곳을 알아내자, 우리는 쪼그리고 앉아 순록 뿔로 약간 언 땅을 파헤치기 시작했다. 그리 춥지는 않았지만, 백합이 자라는 양지바른 곳에 새 파카를 입고 앉았어도 몸이 덜덜 떨렸다. 틸은 이해하는 눈치였다. 순록 뿔을 내려놓고는 주머니에 뿌리를 담으며 말했다.

"내 말을 잘 들어라, 야난. 나도 처음에는 두렵고 고통스러운 일이었지만 성년식과 출산을 겪었다. 네 어머니도 그

랬고 내 어머니인 샐리 샤먼도 그 일들을 겪었다. 나는 두려움을 내비치지 않았고, 그들도 마찬가지였어. 너도 그럴 것이다. 조금도 걱정할 것 없다. 월경이니, 성년식이니, 출산이니 하는 여자들의 일은 그리 어렵지 않고 기술이나 지식도 필요 없어. 먹을 것을 찾아내는 일이나, 사냥이나, 집짓기나, 바느질과는 다르지. 그저 가만히 견디기만 하면 저절로 되는 일이다. 넌 그저 조용히만 하면 된다. 연습을 하지 않아도 모두 할 수 있는 일이야."

틸이 미소를 지었다. 그 미소 덕분에 마음이 좀 가라앉았지만, 나는 묻지 않을 수 없었다.

"하지만 왜 꼭 해야 되나요? 남자들에게는 없는 일인데……."

틸은 심각한 표정을 짓다가 이렇게만 대답했다.

"여자라면 꼭 해야 하는 일이야. 그게 여신 오헌의 뜻이지."

그날 밤, 해가 지자 분홍빛으로 꽉 찬 노란 잎의 달이 떠올랐다. 밤새 보름달이 하늘을 밝히더니 해가 뜨자 졌다. 그날 새벽과 해질녘에, 우리는 해와 달을 '여신 오헌'과 '여신의 딸'이라고 불렀다. 해가 다시 높이 오르자, 오두막의 여자들은 모두, 심지어 메리까지도 순록 가죽 두 장을 들고 강을 건너 남쪽으로 향하는 길로 갔다.

그 길을 따라가니 산 사이에 풀밭이 나왔고, 그곳에서는 자작나무 몇 그루 밑에 짧은 풀이 무성하게 자라고, 열매가 자라는 덤불이 있었다. 해가 높이 떠 있을 때 그곳에 도착했기 때문에 순록들이 한가하게 엎드려서 풀을 씹고 있었다.

그들은 마지못해 뒷발을 먼저, 그리고 앞발을 마저 일으켜 두 개의 무리로 나뉘어 산등성이를 넘어 갔다. 첫 무리는 암컷들이 창날 모양으로 질서정연하게 서서 앞뒤를 살피며 갔다. 그 옆에는 수컷들이 따로 서성이면서 대충 같은 방향으로 움직이고 있었다. 수컷들은 곧 소리를 지르고 싸우면서 암컷을 모을 것이다.

우리는 모닥불을 피우고 나서 옷을 전부 벗고, 장신구를 가진 사람들은 장신구까지 벗고, 머리를 묶은 것까지 풀었다. 그리고 머리를 흔들어 풀어 헤치면서 순록의 춤을 추기 시작했다. 노래를 부르며, 박자에 맞추어 손뼉을 치며, 우리는 두 발자국을 앞으로 나가고, 한 발자국을 불 쪽으로 다가가 연기 위로 머리카락을 휘두르며 춤을 추었다.

메리와 나는 처음에는 춤도 노래도 알지 못했지만, 난도질 자국이 선명한 아울의 엉덩이를 뒤따르며 한참 그렇게 하자 쉽게 배울 수 있었다. 틸이 새된 소리로 계속 고함을 지르고, 그것에 맞춰 한동안 원을 그리며 춤을 추고 있자니 대체 이 일이 나와 무슨 상관인가 하는 생각마저 들었다.

얼마 뒤, 틸이 내 팔을 잡고 불 쪽으로 끌고 갔다. 메리가 나를 따라오려고 했지만 틸이 메리를 춤추는 사람들 속으로 밀어냈다. 그런 다음, 틸이 땅바닥에 순록 가죽을 한 장 펼치더니 내게 엎드리라고 명령했다.

그러자 모든 여자들이 노래와 춤을 멈췄다. 갑자기 바람 소리와 불 소리 외에는 아무것도 들리지 않고, 모두의 시선이 내게 꽂힌 것을 느낄 수 있었다. 틸이 내가 두려움을 쫓아낼 수 있을 거라고 말한 까닭을 알 것 같았다. 나는 기쁨 비슷한 감정을 느끼며 크게 숨을 들이쉬고, 손바닥으로 가죽을 세게 한 번 두드린 뒤 엎드렸다. 나는 내 앞의 여자들에게 우리 혈통의 자부심을 내보일 준비가 되어 있었다.

틸과 메리만 남겨두고 모두가 그곳을 떠났다. 나는 여자들이 덤불 사이에 벌거벗은 채 쭈그리고 앉아서 이쪽을 외면하고 열매를 입에다 던져 넣는 것을 보았다. 다음 순간, 틸이 날카로운 칼을 꺼내더니 내 옆에 앉았다. 메리가 걱정스런 표정으로 불가에 쪼그리고 앉았지만, 무섭다고 울지는 않았다. 그런 메리와 엄지손가락에 대고 칼을 시험해 보는 틸 외에는 그곳에 아무도 내 용기를 우러러봐 줄 사람은 없었다.

틸이 내 엉덩이에 손을 대고서 살을 조금 꼬집어 잡아당기는 게 느껴졌다. 나는 어깨 너머로 쳐다보았다. 틸이 꼬집은 자리를 재빨리 칼로 그은 뒤 다시 놓고는, 그 자리 바로 옆에 새로 살을 꼬집었다. 그녀가 세 번째 자리를 벨 즈음, 처음 벤 자리가 심하게 쓰라려서 눈물이 나올 것 같았다. 그 순간, 틸이 속삭였다.

"이제 안심해라. 이것은 여신 오헌이 너를 지켜 준다는 징 표니라. 상처는 곧 나을 것이고, 작아질 것이다."

나는 깊이 숨을 들이쉬고 다른 것을 생각하려고 했다. 이 윽고 다른 여자들이 열매를 따 먹고 돌아와 다시 춤을 추기 시작했고, 나는 아무렇지도 않은 척 두 주먹 위에 턱을 올려 놓고서 모닥불에 던져진 나뭇가지에 살던 개미들이 아우성 을 치는 광경을 바라보았다.

낮이 저물면서, 가을 공기 속에 벌거벗고 누워 있는 나에 게 추위가 찾아들었다. 아픔이 심했고, 무엇보다 피가 허벅 지 살갗을 타고 내리는 느낌이 무서웠다. 오른쪽 허벅지와 엉덩이 위쪽에서 왼쪽으로 틸의 칼이 움직이며 살갗을 조금 씩 베었다.

얼굴 표정은 바꾸지 않을 수 있었지만, 가만히 누워 있을 수는 없어서 몸을 떨기 시작했다. 내 평생의 절반쯤 지나갔 다고 느껴졌을 때, 틸이 마지막 칼자국을 내고 나서 불에서 따뜻한 재를 가져다 상처에 문질렀다. 그 마지막 통증에 너 무 놀란 나머지, 나는 울음을 터뜨릴 뻔했다. 나는 입술을 깨물고 눈을 꽉 감아 눈물이 멎게 했다.

그것으로 끝이었다. 다시 어깨 너머를 돌아보니 다른 여자들의 상처처럼 순록의 엉덩이 자국 같은 오헌의 징표가 허벅지 위에서부터 등뼈 아래까지 두 줄로 나 있었다. 나는 일어나야 한다고 생각했지만 틸이 나를 단호한 손길로 눌렀다.

"거기 그냥 있어라."

나는 시키는 대로 했다. 틸이 가죽 한 장으로 나를 발끝에서 머리끝까지 완전히 덮었다. 그러자 나는 어둠 속에서 아픔과 추위를 느끼며 엎드려 있었고, 틸을 비롯한 모든 여자들은 근처의 땅을 발로 구르기 시작했다. 그러면서 여자들이 음란한 말을 뱉었다.

"말처럼 거대하게 발기를 하지."

에티스가 남편의 페니스에 대해 이렇게 말하자, 내 머릿속에는 티무가 말처럼 성기를 땅바닥까지 늘이고 버티고 서 있는 모습이 떠올랐다.

"그러면 여자는 터져 버릴 수도 있어."

린의 말에, 앙키가 상처에 대해 말했다.

"남편의 그것이 따라갈 길을 표시한 거야. 이제 야난의 자궁은 어둠 속에서도 찾을 수 있지."

틸, 아울, 아이너는 그 말에 웃기는 했지만 자기들의 이야기를 덧붙이지는 않았다. 티무의 누이인 아울은 동생에 대해 음란한 소리를 할 수 없고, 티무의 양어머니인 틸과 아이너도 마찬가지였다.

나는 망토 아래에서 틸이 부를 때까지 꼼짝 않고 있다가, 마침내 틸이 부르자 아무 일도 없었다는 듯 매끄러운 동작으로 일어나 앉았다. 사람들이 내 얼굴에 드러난 자부심을 알아보았을까? 내가 하도 조용히 엎드려 있었기 때문에, 메리는 틸에게 내가 아직 살아 있는지 물었을 정도였다. 틸이 대답했다.

"살아 있다. 달이 뜨고 태양의 마지막 붉은 기가 사라지면 야난은 일어날 거다."

나는 여자들의 목소리가 잦아드는 것을 들었다. 아마도 열매를 더 따 먹으러 간 모양이었다. 해가 넘어가자 바람이 차갑게 불었다. 온몸이 뻣뻣해지며 덜덜 떨렸고, 무엇보다도 몹시 배가 고팠다. 여자들이 돌아오는 소리가 들렸고, 맑은 날 저녁 마지막 붉은 노을이 사라질 때면 흔히 그러하듯, 멀리서 메추라기가 우는 소리가 들렸다.

틸의 지시에 따라, 나는 그저 잠시 넘어졌다 일어서는 사람마냥 벌떡 일어나 허벅지를 쓱쓱 문질렀다. 여자들은 나를 특별히 쳐다보지 않고 다시 춤을 추기 시작했다. 칼을 댄 자국에서 다시 피가 흐르기 시작했고, 그 피가 다리를 타고 내려가 발자국에 고였다. 모닥불 주위를 돌며 보니 내가 있던 자리를 알 수 있을 지경인데도 여자들은 모른 체했다. 우리 모두 입을 모아 노래하기 시작했다.

모든 것을 태어나게 하시는 분이시여
아이들과 모든 동물들과 모든 사람들을 자식으로 둔 분이시여
별을 자식으로 둔 분이시여
머리카락으로 북극광을 태우는 분이시여
눈 속에서 벌거벗고 걸어 다니는 분이시여
우리가 아기를 낳을 때 우리의 생명을 거두지 마십시오.
우리가 그곳을 다치지 않고 걸어 나올 수 있게 하십시오.
우리를 죽이지 마십시오.
우리 아이들이 순록의 아이들처럼
건강하게 해주십시오.
그들이 곧 건강하게 우리 뒤를 따를 수 있게 하십시오.
그들을 죽이지 마십시오.
우리에게 생명을 주십시오, 오헌이시여!
우리에게 아이들을 주십시오, 호나!

노래가 다 끝나자 틸이 말했다.
"좀 춥구나."

원을 그리던 춤이 멈췄다. 어스름 속에서, 우리는 벗어놓은 옷이 있는 쪽으로 갔다. 목욕을 한 다음처럼, 나는 오헌의 자국 위로 바지를 올리고 아무 표정 없이 윗옷을 걸치고 머리를 땋았다. 우리 일행이 오두막으로 가는 길로 접어들었을 때, 틸이 말했다

"잘했다. 울지도 않고. 참으로 장하다. 너는 이제 다시 태어난 것이다."

제1권 끝, 3부 오두막은 제2권으로 이어집니다.

옮긴이 **이나경**

이화여자대학교 물리학과 졸업하고 서울대학교 영문학과 대학원 박사과정 수료했다. 현재는 전문번역가로 활동 중이다. 옮긴 책으로는 《치명적인 일본》, 《샤이닝》, 《폼페이 최후의 날》, 《하루키 문학은 언어의 음악이다》, 《피버 피치》, 《첫사랑은 독약이다》, 《코끼리》, 《소중한 모든 것들》, 《딱 90일만 더 살아볼까》 등이 있다.

세상의 모든 딸들 1

초판 1쇄 인쇄일 2019년 01월 17일
초판 1쇄 발행일 2019년 01월 30일

지은이	엘리자베스 M. 토마스
옮긴이	이나경
발행인	이승용
주간	이미숙

편집기획부	박지영 황예린	**디자인팀**	황아영 한혜주
마케팅부	송영우 김태운	**홍보마케팅팀**	조은주 전소현
경영지원팀	이루다 김미소		

발행처	(주)홍익출판사
출판등록번호	제1-568호
출판등록	1987년 12월 1일
주소	[04043]서울 마포구 양화로 78-20(서교동 395-163)
대표전화	02-323-0421 **팩스** 02-337-0569
메일	editor@hongikbooks.com
홈페이지	www.hongikbooks.com

제작처	갑우문화사

파본은 본사나 구입하신 서점에서 교환하여 드립니다.
이 책의 내용은 저작권법의 보호를 받는 저작물이므로 무단 전재와 무단 복제를 금합니다.

ISBN 978-89-7065-667-0 (04840)

이 도서의 국립중앙도서관 출판예정도서목록(CIP)은
서지정보유통지원시스템 홈페이지(http://seoji.nl.go.kr)와
국가자료공동목록시스템(http://www.nl.go.kr/kolisnet)에서 이용하실 수 있습니다.
(CIP제어번호: CIP2019001645)

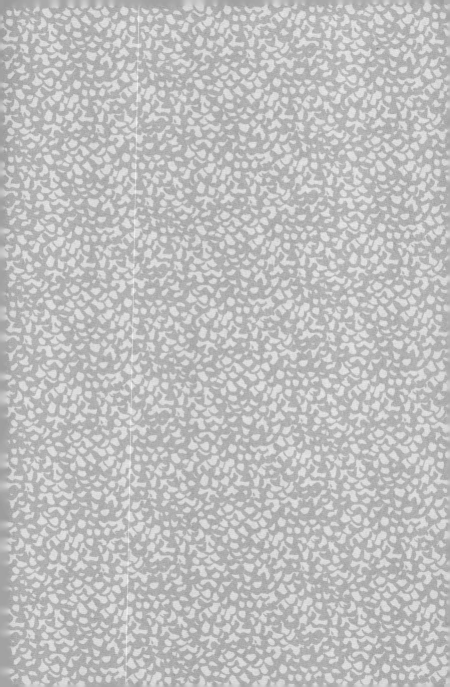